小説 小野小町

百夜《ももよ》

髙樹のぶ子

日本経済新聞出版

［夢と知りせば］

思ひつつ寝《ぬ》ればや人の見えつらむ
夢と知りせば覚めざらましを

［衣の川］

秋の夜も名のみなりけり逢ふといへば
ことぞともなく明けぬるものを

「あはれてふ」

あはれてふ言《こと》こそうたて世の中を
おもひはなれぬほだしなりけれ

［花ひとひら］

花の色は移りにけりないたづらに
我が身世にふるながめせしまに

小説 小野小町

百夜《ももよ》

目次

前篇 花の色は

後篇　我が身世にふる

本作品の主な登場人物

小野 篁　小町の父。文章生出身の文人で官人。仁明帝即位の前年、叙爵。若い頃、陸奥国守となった父・小野岑守に同道し、出羽国の国府を造った父を支えた

大町　小町の母。出羽国の雄勝城《おかちのき》で小町を産み育てる

小野良実　小町の叔父（小野岑守の養子で、篁の弟）。出羽の国司の次官であった

滋野貞主　平城帝の世に文章生となり、代々の帝に仕えた文人で官人。皇太子時代の仁明帝の東宮学士をつとめる

縄子　滋野貞主の娘。仁明帝の女御で、皇太子時代から帝の寵あつく皇子、皇女を産む

奥子　縄子の妹。文徳帝の皇太子時代から寵あつく皇子、皇女を産む

良岑宗貞　仁明帝の覚えあつく、近侍した。父は桓武天皇の皇子で臣籍降下した、文人で官人の良岑安世

安倍清行　父は事務能力に優れ、仁明帝の世に大納言になった安倍安仁

＊のちに「六歌仙」「三十六歌仙」とされた人たち　在原業平、文屋康秀、藤原敏行……

小説 小野小町

百夜《ももよ》

挿画　大野俊明
題字　村田順子
装幀　芦澤泰偉

前篇

花の色は

高麗笛《こまぶえ》

流れの水音はいかにも春めいて、柳葉《やなぎば》色の空は淡く明るい。とは申せ、春は川音のみにて、山路の右左《みぎひだり》より迫《せ》り出す木々の枝は、解けぬ氷のごとく鋭く光りおります。片側を流れる川の原には、岩に留《と》まる綿帽子のごとき雪がそこかしこに。流れの中に大小盛り上がるこれら綿帽子、幾つも幾つも、むくりむくりと限りなく。

この山路を行く一行は、総勢でおおよそ三十人。先駆《さきがけ》や警護に続く馬には、国司の次官である出《で》羽介《わのすけ》の小野良実《おののよしざね》、養父小野岑守《みねもり》の病気見舞のため、都への帰路なのでございます。国府の置かれた井口《いくち》を出て雄勝城《おかちのき》に立ち寄り、さらに避翼《さるはね》、最上《もがみ》の駅を経てようよう、多賀城《たがのき》へと進む長旅の、まだほんの始まり。多賀城より都《みやこ》へは、東山道《とうざんどう》を辿り、難事《なんじ》なくとも二月《ふたつき》近くはかかりましょう。

行列の中頃には、雄勝より加わりました二つの手輿《たごし》が行きます。前の手輿には十歳の女児と乳母《めのと》が、後ろの手輿には女児の母が乗り、それぞれ六人の担ぎ手に二人の交替を従えて、春まだ浅き山間《やまあい》の路を進みます。

前の手輿の女児の胸には、神仏の護りとなる懸守《かけまもり》が下げられ、手には高麗笛《こまぶえ》が、ひしと握りしめられております。

乳母が膝の上の女児の耳元に囁きます。

「姫さま、いつもいつも西の方《かた》の空に見えておりました甑山《こしきやま》を、いま、過ぎておるのですよ」

女児は背に届く振分髪《ふりわけがみ》をはらりと動かし、乳母を振り仰ぎます。わずかに腰を浮かせて申します。

「あの、甑山を」

「さようでございます。この甑山のさらに先に避翼が、そして多賀城がございます。常々、姫さまが思い描いておられた京の都は、さらにさらにかなたに……無事の長旅を御仏にお祈りいたしましょう」

けれどこのとき、乳母の声が低くくぐもったことを、女児が気づくことはなく。

女児は、母の大町《おおまち》の子ゆえ、雄勝にては小町《こまち》と呼ばれて参りました。乳母は秋田郡の出ゆえ、秋田と呼ばれております。

秋田の胸を塞《ふた》いでおりますのは、この女児の母大町は、多賀城まではこのまま付き添い、その地にて一行を見送りしのちは、雄勝に戻る定めなのを、小町はまだ知らされておらず、その折りの母子の別れは、いのちの果て、永久《とわ》のものになると思われるゆえであります。

秋田には、この母と子が哀れに思えて思えて。

後ろより来る手輿の大町、前の秋田が振り向くと、秋田の思いが伝うたのか、手輿の御簾《みす》がわずかに動きました。

母大町は、郡境《こおりざかい》、国境《くにざかい》を越えて、多賀城までの見送りでございます。母との別れを、多賀城にてこの子に得心させねばなりませぬ。今よりありありと目に浮かぶその折りの小町の悲嘆愁嘆を、どのようにおさめれば良いものか。

高麗笛を握りしめる小町の手指の白さは、やがて迫り来るかなしみに身構え、祈りにも似た必死さに見えて参ります。

その固い手指を包むように、秋田は両の手を重ねて申します。

「姫さまが、あれほどまでにあくがれ夢に見てこられた都は、花も柳もさぞ美しい姿にて、姫さまを出迎えてくれることでございましょう」

その声に、いくらか心持ちが緩んだ様ではありますが、十歳とは思えぬ大人びた利発さ、澄み切った心ゆえ、秋田の思いを越えて、母との別れに怯えておられるのではと、乳母の胸は重苦しう塞《ふた》がれるばかり。

山路はさらに険しく狭まり、良実は一行の進みを止め、案内《あない》の者を呼び寄せ何事か訊ねておりましたが、

「……この峠を越せば平らかな所に出るゆえ、皆、今ひとたび堪《こら》えられませい……その地には寺もあり、先駆《さきがけ》も食事《おもの》を整えておるはず」

その声の続きに良実は、二つの手輿を見遣り、深く息をつきました。

雄勝より加わりし二つの手輿、良実にとりましては重い荷であること、良実の様子より推し測る者もおります。担ぎ手たちは二つの手輿より、さりげなく目を逸《そ》らします。

このとき、小町の乗る手輿の中より、鳥の囀《さえず》りほどの小さき音が聞こえて参りました。幼き鳥の笹鳴《ささな》きにも似たかすかな音《ね》。

その音が小町によるものと知れて、驚いたのは良実も母も、そして一行の誰しもでございます。

高麗笛は横笛のなかでは、短く扱い易いとは申せ、女児の息ではわずかな音さえ鳴るはずはないと、誰しも思いおりました。雛《ひな》道具か手遊びでしかないと。

もとより笛は、男のたしなみ。

一行の驚きはそれのみにあらず、小町の短い笛の音に誘われてか、何処《いずこ》からともなく鶯《うぐいす》の、ひとくひとく、という啼き声が降って参ったのです。

「あの鳥の声は」

小町が不思議そうに秋田に訊ねますと、

「鶯でございます。雄勝の里にはまだ下りて参りませぬが、はやこの山間《やまあい》には……それにしましても姫さま、いつのまに笛の稽古など」

「……ひそかに」

と恥じらい入ります。その白くぽってりとした頬が桃の色にそまり、愛らしく清《すが》しいかぎり。

「鶯なのですね、あの啼き声は」

「さようでございます」

「ならば道理……この笛の、ほうらここに……この鳥のことではありませぬか」

高麗笛を差しだし見せます。

「……はい、たしかに……ここに」

竹の高麗笛の、六つの指穴の端に、鶯鶯《おうおう》と二文字彫られてあります。

秋田には初めて見る文字。

「この笛に、どなたが文字を彫られましたのか」

「……知りませぬ。母君が申されるには、うぐいすのことだと……鶯鶯伝《おうおうでん》と申す遠い国の物語の、美しい御方の御名とか」

遠い国とは、唐《から》のことか。

秋田は、母大町が子に託した高麗笛を、いまあらためて重く尊く思うばかり。

「……大事の笛でございます、櫛箱《くしばこ》におしまい下さい。いのちあるかぎり、失くしてはなりませぬよ」

一行が動きだし、秋田が振り返りますと、袖を面《かお》に当てた大町の姿が、手輿の御簾の隙間より、覗きみえるのでした。

雄勝より避翼へと抜ける峠の険しさは、ひととおりではなく。

さらに幾倍もの難所を越えねば、多賀城へ出ることは叶いませぬ。

そこに立ち塞がる山の峯みね、深く暗い連なりは、出羽《でわ》国と陸奥《むつ》国の国境《くにざかい》を成してもおります。

行く路を縦横に切る山路は、元は蝦夷《えみし》どもが踏み固めたもの。

幾つもの戦《いくさ》ののち、京の朝廷は蝦夷を平定いたしました。とは申せ、いまもけして安泰とは申せず、あちこちにて蝦夷との諍《いさか》いは起きております。

諍いの折りは、蝦夷の言《こと》の葉を使いこなす小野族は、和議にも力を尽くします。北の地を良く知る小野族は代々、蝦夷の言の葉に通じるもの多くおりました。

坂上田村麻呂《さかのうえのたむらまろ》は軍功高き大将軍ではありますが、陸奥国、出羽国に密かに生き残る蝦夷どもの心を、癒やし宥《なだ》めますのは、他でもなく小野一族の御役《おんやく》。言《こと》の葉の力であります。

小野族が、都にて相応の官位をいただき、尊く扱われておりますのも、蛮族に対しましては穏やかにその心を治め、都にては風雅文筆に篤《あつ》い心根を見せ、貴族の容儀才能を失わぬ姿を、代々有しておりますからで。

この一行も、先駆《さきがけ》がときに蝦夷の歌など声にして流しますのも、身を潜める蝦夷との諍いを遠ざける、深き慮《おもんぱか》りによるものであります。

ようよう国境の山々を越え、多賀城へと参りましたのは、出立《しゅったつ》よりすでに十日を過ぎておりました。

出羽国とはまるで別の、東の海に面する陸奥国の国府こそ多賀城。陸奥国全体を治める要衝《ようしょう》であります。

この多賀城こそは、三代前の陸奥国の国守、小野岑守《みねもり》が、とりわけ優れた治政を行った地でもございました。

出羽国は陸奥国ほどには朝廷の力が及んでおらず、国府も建造されてはおりませんでした。岑守は成人した子、篁《たかむら》を都より同道して、この多賀城に赴任し、陸奥国の政《まつりごと》を行う傍《かたわ》ら、出羽の地まで幾度となく出向き、出羽国の国府を井口《いくち》に建造したのです。

これにより、出羽国に朝廷の要が成ったことは、岑守の大いなる功でありました。

このような岑守の功を知らぬ者はおらず、小野姓を持つ者の誇りでもありました。

岑守の次に都より赴任しました陸奥国の国司も、さらに次も、小野に縁《えにし》あるもの、さらにいま、任の途中で都へと戻る良実《よしざね》も、小野一族であります。

出羽の国司の次官としてさしたる功もなきまま、任地をあとにする良実ではありますが、小野姓の誇りはその背や肩に受け継がれております。

一行の誰もが、小野岑守、篁父子の名を聞き及んでおりますが、いま小町の手に握られる高麗笛《こまぶえ》の、「鶯鶯《おうおう》」の二文字を刻んだのが、岑守の子、若き篁であることを知るものは、一行の中でただ一人、小町の母、大町のみでございます。

大町はこの多賀城にて、娘と別れる折り、高麗笛の「鶯鶯」の二文字について、必ずや語り伝えねばならないこと、自らに幾度となく言い聞かせてまいりました。

それが苦しうて苦しうて、思うだに袖が涙に濡れ、心みだれおります。

為さねばならぬこと果たせぬままに、多賀城の見送りまで、大町は一行に付き添い参ったのでございます。

山越えの難所においても、思うはそのことばかりでございました。

多賀城のかなたに広がる海の明るさ広さを、大町は双の眼《まなこ》でとらえ、それは今生《こんじょう》にて二度と目にすることのない景《けい》であり、雄勝にて聴き慣れた川音とは異なる、寄せては返す波音もまた、ありえぬ響きと尊く聴きおりますものの、それらとて大町には、いよいよ小町との別れの刻を告げる悲しみの徴《しるし》に思えるのです。

小町を見遣れば、山に囲まれた雄勝とはあまりに異なる景と音と風に、ただ呆《ぼう》と見とれ、声も出ぬままの驚きの様《さま》。

良実は都より赴任の折り、この多賀城にて幾日かを過ごしましたし、出羽の国府井口にも海はございました。海など珍しうはありませぬが、山中の雄勝より付き来たる者どもの多くは、初めて目にする海に立ちすくんでおります。

小高き所にて良実が馬より下り、後ろの者に声を出します。

「……都にて名だたる塩竈《しおがま》は、鄙《ひな》の哀れの譬えに詠まれますが、あの浦の今少し先あたりこそ、その塩竈……歌には詠まれても、塩竈まで訪れた者は少ない。塩竈にてやすみ、松島と呼ばれる島々を愛《め》でてのち、多賀城へと向かう……海は広やかなれど、荒れれば川の比ではなく、荒波を鎮める社《やしろ》にも参らねばならぬ……社にて国府よりの案内を待ち、多賀城へと入ることにいたそう」

みな、ほうと息を吐き頷くも、誰一人動かず、鋭く入り込む津を眼下に見下ろし、生涯の古物語《おもいでばなし》にでも語り残さんと、たなびく雲にまぎれる海の果てに思いを放っております。

一行が国府の南門より入りましたのは、月が高くなってからでございました。

多賀城は南北に大路《おおじ》や条《じょう》、東西の坊《ぼう》を持ち、都に似せた造りでありあります。正殿の築地《ついじ》の白さばかりが月に照らされ、幻の幕のごとき静けさ。

一行を迎える篝火《かがりび》の炎は、大路の随所に置かれ、燃え盛っておりますが、築地塀《ついじべい》の外には月も届かぬ闇が深く、城内の家々も猫のように丸く小さく、眠り鎮まります。一段と篝火のつよいあたりから、人々走り出て参りました。

これより正殿にて、陸奥国の国守により良実を迎える儀の行われるようで、良実は殿に向かいます。女たちも宿所へと促され、壺装束《つぼしょうぞく》を脱ぎます。

供人達はそれぞれ草鞋《わらじ》を取り、水干《すいかん》、褐衣《かちえ》から身をほどきます。

山越えの重い疲れが、一同の体を覆い尽くし、声掛け合う者もなし。とは申せ、賊にも襲われず、この城まで着いた安堵は等しく皆を包みおります。

この多賀城にてどれほどの時を過ごせるのか。

その時が長くとも短くとも、やがて母は子を見送り、ここより雄勝に戻らねばなりませぬ。

手輿より降りて母に寄り添う祖姿《あこめ》の小町を引き寄せ、その頭越しに月を見遣れば、先ほどまで冴え冴えと天を照らしておりました月の面《おもて》が、いまは砂色に湿り翳り、大町の息に合わせて震えゆらめいておりますようで。

一《ひと》夜《よ》契《ちぎ》り

月日、時刻、方位を式盤で占う陰陽師《おんようじ》により、多賀城《たがのき》出立が決まりました。勘文《かんもん》が出されたのでございます。

東の空が白むとき、都をめざす一行は多賀城をあとにし、雄勝《おかち》、井口《いくち》へと戻るものたちは一行を見送りしのち、この陸奥《むつ》国府を発つことに。

いずれも険しき旅となるのは必定。

荷駄《にだ》を運ぶ供人《ともびと》たちも、東門より出入りいたします。

いまひとたび、塩竈《しおがま》を目に焼き付けようと出向く侍女も、藻塩《もしお》を焼く女の誘いに、そぞろ逢いに行く男たちも、多賀城の限られたいっときを、愛《お》しむように過ごしおります。

その夕、端《はし》近くに座して月の出を待つふりにて、涙を袖で隠す大町《おおまち》に小町《こまち》は近寄り、母親の袖を引きました。

乳母《めのと》の秋田は離れて座し、黒い影となった母と子を見守ります。

「……吾子《あこ》、ここに近う……この袿《うちぎ》の中へ……」

すでに涙の声にて衣をひらかれます大町。薫《た》き込めた香が小町を包みました。

小町は身を寄せ、その香を胸深く吸いこみます。慣れ親しんだ母上の香。その香は小町を赤子のような柔らかな心地に誘います。

「吾子よ、ようくお聞きください……今宵がそなたとの別れになりましょう……我《われ》はそなたを、東雲《しののめ》に見送りしのち、雄勝にもどらねばなりませぬ」

その途切れがちな息と香。

面《おもて》も耳も、母上の身体に埋もれさせております小町には、語られる声が明らかには伝わりませぬ。ややあり、ひと息ののち、小町の身の底より湯の玉のごとく突き上げて参りましたのは、どうにも遣《や》るかたなき思い。

今宵がそなたとの別れになりましょう……

そう申された。

母上のぬくもりとともに伝わり来る、限りなくおそろしい言《こと》の葉。

「なにゆえ、なにゆえ」

小町は細く息苦しく問い返します。

大町は小町を抱えたまま、泣き崩れました。

秋田が急ぎ近寄り、すぐにまた元に戻りました。

「……愛おしき吾子《あこ》……これより母の申すこと、どうぞ心静《こころしずか》に、胸に納めてください……」

小町の身は、はげしい渦に苛《さいな》まれております。渦は身と心のすべてを呑み込みます。

「……そなたはすぐれて美しう愛らしい子……賢き子……いましばらくは遣るかたなき思いに打ち拉《ひし》がれるやも知れませぬが、必ず深き心にて得心されましょう……御仏もお力を下さるはず」

大町の涙は、子の振分髪《ふりわけがみ》にかかります。それを袖で払う大町。

「お父君《ててぎみ》のこと、これまで伏せて参りましたが、真《まこと》のこと、申さねばなりませぬ……」

「お父君の真、とは」

「……そなたに訊ねられれば、言紛《いいまぎら》わして参りましたが……、吾子の真のお父君は、都にて吾子を待ちおられます」

「知りませぬ、真のお父君のことなど知りませぬ……我《われ》は母上のみにて構いませぬ……お父君など要りませぬ……」

大町はいよいよ強う、小町を抱き寄せます。

「さようなこと、申してはなりませぬ」

「いやです、いやです。なにゆえ母上との別れなど……母上も共に都へ参ること、雄勝にて語らい契りました……我もお母上とともに雄勝に戻ります」

「それはなりませぬ……そなたは都へ参られ、真の父君、篁《たかむら》殿のもとにて、いまよりさらに美しう賢う成長《なりあ》われる御身……」

「篁殿……」

大町は深く頷きます。

「知りませぬ、篁殿など」

大町は秋田へ振り返り、

「……櫛箱《くしばこ》をこれへ」

と申しますと、秋田は小町の櫛箱を二人の傍《かたわ》らに置き、膝を擦りながら、元へと戻ります。

「この高麗笛《こまぶえ》に記された二文字を、その手でよう撫でてみられませ」

淡い明るみにては朧《おぼろ》にかすみ、確かめようのない二文字を、柔らかな指にて触れさせます。

「二文字は、鶯《うぐいす》と鶯、篁殿とこの母の契りの徴《しるし》であります……」

「いえ、母上は、遠い国の物語の、美しい御方の名だと申された」

「さよう、鶯鶯伝《おうおうでん》と申す唐《から》の物語。哀しうて、美しい物語と聞きます……雄勝にも出羽国においても、この物語を知る御方は、都にて学ばれた篁殿ただ一人でありましょう。それほどまでにすぐれて雅びな御方が、篁殿なのです……」

母と子も、乳母もまた、鶯鶯伝と申す物語を知りませぬ。

唐にはすぐれた学問や物語が多くあり、都人《みやこびと》はそれらを学び、引き写しておられるとか。漢字《まな》の読める方々の嗜《たしな》みと、聞くのみでございます。

「……一夜《ひとよ》契りしのち、明《あ》け暗《ぐ》れの薄いあかりの中にて、篁殿は涙とともに、急ぎこの二つの鶯を彫られました……二羽の鶯は篁殿とこの母」

秋田の噎《むせ》ぶ声が、伝い参ります。秋田にも初めて知ること。

「この笛を篁殿は、自らの身と思い、永遠《とわ》に忘れずに居て欲しいと、渡されました」

小町は笛を握りおりましたが、大町の手を振り払い、御簾《みす》を上げられて高欄《こうらん》の外に笛を放り捨てたのでございます。

母大町に縋り付き申します。

「要りませぬ、要りませぬ……笛など要りませぬ……母上のほかは何も要らぬ」

秋田が侍女を呼び笛を拾わせ、小町の櫛箱に納めます。

「……なにゆえ母上は都へ参られませぬのか」

大町の深い溜息が秋田にまで及びます。

「……そのわけ、どうぞ都の父君に、そなたより訊ねられるがよろしい……私は雄勝の女《もの》……都に上る身ではありませぬ」

「ならば……この身も母上と同じではありませぬか」

「いえ、そなたは、賢き都人《みやこびと》、篁殿のお子です……都こそ吾子《あこ》にふさわしい住処《すみどころ》」

月が上って参りました。小町は母の懐の中より動きませぬ。

「……ああ、そなたが一夜の逢瀬にて生まれたこと、良実《よしざね》殿に言わずにおりましたなら、篁殿も雄勝に子の在ること知らぬままに居られた。あまりにも美しう賢く育ちおられるのを、良実殿が驚き、都の篁殿に文を認《したた》められたのです。ならば是非に都へ伴うよう、良実殿に命じられました……」

大町は懐の内より、小町の面《かお》を出《いだ》して月に向かわせます。泣き濡れたその面の、白き気高さは、月さえ心動かされるほど。

「ほうら、都にても並ぶものなどあろうはずなき、愛らしき面《かんばせ》……篁殿がお手元に置かれたいのも、真《まこと》に宜《うべ》しこと」

「わかりませぬ、都より雄勝が良い」

「吾子よ、あれほどまで、都に憧《あくが》れておられたのに……」

「母上ともどもなら、都へも参ります……一人では参りませぬ」

大町の身に絡まり放さぬ小町を、大町は引き剝がすようにし、泣き崩れながら奥へと急ぎ入られました。

小町が追います。秋田も追います。

このように、世のすべてが静まりました。

月が高い空に上り、さらに傾き、明け方近くのいまだ暗きころ。

秋田の細く険しい声が、館の内外に響きました。

侍女たちが慌て寄り、また散ります。

「姫さまのお姿がありませぬ……どなたか……どなたか……姫さまを目になさらぬか……ええ……どなたか知らぬか」

月影の中を紙燭《しそく》を手に、走りざわめく人の影、夜盗が襲い来たかと思われるほど。その人影の中に、母大町は居らず、ただ母屋《もや》の隅にてふるえ、御仏に祈るばかりでございました。

築地塀《ついじべい》の内を探しましたが見つからず、東門より外へ出たのであろうと、良実《よしざね》が推し測ります。

常ならば暮れる刻を待ち四方の門を閉めますが、今宵は一行のために開門のまま置かれておりました。

この門より走り出たのであろうと。

良実自ら馬を駆り、供人たちを付き走らせ、月の照らす路を東へと向かいます。

良実は、このような難事《なんじ》と成ること、密《ひそ》かに案じておりました。義理の兄である篁《たかむら》に頼まれし自らの御役にも、いまさら深く思い到ります。

その子、都に置いても劣らず美しいか。歌など教えれば、賢く詠むと思われるか。

文にて篁に問われ、良実、真にこのうえなく聡《さと》き子、比類なき美しさ、とまで返したのです。

その消息に触れ、篁の胸にいかなる競《きお》い心が萌え出たかは、さらに篁より文が届いてようよう、良実は心得たのでした。

その子、われら小野一族にとり、白銀《しろがね》黄金《こがね》となるやも知れぬ。都へ戻られる折り、かならずや伴われたし。子の母のこと、若うして嘴黄《はしき》なりし頃《ころおい》ゆえ、まことに覚束《おぼつか》なし。

良実の胸には、いささかの悔いがありました。今宵の母子の愁嘆の責は、ほかならぬ自らにあるとの思いも強く。

篁の筆文字がゆらゆら迫り参ります。傾く月の下、良実が馬を走らせる先は、多賀城へ入るまえ、小町が初めて海を目にし、手輿《たごし》より降りて波音を耳にし、いかにも心動かされたように、呆《ぼう》と立ちおりし処。

あの高台であれば、女児の足でも走り行き着けぬ遠さではない。どうぞ何事もなく、無事にいてほしい。

良実の思いどおり、月の照らす高台の先に、小さき影がぽつりと立ちおりました。

馬を下り、供人をそこに抑え、良実はひとり影に近づきます。

その影のかなたに、天と海を分かつ筋が右左《みぎひだり》へと長々広がりおります。その広がりは、色失せた月と、海に映り残る月の双《ふた》つを、悠々と抱え込むほどの大きさ広やかさ。

良実近寄りますが、小さき影は石のごとく動かず、良実は女児の気魂《きこん》に気圧《けお》され、神仏の気配すら感じおります。

「……姫、やはりこちらであったか……明け方の海の広やかさ、まことに胸に迫るものよ……」

良実の声にも動じる様《さま》なく、わずかに肩を上下しておるばかり。

振り向かぬまま小町、海に向かい真すぐに申します。

「……都の父君と母上は、一度のみ逢われて私が生まれたと。それは真ですか。それが真なら、父君が我を待たれることなど……有りませぬ」

良実はこの小さき影が、都の心《きぐらい》高い女にも劣らぬほど、強《こわ》い性根を持つこと、思い到ります。

躙《にじ》り寄り手を伸ばせば、たちまち逃れ、良実に振り返ることもなし。

「……母上が一夜の逢瀬と申されたか……それは真《まこと》であり真でなし……私が知るのは別の成り行き……近くに座してよう聞かれたし」

良実、小町の手を取り、その場に引き座ります。小町は首を立てたまま、自らの切袴《きりばかま》の上に身を落としました。

「……岑守《みねもり》殿が陸奥国守のころ、出羽国に国府を造られたのを知らぬものは居らぬはず……岑守殿に随行し、篁殿も幾度となく雄勝《おかち》に来られました。その折り、雄勝郡司《こおりのつかさ》の館にて大町殿に深く懸《け》想《そう》され、幾度も歌を贈られましたが契り叶わず……いよいよ父君ともども都へ戻ることとなり、篁殿は御父君の許しを得て雄勝まで来られ、ようよう一夜を共に明かされました……一夜とは申せ、篁殿の思いは深く、あだや疎かなる語らいにはありませぬ。この良実、たしかにこの身にかえて……」

小町は良実の話を聞き終えて、ようよう立ち上がりました。

「ならば私は、一人都へ参ります。父君、いえ篁殿に、いま聞きしお話を確かめます……そののち父君を、母上のもとに連れ戻ります」

良実はただ、小町が都へ向かう心持《こころもち》になったこと有り難く、さよう、それがよろしい、と細き手を引き立てたのでございます。

その夜大町は、小町の心を乱さぬよう館の寝所より出ることはありませんでした。袖はしとどに濡れそぼちました。

小町も泣き明かしたのち、母上の寝所の前に一筆書き置き、良実一行とともに出立いたしたのです。

その文には女児とも思えぬ見事な筆で、このように記されておりました。

「……必ずや雄勝に戻ります。母上、どうぞ夢にお立ちください。これより小町は、夢こそ真《まこと》と信じ頼み、夜ごと母上に会いに参ります」

東山道《とうざんどう》は難所多く、小町の人世旅《ひとのよのたび》もまた、これより険しい出立となったのでございます。

関《せき》迎《むか》え

七つの街道のひとつ東山道《とうざんどう》は、東海道が海沿いに造られているのにくらべ、険しい山々の間を、ときに流れに沿い、また川の狭まるところを渡り、下野《しもつけ》、上野《こうずけ》、信濃《しなの》、飛驒《ひだ》の国々を経て西へと辿ります。

美濃《みの》より近江《おうみ》へと抜けるころにようよう、迫り来る山肌が遠のいてくれました。

律令により、国司の一行は、陸奥《むつ》国、出羽《でわ》国より都《みやこ》へ上《のぼ》るも下《くだ》るも、この東山道を行かねばなりませぬ。脇の道に入ることも、許されてはおらぬのです。

手輿《たごし》の御簾《みす》越しに見える枝々は、すでに夏の照葉《てりは》を輝かせ、雄勝《おかち》にては目にすることもなき光の多さ、きららかさでありました。

とは申せ、小町《こまち》の思いは多賀城《たがのき》にて別れた母君のことのみ。

いまはもう雄勝に戻り着かれたであろう、と思えば、自らもたまらず雄勝に戻りとうなる。あれは浅間の煙に違いありませぬ、ほれ、と乳母《めのと》秋田に言われ、御簾《みす》を掲げて覗き見た山の煙も、たちまち忘れてしまいました。

瀬田の唐橋《からはし》は、大層な広さと長さでございます。唐の名が付けられておるものすべて、優れて美しきものと、秋田が申します。

「唐の都に似せて、京の都も造られましたとか……猫も牛車《ぎっしゃ》も、唐の名が付くものは他の何より良きものばかりと」

秋田はいくらかでも、小町の気持ちを持ち上げようと、都への憧《あく》がれを囁いておりますが、小町は今や遥《はる》かに遠くなりました雄勝へと、思いは向かいます。

やがて逢坂《おうさか》の関へと参りました。

良実《よしざね》が馬上より一同に声を掛けます。

「逢坂の関にて、関迎《せきむか》えあり。兄君が迎えに参られておる」

たちまち皆がざわめき、供人《ともびと》たちが心を張らせるのが、御簾の内にてもわかります。

小町も秋田も、篁《たかむら》殿と察し、思わず息を止めました。

手輿が下ろされ、わらわらと担ぎ手どもが膝をつく様子。

足音が近くなり、小町の手輿の前に止まりました。

やにわに大きな手にて前簾《まえすだれ》が掲げ上げられると、小町も秋田も、跪《ひざまず》く供人たちも声にならぬ声。付き従う女たちの押し殺した息づかい。

掲げられた御簾の向こう、見上げる空の高さに、男の顔がございました。

秋田が思わず小町を抱き寄せます。

「……小町か」

地の底より渡り来るほどの声に、小町が身を固くしていますと、手が伸びてきて頬に指が添えられました。

驚き打ち震える小町に、声は覆いかぶさります。

「……まことに美しき子」

小町は震えながらも強い眼差しで男を見返します。小町の眼差しを、笑みとともに外したのは男の方でした。

御簾がばたりと下ろされ、男の声のみ聞こえます。

「……都に入るにはまだ陽が高い。あの小屋《こいえ》にて時を待とう……介殿《すけどの》に伝えたきことあるゆえ、皆々は休まれよ」

秋田が小声で申します。

「……今の殿方が父君《ててぎみ》でありましょう。大きな方と聞いておりましたが、まことに大きな……」

小町は言葉を返しませぬ。ただやにわに御簾を掲げられたこと、頬に触られたこと、すべて初《はつ》のことにて言葉もなく。

あれがお父君《ててぎみ》か。

まことに美しき子、と申された。子犬を愛《め》でるような目で申された。

小屋の狭き板敷に、侘《わび》しげな几帳《きちょう》が急ぎ立てられ、小町と秋田は几帳の奥へと入りました。

几帳の向こうに、篁殿と良実殿が向かい合い座しておられる様子。陽の射す中に黒い影ふたつ。

良実殿がひれ伏し、袖を顔に当てておられます。

「……父君が身罷《みまか》られたとは……遅うございましたか……」

「使《つかい》を遣《や》ったが、行《ゆ》き違いになったのであろう」

「……見舞いが叶わぬことになろうとは……信濃の川を渡るに日数がかかり……真《まこと》に真に、無念なこと……」

岑守《みねもり》殿はすでに亡くなられた。

篁殿は端近くに立たれ、空遠くを眺めておられる様子が、綻《ほころ》びた几帳越しに。

「……父君はそなたのこと、案じておられた。直々《じきじき》に言い残したきこともあったと思える。最期の床にて聞きしこと、日をあらためて伝えようと思う」

すると良実殿は声を放ち、嘆かれるのです。

良実殿と篁殿は血を分けた兄弟ではなく、岑守殿が子細あって良実殿を養子にされたことなど、小町は旅のつれづれに、秋田より聞いております。

篁殿は岑守殿の紛れもなき太郎君《たろうぎみ》、小野一族の氏《うじ》の長者《ちょうじゃ》であるゆえ、この度の都入りに何も案ずることはないと、秋田は繰り返し申して参りました。

几帳越しに打ち伏す良実殿の姿は、篁殿の背丈の大きさに比して、侘しう窶《やつ》るる様に見えて参ります。なにやら哀れな心地して、小町も袖を面《かお》に当てました。

秋田も思わず伏し泣きますと、その気配に篁殿は大股にて几帳の内に入り来られ、

「おお、聞いておられたか」

とひときわ大きな声。

篁殿は小町を抱え上げます。

「ようく顔を見たい」

と端近くまで運ばれます。

秋田慌てて、いざり追いました。

「吾子《あこ》よ……我《われ》ぞ父、思うべき人……どうぞ疎まれるな」

と手の中の玉を透かし見る様。

小町、その腕を振り払い、秋田に向かい走り寄ります。

「……歳はいくつになられた」

「十でございます」

と秋田と良実殿の声がひとつに。

「裳着《もぎ》の前に、歌など習わせよう」

篁殿の声に小町、きりりと首を立て申しました。

「歌は母上に習いました。筆《て》も習いました」

秋田は慌て、

「……確かに、歌も手習いも、上手になさいます」

と取りなす。

篁殿は気圧《けお》され驚きます。小町の目の力、澄んだ輝きにでございます。その目を自らは決《け》して外そうとしない気丈さに、篁殿はえも言われぬ感動と、三千年に一度咲くと言う優曇華《うどんげ》の花を待ち得たような歓びを満面に湛えて、わずかに頷きおられるのでした。

几帳の内に入った二人をあとに、篁殿は、袖で面を覆うままの良実殿に申されました。

「亡くなるものありて、顕《あらわ》れるものあり。顕れるものにて、悲しみも癒やされる。介殿、雄勝に吾子のあること、良う報《し》らせてくれました……」

小町は心を凝らし耳を立て、二人の語らいに母大町の名が出ないかと聞き入りますが、それらしき名も様子もありませんでした。

右京の二条西大宮の邸《やしき》に、一行が入りましたのは、都の倣《なら》いどおりに夜更けてでありました。

「姫君、お目を覚まされてくださいい。父君の邸に着きましたようで……築地《ついじ》の端が見通せないほどの広さでございます……」

小町は目を覚まし、御簾の内より供人の手がかざす灯りが、築地塀に幾つもの影を作るさまを呆然と見ております。

「ここはもう……」

「はい、都でございます。内裏《うち》に近い右京のお邸にございます……内裏近くとは、祖父《おおじ》殿、篁殿のお力の証しでございましょう」

「内裏《うち》……」

「世のすべての采配がなされる処」

問われて秋田は、それ以上のことが答えられません。秋田も初めての都でございます。

「雄勝より美しいところなのですか」

「帝《うえ》のおわしますところ……帝にお仕えするお妃《きさき》や女房たちも数多《あまた》、お住まいになられております」

「なぜに内裏が美しいと」

「……皆々歌を詠み、琴の音《ね》流れ、認《したた》められし美しい文が遣り取りされ、花々の良き香は風に漂っております」

「我も見てみたい」

「やがて必ずや」

秋田には、その姿が明日のことのように近う思えます。なにゆえ篁殿が小町を呼び寄せられたか、その算段、計《はからい》も、いまは良う見えております。

この姫君なら、それが叶う。

「……歌も手習いも雄勝にて学ばれました……歌の言《こと》の葉は、強き思いが無くては池の薄氷《うすごおり》のごとく割れ溶けて、何も残らないことも」

「……母上は常々、そう申されました」

「これより先は、父君のお気持ちに身をゆだねられますように」

小町はまた、黙りおります。小町の胸に渦を巻く思いが、秋田には見えております。

「……あのように大きなお身体のお父君ではありますが、この京の中にて並ぶ方も無き学問の御方……漢籍に通じ、徳も高く、御仏のお心を知られる殿方でございます……けして怖がることなど……」

「怖がることなど、ありませぬ」

絹を裂くように高く申されました。

やにわに御簾を上げて面《おもて》を覗きこみ、頰に触れられ、美しき子、と言われたその驚きがどれほどのものかを推し測ります。さらにまた、その驚きを十歳の姫君とも思えぬ強さで押し戻した、澄み切った目の力。

秋田の身震いは、手輿《たごし》の担ぎ手どもの掛け声が消し去りました。

一行は邸《やしき》の東門より入り、東の対《たい》で下ろされました。

すでに足元は暗く、松明《たいまつ》に導かれてのこと。

簀子《すのこ》に立ち止まり、夜気《やき》を吸い込む小町の目に、邸《やしき》の庭の広さと深さがどこまでも続いておるように思えます。

小町は傍《かたわ》らの秋田に小声にて問います。

「あの黒い影は、何でしょう」

「西の釣殿《つりどの》でしょうか……釣殿のかたちが朧《おぼろ》に見えます……」

そうであれば、あの黒い建物まで庭が広がっているわけで。雄勝の邸を二つ三つ重ねても追いつかぬ大きさ。

室内へと入りますと、すでに几帳や茵《しとね》が置かれております。こちらが小町の御座《おまし》となりますようで。あらたな夜具も畳み置かれてありました。

「私は下《しも》の屋に下がります」

秋田は暗がりの中に、吸い込まれるように消えました。

灯台の明るみの中に、小町一人取り残され、秋田を追いかけようと月明かりが照らす簀子に出ますと、傍らに人の気配。

「……乳母《まま》ですか」

と問えば、気配は異なり、馴染みのない香が流れ参ります。

「……どなたか」

「小町さまで……」

「はい……どなたですか」

「君《あなたさま》の姉でございます」

大きな邸に棲み着いた狐狸《こり》のたぐいであろうかといぶかり、簀子の端まで身を寄せて月影にて確かめると、浮き出て参りましたのは、面《おも》白き女人《にょにん》の姿。

「……我《われ》に姉などありませぬ」

「ならば今宵より、姉になります……長くお待ちしておりました」

思いの外涼やかな声なのです。

「……伯父君も、父君も、我に姉のあること申されませんでした……姉と申されるなら、真《まこと》のこと、お教えください……この邸には、我の姉妹《はらから》が他にもお住まいでおられますのか」

「いえ、君の姉は我ひとりでございますが、あと三人《みたり》ほど、渡殿《わたどの》に住まわれる御方がおられます。いずれも共に、歌や手習い、琴の手ほどきなどを受けております」

「皆々さま、父君《ててぎみ》のお子なのではありませぬか」

小町は、同じ境涯の女たちがこの邸に住まうことに驚き、安堵し、また一抹の不安も覚えます。

「……皆みな、小野一族の子と聞いておりますが、確かなことは何も……」

男子は学びの曹司《ぞうし》があると聞き及んでいました。

この邸にて、女たちもそのような折りがあるのかと思えば、いくらか月も冴えて見えます。

「いずれまたゆるりと物語など」

姉と申された御方、たちまち簀子の暗がりに消えられ、小町は一人、月明かりの中に残されたのでございます。

夢と知りせば

父君の邸《やしき》にての暮らし、小町《こまち》にとりましては日々驚きと発見でございました。

同じ歳ごろの姫君たちの振るまいは、雄勝《おかち》にて見知ったものとは異なり、心に秘める思いもさほど無きように、いかにもあどけない。起きてすぐに楊枝《ようじ》をつかい、手を洗う習《なら》わしにも、乳母《めのと》たちの声をきかず眠たげに苛《いら》ぐ者あり、また、気色ばみ楊枝を投げ捨てたりもする。

小町が姉と名乗った女のみ、静《しずか》に小町に囁きます。

「……あの姫君たちは、小町さまより歳も少なく、早う親より離れて来られましたゆえ、真《まこと》は寂しいのでございます」

歳を訊ね合うこともありませぬが、いまだ女童《めのわらわ》として衣の裾を煩《わずらわし》げに動かし、ときに几帳《きちょう》を手で払い面《おもて》を覗かせたりして、声立てて笑われる様は、雄勝の家の庭にて遊ぶ家人の童たちを、思い起こさせました。

衣の織りと色は、とりどりの鮮やかさ。その色々が動き回る様は、まぎれもなく都の華やぎでございます。

とは申せ、和歌や手習いとなりますと、声は静まります。硯箱《すずりばこ》と紙を前に置かれますと、浅い吐息のみ流れるのです。

他の女童たちは、扇で面を覆いながらも庭に出て背伸びなどいたしますが、小町と姉は簀子《すのこ》に出て広やかな南池《なんち》を眺むるばかり。手習いも女童たちは女手《ひらがな》の放ち書きですが、小町と姉は、連綿と流れるように書きます。

ときに篁《たかむら》殿が手習いを見に参られます。その折りばかりは幼き姫君たちもとりつくろい、紙をすべる筆の音のみ聞こえます。

和歌も手習いも琴も、小町に並ぶ姫君なく、その年の秋には、小町と姉のみ、東の対《たい》にての学びとなりました。

姉は、小町に寄り添い声低く申します。

「小町さまの筆《て》は、どなたか都の師に習われましたか」

それほどまでに、秀でておるのでした。

「いえ、すべて母上より……」

そのとき、思いがけず母上のお姿が目の前に現れました。

「その母上は、どなたに……」

姉の問いに答えられぬまま、深い息をこらえておりますとき、真後ろより声がありました。几帳《きちょう》に隠れおられた篁殿でした。

「……吾子《あこ》たちよ」

小町も姉も振り返り、居ずまいをただします。

傍《かたわ》らに置かれている衣箱《ころもばこ》の、畳まれた衣が目に入りました。艶つやとした塗りの箱の中に、花が咲いたような絹の美しさ。

「二人に新しい小袿《こうちぎ》を調えた。竜胆《りんどう》の襲《かさね》を小町に、紫苑《しおん》の方を姉にと……いかがかな」

二人はかしこまり、頭を垂れております。小袿は袙《あこめ》のように丈短い衣ではなく、裾を引く大人の衣。

はやばやと姉は手に取り、嬉しげに笑みますが、小町は衣箱を横目に見て、伏したまま声もなし。

「……雄勝の母上は、小町によう教えてこられたらしい。良実《よしざね》殿から聞き及んでいましたが、予想《こころまさり》以上にておられる……面《おもて》を上げられて我《われ》の目を……」

小町が篁殿を見上げます。

「美しき子よ……母君に良う似ておられる……」

「父君は、母上の面差しを覚えておられますのか？」

と問い返しました。

一夜《ひとよ》限りゆえ、覚えてなどおられまい。

「……覚えておる……母君の面差しが重なり見ゆる……もうそっと明るい方へ面《おもて》を……」

このような父君の振るまいに、姉の方は何も覚えないのか、衣箱の中ばかり見詰めております。

小町は言われるまま、面を明るみに向けました。願うのはひとつ、自らの面が母上を思い起こさせますようにと、そればかり。

篁殿は、ただ小町を見ております。気遠く、妖しくも冷たき眼差し。

「……これより我《われ》が、歌の師となりましょう……こちらに紙を持って参った。硯箱《すずりばこ》もある」

と置き誘うと、そのまま背を向け、問われます。

「……その料紙《かみ》はいかがか……都にのみ在る紙だが」

初めて手にする紙であろうと、篁殿は自慢げな物言い。小町と姉は見交わし、姉の方が申しました。

「紅葉《もみじ》が漉き込まれてあります……美しい紙でございます」

「紙の香りはどうか」

小町が答えました。

「……小倉の山の、流れに浮かぶ紅葉のにおいがいたします」

篁殿が振り返り、

「……紅葉に香りはないが」

「いえ、ございます。美しいもの、色鮮やかなものには、香《か》が宿ります」

小町が首を立て、うら若き女とも思えぬ強い目で申しました。

「小倉の山でなければ、三室《みむろ》の山の紅葉葉《もみじば》の香りでございます……我は訪れたことなき山々でございますが、この紅葉はいずれかの山より参りましたものかと」

篁殿のたじろぐ様に、小町は目を伏せ、さらなる声を待ちました。

「……小倉の山も三室の山も、名だたる紅葉の山。そのようなところを、雄勝の母上がご存じであったとは」

「いいえ、母上からは、山や川などの歌枕を習いました……三笠の山も、末の松山も、歌枕でございます」

篁殿はただ感嘆し、小町を見下ろし、立ちつくしております。

「……末の松山……そう申したか」

と最後に呟かれました。

「はい、都より遠い、鄙《ひな》の果て、陸奥《みちのく》や出羽《でわ》の国の、歌枕にございます。お父君も馴染まれました地と存じます」

小町の声が気を孕み、しだいに昂ぶりますこと、篁殿が気づかれましたかどうか。

「……そのような歌枕も雄勝の母上が」

「はい、母上より習いました……このような古き歌も……

君をおきてあだし心を我が持たば
末の松山波も越えなむ

……母上は幾度となく口ずさまれて」

あなたを差し置いて、私が浮気心を持つならば、あの末の松山を波が越えることでしょう、けしてそのようなこと在りませぬが。

篁殿はたじろぎ、穏やかならぬ様。

「……その歌を、雄勝の母上が、幼き子に教えられたとは」

「東歌《あずま》は、かなしいとも、申されました。詠み人のわからぬ東歌……」

「……まさしく東歌は……西の果て、国の守りに付き行く、防人《さきもり》などが……」

「あだし心など持ちませぬという誓言《ちかごと》の歌と、母上は申されました」

篁殿はいよいよ胸を衝かれた様子にて、言《こと》の葉も出せませぬ。小町の中に息づく激しき思いに、戸惑いおるばかり。

小町はそれを知り、躊躇《ためら》いもなく重ねて申します。

「……母上はこのようにも申されました。女が、遠く去りゆく夫《つま》に誓う歌でもあると……母上はその誓言を守られました」

篁殿は汗を覚えられたか、黙します。この美しき子の心根には、その母の思いが篤《あつ》く宿り、化身となりて言の葉を繰り出しておるらしい。

その言の葉はいかにも真直《ます》ぐ、美しうて正しい。

この子の母大町は、かように強き女であったかと。

「末の松山は、多賀城《たがのき》の近くにございます。多賀城まで、我は母上と参りました。母上はその地より、ふたたび雄勝へと戻られました。我は母上とお別れした月の夜を、生涯忘れませぬ……あの夜、我は……」

さすがに声が詰まり、涙を抑えられません。

篁殿は小町の前に膝をつき、袖をとり小町の白い面《かお》に当てられました。

「存分に袖を濡らされるがよろしい……存分に……」

真《まこと》は篁殿、こう申したく、それを堪えたのでございます。

吾子よ、存分にこの父を、恨み果てられよ。

「近いうちに、裳唐衣《もからぎぬ》の姿も見たいものだ……髪上げの飾りも調えねば……その料紙《かみ》に、思うままの歌を書き付けるがよろしい」

言い置くと篁殿、寝殿へと渡られたのでございます。

残りました姉は小さき声にて申します。

「小町さま、なにゆえあのように厳《きび》しうなされますか……」

小町は聞こえぬのか黙して、良き香のする料紙《かみ》に、硯の筆を走らせました。

　思ひつつ寝《ぬ》ればや人の見えつらむ
　　夢と知りせば覚めざらましを

あの人を思いつつ眠りましたので、あの方が夢に見えたのでありましょうか。夢とわかっておりましたなら、目覚めることもなかったでしょうに。

書き置いた上に、散らぬよう鎮子《ちんし》を乗せ、小町はそのまま奥に引きこもりました。

残る姉は、小町の筆《て》の上手に感嘆し、文字を追ううち、いくらか異《い》な心地になります。妹がこのような、恋の歌を詠むとは。

これは紛れもなく、恋しき人に夢で会う切なき歌。小町本人の歌ではなく、母上から詠み聞かされた贈答の歌かも知れぬ。

その夜、残された歌を手に、驚き胸打たれたのは篁殿も同じでございました。

篁殿は紅葉の色が透けて見える料紙を灯にかざしながら、流れる水のように認《したた》められた歌を繰り返し読み、思わず膝を打ち、息を止めたのでございます。

これは恋の歌ではない。いや恋の歌だ。母を恋しく思うあまり、夢の中で乞いもとめ、会えたいっときを狂おしく惜しみ、夢よ覚めずにいて欲しいと願う、まさに恋歌。

そして篁殿もまた、小町が姉のように、これは母の大町が教えた歌であろうと、一度ならず思ったのでございます。

日をあらため、小町を寝殿に呼び、胸ふところに納めていたこの歌を取りだし拡げました。

「……この歌、すぐれて美しい。もしや母上が詠《うた》われたものかと」

「我が詠みました。夢の歌、折り折りにつくり参りました……この邸に参りましては、毎夜のごとく、夢の歌ばかりを」

「……この夢の中のお方とは」

「母上にございます」

篁殿は深く息を吐き、得心した様子なれど、いまだ頼りなき面持ち。

「……そうであったか……で、母上は夢の中にて、どのような」

「……美しうて悲しみも深う見えます。何かお声を、とお頼みしても、静《しずか》に首を横に振られます。そして……不思議な嗚咽《おえつ》を」

「不思議な嗚咽とは」

「はい、嗚咽は鶯鶯《おうおう》と聞こえます」

「鶯鶯」

「……遠く唐《から》の国の物語、姫君の御名前とか」

それを聞く篁殿、おそろしきものから逃げるように簀子に出て立ちすくみ、南池《なんち》に目を泳がせ、ぼうと心霞む様子。

その背に、小町が吹く高麗笛《こまぶえ》の音が流れ届き絡みます。

篁殿は笛の音に身を返し、小町まで戻り来ると、その手の笛をやにわに取り上げ、険《けわ》しき声にて申しました。

「女人《にょにん》が笛など吹くものではない。この邸の中にては赦《ゆる》されない。取り上げる。母上にもそう教えられたはず」

「はい、教えられました。とは申せ、この笛を生きてあるかぎり手放すなとも、申されました。鶯の二文字を彫られましたのは……篁殿でございます。その笛、どうぞお返しくださいませ。母上が命と思い、大切になされてきた高麗笛でございます」

篁殿は、手元にて笛を見ておられます。

「……この笛返すが頼みがある。私を、父と呼んでもらいたい」

「……その笛を、どうぞ」

小町が手を差し出すと、篁殿は渋りながらも、黒く短い笛を差し出したのです。

「……夜ごと母上にお会いします。母上のお許しがあれば、篁殿を父君と呼びまする。お許しなければ、お呼びいたしませぬ」

二人は見交わすまま動かず、またしても目を外したのは篁殿でございました。

このときの篁殿、長く忘れ去っておりました雄勝での一夜を、暗い底よりもつれた一筋の糸がほどけ天に上るように、思い出《いだ》したのでございます。

鶯鶯の二文字を彫ったあの明《あ》け暗《ぐ》れを。

永遠の別れの切なき昂ぶりを。

二つの影

日を重ね季《き》も移ろい、篁《たかむら》邸の庭には梅の香がただよい流れる、明るい春となりました。

小町《こまち》の手習いも歌も、もはや教える者をこえて秀《ひい》でまさりおります。ほかの姫君たちも、小町の歌や筆《て》を真似、小町が姉《あね》さえも妹に付き従い、それをよろこびとして日々を過ごしおるのでした。

篁殿も小町のはげしき気性にたじろぎつつも、ほかに思見《おもいみ》ることもあり、小町を抑えることをせぬばかりか、ときに息《いき》づき、離れたところより愛《め》で眺めております。

強《けわ》しき心魂《こころだましい》は、小町の美しさをいや増し、都に較べるものなき気高さの証しにも思えてくるほど。

とは申せ、その姿は真《まこと》にあらず。

みな寝静まる夜、衾《ふすま》に身を埋め、息を殺して噎《むせ》ぶ小町を知るのは、小町が姉のみでした。密《ひそ》かに近寄り、震える衾の上より手を添えて、梅の香が漂うやさしさで撫でさすります。あの夢の歌を知る姉には、母を恋うる思い、遣《や》るかたなきほどに伝わり、共に涙するのでした。

篁殿は親しい官人などを通じ、帝にちかい東宮《とうぐう》などにそれとなく、陸奥《みちのく》より取り寄せた昆布《ひろめ》など進物いたします。

篁邸に花も月も恥じらう美しき姫あり。幼きころより歌も書も並外れており、唐《から》の物語などもすらすらと語ることができる。などなど、いささか事々しき沙汰《さた》を、こうした折りに触れ流すのも、篁殿でございました。

小町は篁殿の心知らぬままに、身の回りは物騒《ものさわ》がしうなりおりますが、あれほどに、もの言いつのりました篁殿も、小町を、散り降る梅花に手を添えるように、柔らかく扱うのです。

初めてこの邸《やしき》に入りました折りより、小町、いくらか穏やかな心地に到りおりました。

漢籍の友より邪気よけに貰った卯杖《うづえ》の、五色の組糸が美しう垂れるのを、篁殿は小町に手渡し、帳台の前に立てさせます。

「この卯杖、唐より来るまじないにはありますが、思わぬ人の這い入らぬためにも」

漫言《すずろごと》めいて申されます。

「……このごろ、夢など見るか……雄勝《おかち》の母上は夢に立たれるか」

「はい」

小町は篁殿の口より母上のことが零《こぼ》れ出《いで》ましたこと嬉しく、

「はい、つい先ごろも」

と申します。

「母上は何と申された」

小町は答えられませぬ。

多賀城《たがのき》の一夜の、掻き抱かれた温もりと淡き香のみ蘇ります。

「……母上は、我を恨みおられるのであろうか」

「いえ、そのようなことは」

母大町《おおまち》は恨むことなど無き人。

「……我もときに彼《か》の地の、雪の解ける時分の、細い流れの美しさを思い出しておる……峯々はいまだ白きままなれど、水は音たて流れはじめる……」

「雄勝の細い流れは、遠い都に行き着くものと思いおりました……母上もそう申された……笹の舟など流れに浮かべ、都に届きますようにと……」

篁殿は小町に振り返り、

「……母というもの、男子女子《おのこめのこ》いずれにも、尊く慕わしきもの……今生《こんじょう》に生きるものすべて、母ありて生まれ出でて参ったゆえ」

遠く放たれたまなざしの、かなしきほどのやさしさに、小町思わず、面《おもて》を伏せます。肩よりさらりと額髪《かみ》が、胸元へと流れました。

篁殿がこの折り、何を思い浮かべて遠くにまなざしを放たれておられたのか、小町にはまだ見えぬことでございました。

後のこと。

南池《なんち》の上に月昇り、梅の香もすでに薄まり消え、邸のすべてが寝静まる宵のこと。

寝殿の南廂《みなみひさし》に、庭に向かい並び座す、二つの影がございました。

ひとりは篁殿、もうひとりは山科《やましな》の自邸より訪ね来られた良実《よしざね》殿でございます。

「……いまお聞きしたこと、私には俄《にわか》には信じられませぬ」

良実殿、声のみ嗚咽《おえつ》のごとく流れ出すも、身は屈したまま動こうとなさいませぬ。

「我も耳を疑うた。とは申せ、父上がいよいよ息絶ゆるとき、あれほどの切なる目にて申されたこと、疑うことなど出来ぬ」

「我は、小野の姓のいずれかの生れにて、読み書きにすぐれておりましたとかで……それゆえ父上は養子として迎えられたとのみ、知らされておりました。兄上の相手にもよろしいのだと……」

同じ姓の兄弟縁者の子を、養子となすことまま在りました。実の親は子の出世とよろこび、子は親が増えたとよろこび、万事よろこばしきことであります。

とは申せ、良実殿は実の父を知りませぬ。乳母《めのと》より聞かされたのは、二歳違いの兄篁殿は小野一族の長子であり、すべてに優れておられるお方、万事篁殿を立て、篁殿に倣《なら》い、お仕えするようにと。

岑守《みねもり》殿が陸奥《むつ》の国守として多賀城《たがのき》へ赴任された折りも、同道を許された良実殿は、篁殿を支え守る役を全ういたしました。

良馬として名高い陸奥の馬を、二人で乗りこなした思出《おもいで》も、懐かしう去来いたします。良実殿はいかなる時もただ、篁殿に怪我の無きよう、気を尽《つ》しおりました。

振り返れば、それもまた懐かしき日々でございます。

その来し方が、いま無音の月の光の中、崩れ流れてたゆたいます。

良実殿の胸中も、それを語り聞かせる篁殿も、深々として真《まこと》に苦しき心地。

「……幼子であった折り、我は母上を亡くした……母上はもう今生にはおられぬ……」

良実殿が呟かれますと、篁殿も長く息を吐かれて、

「さよう、幼きころゆえ、何も覚えてはおられますまい」

「…………」

「伏見の竹林の家の記憶は」

「まるでありませぬ。竹が生い繁る中、池か沼のようなものが、ございました。その景《けい》のみ、おぼろげに」

「……それで良かった」

「……そうは思えませぬ。母上は幼き我を置き、どのような思いにて自ら命を絶たれたのか……」

次の言《こと》の葉を探し出せぬままの、篁殿でございます。

「……伊予親王《いよしんのう》とその母君吉子《よしこ》様の自害を報《し》らされたその日に、幼き子を遠ざけられ、伊予親王と同じ毒を召されたと……父上は苦しい息の中にて、しかとそう申された」

「ならば」

「さよう……良実殿は、伊予親王のお子……王であります。すべてを秘して、父上は残された子を我が子となされた。それが伊予親王に殉じられた母君の、望みでもあったそうな」

篁殿のそのひとこと、良実殿も、口にした篁殿も、信じかねておるのです。

良実殿の頬に、冷たき月影が刃物のごとく射し参ります。その横顔は、恐ろしげに凜として冴えて見えます。

「……親王謀反の折り、母上は」

「謀反発覚の前、不穏な気配が都を覆っていた夜のこと、父岑守殿を訪ね来られた御方こそ、伊予親王であったと……幸いなことに、親王に幼きお子のあること、世には知られておらなかった……

子の母が小野姓の低い身分の出であることも縁《えにし》となり、親王は、学者として世に信任篤き父上を密《ひそ》かに訪ね、女人と幼子を託されたそうな」

「我には一片の覚えもなく……」

「……その折り、父上は親王に真意を糾《ただ》したものの、親王の御心は清らかで、平城《へいぜい》天皇に弓引くなど思いもよらぬこと、すべては右大臣殿の謀《はかりごと》であり、親王の母君自らも、無実であると申された。とは申せ、政《まつりごと》の嵐には抗しきれないかも知れない。何があろうと、この子を守って欲しいと」

良実殿、黙して頷きおります。

「……さようなことがあり、伊予親王を良く知る父上は、母と子を、伏見の竹林の家に匿《かくま》われた……親王と母君吉子様が捕縛され、幽閉された寺にて毒を仰ぎ、それを聞き、竹林の家にて子の母も覚悟の追い死。そののち父上は、残された幼き子を引き取られた」

良実殿、肩を落とし、背を丸め、袖を面に当て噎《むせ》びおります。母君の姿、その様《さま》、まざまざと見えて参ります。

「……父上はあの通り、政《まつりごと》より離れて、漢籍にのみ身を沈めておられたゆえ、伊予親王と親しくはありましたが、どなたもこのような疑いを持たれなかった。隠れ所として、小野族と縁のある竹林の家は適当であったと思われます」

「母上までが、人知れず自害なさるとは」

「思いは、親王のお側に在り続けたのでありましょう……父上は残された子の出自を秘め続け、我が子として育て、平城上皇が廃され伊予親王の無罪が明らかになった後も、黙し続けてこられた……息絶える間際まで、守り続けてこられました」

「……その、父上のお心はどこに」

「……我は父上を良く存じて居る。政《まつりごと》の無残な様を知り抜いておられた。学問は政《まつりごと》の風嵐《かぜあらし》の盾となる、とも申されてきた。伊予親王の罪が晴れたとて、凪しだいではいつまたふたたび、罪人にされるやも知れぬ。その危うさを知っての分別であったように思う。とは申せ、最期に良実殿にこのこと伝えて、浄土へと旅立ちたかったのでは……あいにくと良実殿は任地ゆえ、我が聞き預かり、こうして伝えておるのです……」

この事変は、大同二年に起きました。桓武《かんむ》帝崩御の後、安殿《あて》親王が即位されて平城天皇となられた翌年のことです。

伊予親王は、父の桓武帝の寵愛も深く、狩猟にも同行し、天皇も親王の邸《やしき》に立ち寄られるほどでございました。

異母兄である平城天皇の即位後、伊予親王の外舅《がいきゅう》である藤原《ふじわらの》雄友《おとも》ともども皇族の重鎮としての役目を与えられ、平城天皇とも良好な関係を保ちおられましたが、雄友は、藤原宗成《むねなり》が親王に謀反をそそのかしているとの報《しらせ》を受け、時の右大臣に密告したことから俄《にわか》に不穏な政争、不信の波が起きました。

宗成は捕らえられた折り、伊予親王が謀反の首謀者であると言い立て、親王は百五十の兵に邸を取り囲まれ、捕縛されたのでございます。

親王は母の吉子様ともども川原寺の一室に幽閉され、飲食を止められ、毒を仰いで自害されました。

親王の二人のお子も連座の憂き目に遭い、流罪となりました。

人々は親王母子を哀れみました。

後に親王母子は無実とされ、復号復位がなされましたが、それは淳和《じゅんな》朝になってのことでございます。

親王母子の自害で終わりを見た後も、平城帝は謀反者を厳しく取り調べ、伊予親王一族郎党は息を潜めて生きるしかありませんでした。平城帝の治世を安泰にしようとの意でございましょう。

小野岑守殿も、伊予親王の子を匿《かくま》い育てることは、容易ならざることでございましたが、小野一族が学問の家柄であることで、見逃されてきたのだとも申せます。

しかしその後平城帝は譲位を強いられ、二年後には嵯峨《さが》帝の御世へと代わったのでございます。

まさに有為転変。

平城京を懐かしみ遷都を企て、薬子《くすこ》や藤原仲成《なかなり》を重用された平城帝が、政《まつりごと》を歪めたとして裁かれ、仲成は死罪、薬子は自害し、平城上皇も廃されたのです。

その折り、平城上皇の皇子阿保《あぼ》親王も、大宰府に配流の憂き目に遭うて居られます。

これは薬子の変とも呼ばれ、まさに桓武帝後の一連の政争でもありました。

世はうつろい、伊予親王の御名もすでに遠く、これら変事も暗い中にぼうと霞んでおります。

その御名が、いまあらためて篁殿と良実殿の身近に、迫り参ります。

「父上はふとした折り、我の面《かお》をひたと見て、黙しておられたが……あれは……」

良実殿は、闇の深さ遠さを、彷徨《さまよ》いおられる様子。

「……あれは我の面に、何かを見ておられたのか……」

「親王のお姿を、探しておられたのかも知れぬ」

「我は、鏡に向かい、我を産んだ母上の姿を探したことが幾度もあった……」

「母君への親王のご寵愛は深く、親王の身に何事があろうと、その子を生かし抜くお気持ちであられた……親王のお子、王であれば、今のままでよろしいのかどうか……」

篁殿のこの言葉に、良実殿、きっぱりと言い放たれました。

「我の父上は岑守殿ただ一人でございます。兄上もお一人。それこそ、亡き母上の、いえ、親王のお望みでもありましょう」

裳《も》着《ぎ》

小町《こまち》が都へ参りましてはや四年、天長十年の春のことでございます。淳和帝《じゅんな》が譲位、正良《まさら》親王が即位なされて仁明《にんみょう》帝の御世となりました。

篁《たかむら》殿は前の年の春、従五位下の官位をいただき、大宰少弐《だざいのしょうに》の職にありました。清涼《せいりょう》殿の殿《てん》上《じょう》の間に上がることを許された身分でございます。

邸《やしき》にてこの半年ばかり、漢籍や唐《から》の詩文を小町に読み聞かせるのが、篁殿の日々の習わしになっております。

女子に学問は要らぬ、との世の風に背いての教えで、これには篁殿なりの思計《おもいはかり》もありますようで。漢籍を説き語る声が、西の対《たい》まで流れくるのを、ようよう髪の伸びてきた姫たちも、離れたところにて耳を傾けおります。

その忙《せわ》しなき声色、厳しき教えを羨《うらや》みながらも、ときに痛ましう覚えるのでした。男子の大学寮もこのようであるのか。

ときに叱咤の声が響けば、小町より姫たちが竦《すく》み怯えるほど。

とは申せ、小町はいささかも苦しうなどありません。雄勝《おかち》の母上との学びの夜など思い出し、愉《たの》しくさえあります。

唐の三史《さんし》など、異国の史書に心浮き立つほどでありますし、唐の詩文は、白砂《しらすな》に落ちる雨滴《うてき》のごと、小町の胸に吸いこまれて参ります。

篁殿は、詩文に酔う小町の目に、他の姫にはない輝きを見て取り、いよいよこの才を生かさねばならぬと思い定めるのでした。

ある日、篁殿の漢詩文の先達である安倍安仁《あべのやすひと》が、子清行《きよゆき》に文を持たせて寄越しました。折り折りに、我が子清行は天骨なり、などとその才を自慢しておりましたのを思い出し、篁殿は風狂にも、小町と漢詩の才を競わせてみたくなりました。

もしも幼くして小町を圧する才あれば、清行を婿にしてもよいなどと思いましたものの、三史の知識はあきらかに小町が優れ、清行はただ小町の姿に見とれるばかり。やがて小町は退屈し、持たせた扇にため息をもらします。それを見て篁殿は、小町はさらに高い位の男こそふさわしいと思い描きましたようで。

この折りの篁殿の風狂、童たちにとりましては、はなはだ迷惑なことでございました。そして梅散り桜に移る穏やかなる季《き》のこと、篁殿の漢籍の先達であり、友でもある滋野貞主《しげののさだぬし》殿から文が届いたのでございます。

貞主殿と申せば、平城《へいぜい》朝において文章生に及第し、嵯峨《さが》朝においては内記《ないき》や正良親王の東宮学士《とうぐうがくし》をつとめられた学才でございます。『文華秀麗集《ぶんかしゅうれいしゅう》』や、近くは『経国集《けいこくしゅう》』二十巻の編纂にも参画されておられます。

穏やかな学問のお方であり、政《まつりごと》の波を避け、真直ぐに書籍に向かわれる姿は、篁殿の憧《あく》がれでもございました。

そのお方の丁寧な文とは。

邸《やしき》の花はいかがかとあり、その後に小町の出仕《しゅっし》を望まれること、書かれてありました。

その子細は、これこのような次第。

「一の女《むすめ》が、このところの出産につき、邸に里帰りしております。無事出産ののちは産養《うぶやしない》などの儀も、良くよく執り行う所存でありますが、参内の折りは、貴君の女《むすめ》を、伺候《しこう》させては頂けないか。美しき姫と漏れ聞きおります。さらには歌に優れ、漢籍をも学んでおられるとか。是非に是非に」

そのような意の文でございました。

一の女とは、縄子《つなこ》様のこと。

篁殿は、すぐさま返しました。

「真《まこと》に有り難きこと。さまざま学びおりますものの、いまだ裳着《もぎ》を済ませておりませぬ。いずれ調えしのちに、お仕えさせとうございます」

いくらか勿体をつけながらも、その先に目を配る篁殿。

「良き知らせで真に嬉しいかぎり。裳着には私が腰結《こしゆい》の役を務めましょう」

この返しに、篁殿の胸は躍ります。

裳着の腰結役は、一族の長老が務めるのが習い。貞主殿が、あえて申し出てくださっておるのは、格別の思いがあってのこと。

縄子様は、この春即位されたばかりの仁明天皇の女御で、東宮時代の後宮にて、すでに親王と内親王の二人のお子に恵まれておられるお方。

最初のお子は、帝の五番目の親王ですが、お体が弱いのを案じられてか、何かにつけ縄子様を里に戻されておりました。

邸にて親王の健やかなるのを確かめしのちは、急ぎ内裏へと戻り来るよう仰せられます。

他の女御に較べても、お気持ちの深き証《あかし》と、有り難さにひれふすばかりの貞主殿でございました。

さらに、即位のころ明らかになりました三度目の懐妊。

貞主殿は、里帰りしました縄子様の世話によろこび明け暮れておりました。

篁殿も、このような昇る陽にも似た女御が小町を伴い参内されるなら、後宮の目をさぞかし集めるであろうと、勢いづく心地。さらには貞主殿自ら、腰結役を務めてくださるのです。これこそ願うとおりの成り行き。

ところが目出度《めでた》き事ばかりは続きませぬ。魔に魅入られたかのような厄《わざわい》が、貞主殿と縄子様の身に、降りかかって参ったのでございます。

縄子様が里に戻り、邸にて育てられておる六歳の親王と三歳の内親王の成長をとりあえずよろこんだのもつかの間、暑い日が続く五月の末のこと、親王が俄《にわか》に息乏しくなり、亡くなられました。急ぎ弓を鳴らし、祈禱師を呼び寄せ、悪霊を払いましたが間に合わず、細き身体はたちまち力を失い、母君の願いもむなしく、幼き魂は天へと消え去りました。

報《しらせ》を受けた帝のお嘆きもひととおりではありませんでした。

青白く固まりました親王のお顔を、侍女ら涙ながらに撫でさすり、魂を呼び戻しますが、小さき骸《むくろ》はさらに小さく細く、ついに儚《はかな》くなられました。

花も咲くのをひかえるほどの、寒気が戻りくる日々でございました。

春よりの即位のよろこびと親王の薨御《こうぎょ》、さらには秋に待たれる御出産。

貞主邸は、よろこびと悲しみが斑《まだら》な雲霞《くもかすみ》に覆われ、邸内は声をひそめ、音立てぬよう、それでも忙《せわ》しなく動きおります。

篁殿も、貞主殿の掌中の珠《たま》であった親王を失った悲しみを慰めようと、見舞いの文を幾度となく届けました。

その文の最後には、必ずこのように付け加えました。生まれて来られる御子は、亡き親王の生まれかわりでございましょう、仏の御心に任されて、どうぞ安らかにと。

縄子様の御許《おもと》へ出仕するよう、小町が命じられたのは、このような時でした。卯《う》の花から撫子《なでしこ》へと移ろう季でございます。

小町はこのとき、白く濁る空が割れ、そこに未知の世が見えたほどの驚きとよろこびを覚えました。雲の絶え間を、自らの身が昇り行くような心地さえも。

内裏《うち》へ上がれば、これまで母上や父君に学んだことが役に立つはずだと。

美しく賢い女房たちが日々行き交い、歌を詠み交わす様。殿舎《でんしゃ》の中は、身分高き女御や更衣、それぞれの女房たちの衣擦《きぬず》れの音で満ちている。

その一人となり、内裏へと上がる身の、なんと誇らしいことでしょう。母上にも文を書かねばと心弾みます。

このようにして夏が過ぎ、秋となりました。

名月よりいくらか早い日、縄子様は親王をお産みになりました。

亡くなられた親王と異なり、このたびのお子は丸々と太り、高く産声を上げられたのでございます。

帝の安堵もひとしおで、亡き親王の転生に違いないと、御文も届き参りました。

三日目、五日目、七日目と続く産養《うぶやしない》は、親類縁者が参集し、産着や食べ物などを贈ります。併せて産婦をねぎらい、母子から邪気を払うのです。

篁殿に連れられた小町が、貞主邸にて初めて縄子様にお目にかかりましたのは、これらの儀式がひととおり終わり、縄子様にも安堵の気配がもどりました秋の日でございました。

すでに寝殿へと移られ、母屋《もや》の御簾《みす》の中に乳母《めのと》とともに居られます。

御簾越しに浮かび上がる縄子様と親王の、丸くやわやわとしたお姿。

南廂《みなみひさし》にて小町は、篁殿の後ろにひかえ、篁殿の祝言《いわいごと》を聞きおります。身は伏しておりましても心は、これからお仕えする母子に吸い寄せられておりました。

南廂には何人もの女房たちが居並び、小町を見定めておりますようで。

貞主殿は居並ぶ女房たちに、縄子様に付きそう小町を引き合わせます。女房たちのひそめた声も、それとなく聞こえ届きました。

まあ、お可愛い女童《めのわらわ》でいらっしゃること。

裳着を済ませば、女童と呼ばれることも無くなるでしょう。とは申せ、小町の心根の強さは、女童らしい愛らしさをひきたててもおりました。伸びてきた髪も、まだようよう背に届く長さ。

縄子様は、乳母と親王からはなれて御簾際《みすぎわ》に躙《にじ》り寄られ、声を掛けられました。

「……そなたが篁殿の……中君《なかのきみ》」

「……はい、どうぞ小町とお呼びくださいませ」

「篁殿のお力にて、和歌も漢詩も、学びすぐれておられると聞きました」

小町が面《おもて》を伏せておりますと、篁殿が、急ぎ言い添えます。

「……さようでございます。すでに三史を学び、詩文も諳《そら》んじおります。歌も良く詠みます……」

「歌……ですか……まだ幼く愛らしき女童《めのわらわ》に見えますが」

「……縄子様の参内までには、裳着《もぎ》も済ませ、衣装や調度なども調えねばなりませぬ」

「ああ……裳唐衣《もからぎぬ》のお姿は、どんなにかお美しいことでありましょう……麗景殿《れいけいでん》の誉れにもなりましょうとも」

親王がぐずりはじめたので、縄子様は赤子のもとへと戻られます。御簾が動き、ふわりと香が流れ参りました。

庭に目をやれば、南池《なんち》の水際に、野趣濃くはありますが、野の花にしては華やかな紫苑《しおん》が咲き乱れております。

この夏、吾子《あこ》を亡くされたとも思えぬつよきお方。

紫苑を眺めつつ、胸なで下ろしました。

縄子様がお住まいの麗景殿は、後宮の中でも格高き殿舎にて、帝のご寵愛あつき証《あかし》とか。このお方にお仕えすれば、行く末もひらけると、小町は篁殿から聞かされております。

さて。

小町の裳着《もぎ》は、年あらたまり、小豆粥《あずきがゆ》で一年の邪気を払い終えたのち、陰陽師《おんようじ》に選ばれた良き日に執り行われました。

さまざまなところより衣装や櫛の箱などとどけられ、篁殿の信望篤きこと一目でわかります。

絹織物が並べ置かれたのも美しく、なにより見事でありましたのは、小町の裳唐衣衣装と髪上げ姿でございました。

腰より末広に広がる白い刺繍の裳《も》や、赤色に二藍の唐衣《からぎぬ》、その気品あるあでやかさは、腰結役の貞主殿さえ、言葉を失い見とれるほどでございました。

初めて身につける裳の大きさ広さは、小町の心を悠揚《ゆうよう》とした心地にさせました。歌に詠まれた鶴《たず》になり、羽根を拡げ飛び立つ様を思い描くほど。

小町は御簾のうちにて客人の宴の様を見、声を聞きます。やがて宴も終わり、引き出物などが配られました。

気づけば傍《かたわ》らに、乳母《めのと》の秋田が袖を面《かお》にあて、声を抑えて涙を流しおりました。

「姫様……ようここまで見事にお育ちになりました……凍《こお》れる風の中、枯れ草の中の一本《ひともと》の緑草《あおくさ》が……陽射しゆるみ、空明るくひらけ……いまやこうまで美しう……やがて四方《よも》の鶯《うぐいす》も啼きはじめますことでしょう……」

極まる思いを、切れ切れの言《こと》の葉にして噎《むせ》ぶ秋田。

浮き立つ心の小町は、俄《にわか》に雄勝《おかち》の川面を走る冷たき風を覚え、茫《ぼう》となります。高く飛び立ち、雲間にたゆたう心地でありました小町は、地に振り落とされて息も叶わず。

ああ、鶯。

鶯鶯《おうおう》の二文字が彫られた高麗笛《こまぶえ》。

あの笛は母上の魂でありました。裳着の華やぎに忘れておりました雄勝の日々が蘇り、この宴こそ、やがて醒める夢に違いないと思えて参ります。

父君は、笛は男子のもので女人は吹いてはならぬと禁じられた。ましてや裳着を済ませたいま、二度と吹くことは叶わない。

もう戻れぬのか。戻れぬのだ。

懐かしき雄勝と母上から、いよいよ遠く離れる自らの身を、ひしと抱きしめます。

魂《たましい》が雄勝に向かい漂い流れる小町の耳に、酔客の笑み声や戯《ざ》れ言《ごと》が、漫《すずろ》に浮かびきて消えて参ります。

「乳母《まま》よ……我はこれで良いのか……母上は祝い喜んでくださるであろうか……ああ、母上に会いたい……母上に……」

もはや小町の声は、雄勝にも母上のもとにも届きませぬ。

ひとり、女人《にょにん》としての門出でございました。

麗景殿

縄子《つなこ》様が後宮の麗景殿《れいけいでん》へお戻りになり、追いかけるように小町が出仕いたしましたのは、卯《う》の花が垣根に群がり、その小さき鐘のような花を愛《め》でるがごとく、しきりと雨ふりかかる、夏も早きころでございました。

入るのは空が暗くなってからとのきまり。

小町は裳着《もぎ》を終えたばかりの女人《にょにん》とは思えぬほど、はや大人びております。童《わらわ》の顔に似合わぬ思いの深さが、立居振舞《たちいふるまい》に見えておるのです。

並の人は、歳経《ふ》ることで身に染む思いも多くなり、言《こと》の葉も力を得るもの。小町はと申せば、古人先人の歌を知ることで、あたかも歳経《へ》た女人のごと、多くの思いを自らのものにいたします。

父篁《たかむら》殿も、そのめざましき生行《せいちょう》ぶり、ものに動じない心の強さを、恐ろしうさえ覚えおりました。

宵の雨は、もの憂く淡く煙《けぶり》たち、初めて入る内裏の朔平門《さくへいもん》さえ、その色を溶かしかすめるほどでした。殿舎には軒より灯籠《とうろう》が下がります。

古参の女房の案内《あない》で、麗景殿へと向かいました。

立蔀《たてじとみ》に沿い植えられた桜はすでに散り蔀《しとみ》の端にからみつく花々はいまだ色なく、卯の花の柔らかな白のみ、あたりを明るくしております。

思わずしらず立ち止まる小町。

案内の古参の女房が、扇を口に寄せて申しました。

「殿舎のうちにはお花や木の名で呼ばれておりますものもあります。梅壺様、桐壺様、藤壺様、梨壺様……女御様は麗景殿にお住まいでございますが、撫子《なでしこ》をお好みで……いずれゆるりとご案内も叶いましょう」

このときまで小町、後宮を成す七殿五舎の広さ巨《おお》きさを、知り及びませんでした。

「まずは女御様の御許へ」

麗景殿は、常寧《じょうねい》殿の東側に建つ、南北に長い殿の一つでございます。七殿の外側には五つの舎があり、後宮を成しております。

北側の宣耀殿《せんようでん》との間にある中門から入り、西廂《にしびさし》にて母屋《もや》にひかえる女御様にご挨拶いたしました。

「ああ、小町ですか、長う待ちおりました。お父君に、早う参られるよう願いおりましたが、ようようお見えになられて嬉しいかぎり。邸《やしき》よりの道みちはいかがでありましたか」

直々にお声があり、小町、頭を垂れたまま申します。

「……牛車《ぎっしゃ》の中より眺めました大路小路《おおじこうじ》は、松明《たいまつ》の中、築地《ついじ》の崩れなどに卯の花浮き上がりまして、真《まこと》に美しき様《さま》でございました。行き交います牛車もこの花を牛の角にまで添えて……愛らしうございました。宵の雨もまた、卯の花に似合《につかわ》しうございます」

ふふ、と含み笑いの気配。

「初めての内裏《うち》は、いかがか……」

「内裏はもう、何もかも夢にも見たことなき美しき所……殿舎の広さと大きさに気圧《けお》されておりまする」

「どうぞ頭を上げ、面《おもて》を見せてください」

小町が面を上げ、こわごわと扇を取りますと、何と二十人ほどの女房たちが、小首を傾げ、別のお方は扇を少しずらして、いっせいに小町を見ておられるのでした。

「あれ、お可愛い」

「真に」

などの囁きが風のごとく、さわさわと伝わり参ります。

小町は扇を少しずらして、申しました。

「……ただいまは、真に声を呑むばかりでございます……これほどの華やぎ……大路小路の折り折りの花を束ねても及ばぬほどの色合い……」

麗《うるわ》しき景、とこの殿の名を言祝《ことほ》ぎたき心地を抑えます。

「……大路小路の折り折りの花を束ねる……お父君のお血筋の君だけあり、見立ての面白きこと……真に才あるお方」

女房たちが慌てどよめき、束ねられた折り折りの花を想《おも》い、自らはどの花であろうかと興に入る声が、さらに波のごとく寄せ参ります。

「こちらへ」

と招かれて御簾に寄りますと、良き香《か》が流れ参りました。

去年《こぞ》の秋の日、中御門《なかみかど》の里邸《さとやしき》にて出産を無事終えられた縄子様に、初めてお会いした折りの、あの香でございます。

縄子様は香《こう》の道を究《きわ》めておられることを、小町は出仕の前に聞き及んでおります。

里邸にては、夏の盛りに親王を亡くされ、秋にはあらたに親王をお産みになり、女房たちのあいだを走り遊ばれる四歳の時子《ときこ》内親王様の姿もございましたが、いまは麗景殿に、幼き子の姿はありません。

親王は、一の乳母《めのと》、二の乳母、三の乳母までたのみ、里邸にて手厚く育てられております。

参内ののちは、親王を抱きあやすことも叶わぬ身でございます。

御簾よりお顔のみえるまで近う寄りますと、縄子様は身を乗り出して申されました。

「……お父上よりの文は」

「はい、ここに」

と胸に抱え持った文箱《ふばこ》より、文を取りだしました。

「ああ、まさしくお父君のお手蹟《て》……」

目を通されるにつれ、白きお顔に、色が加わります。

「ああ、なんと有り難きこと……いずれ折りをみて、時子がこちらに上がります。里にて独り学ぶより、小町とともにこちらにて和歌など学ばせたいと……帝《うえ》よりおゆるしがありましたそうな」

里邸にて、女房たちのあいだを走り回りおられた女童《めのわらわ》を思い出し、小町も嬉しく、

「よろこばしきお知らせで……宮様にもお仕えさせていただけますとは」

と申し上げました。

「折り折りにお父上も、お顔をお見せになられましょう。上々でございます」

ざわめきと華やぎ。どこからかかすかに入《い》り込む柔らかな粉の雨は、母屋や廂に居並ぶ女房たちの衣や扇のあいだを、しっとりと満たしております。

小町が局《つぼね》に下がりましたのは、夜も更けてからでございました。

細殿と呼ばれております東廂の一隅が、小町の局でございます。局の北と南は鳥居障子で仕切られ、畳四つばかりの広さの隅には二階棚。北廂の外には宣耀殿《せんよう》との間に坪庭があります。

いずれも更衣《こうい》の行事は終わり、障子は開けられ屛風もたたまれ、御簾なども涼やかに風が抜けて参ります。

局に座しますと、内裏《うち》の静けさが身に染みて参りました。小町は脇息《きょうそく》によりかかり、ひと日の昂ぶりを抑えようと、読み始めたばかりの『凌雲集《りょううんしゅう》』を手にとりました。祖父小野岑守《おののみねもり》が撰に加わった漢詩集。

灯台を引き寄せますと、小さき炎《ほむら》に促されますように、母屋《もや》の方より声がありました。

「……小町、雨が上がり、月が美しう昇っております……西広廂に出て見てはいかがか」

「……女御様」

局を出《い》でて西広廂に参りますと、上げられた格子のもとに寄られた縄子様が、高く昇った月を見上げておられました。

小糠雨《こぬか》は気配のみ残し、月は冴え冴えと白く照りおります。

「……里にて裳着の前にお会いした折り、優れて美しうなられると楽しみにしておりましたが、思い違《たが》わず、良き女人《にょにん》ぶりで……我が父上も、小町の真名《まな》や歌の才をこぞり誉めておられます。陸奥《みちのく》にてお母君より学ばれたと聞きますが、真《まこと》か……」

「はい」

「……我《われ》の父上は文章生《もんじょうのしょう》の出です。けして高き位の生まれではなく、学問のみにて今日まで参りました。我には歌を詠む才が乏しく、小町の才に扶《たす》けてもらうのが良いとの父上のお考え……小町には天より授かりし才があると聞き、真に羨ましう思います」

篁殿もまた、文章生の出で、ともに血筋と申すより学問の道にて信望を得ております。

「……小町の母君を恋うる歌など、見事でした」

思いもかけぬこと。はてどの歌であろうと思い巡らせ、ようよう思い出しました。あの父君からいただいた料紙《かみ》に書き散らした夢の歌が、このお方にまで知られておりますとは。

思ひつつ寝《ぬ》ればや人の見えつらむ
夢と知りせば覚めざらましを

「……あの歌でございますか。父上にあらがう心地のままに、母上を恋うる思いを詠みました。母上は、毎夜のごとく夢に立たれます。別れの夜のあの心細さ、雄勝《おかち》に捨て置かれた母と子の悲しみ……叶わぬことを叶えてくれますのは、夢でございます」

「……真直《ますぐ》に詠まれた歌……真直に伝わり参ります……技や才覚の届かぬ力を覚えます……叶わぬことゆえ夢に見る……母上に会いたい思いこそ歌の力でありましょう……我には、それが足りませぬ」

「なんと……女御様は、すべてに恵まれておられます」

「いえ、足りないものがあるのです……帝《うえ》もやがて我の情の浅さに気づかれましょう……小町のように夢にまで現れる強き思い、願望《のぞみ》こそ、歌の才の源《みなもと》であります。我にはそれが足りませぬ」

小町には、女御様の話されること、皆まではわかりませぬが、我が身に潜む力があるようにも、思えて参ります。とは申せ、それはいかにも、叶わぬこと多いゆえの、辛き身の有様。

穏やかで、後宮のどなたとも仲睦まじうなさり、慎ましやかに賢くおられると噂高き女御様が、自らの身をそのように思われているとは。

「女御様の御声に触れられますこと、我にはただ嬉しく……」

この香にふれることも、と言いかけます。

「小町の歌に潜む、心と詞《ことば》の強さを、我もこれより学びましょう。この殿においては、他の女房たちに遠慮は要りませぬよ」

月が雲間に、いよいよ明らかに顔を見せました。

なんと美しい夜。

あの月を鏡にして今宵の我を見てください、母上。

月に向かい、手を合わせます。

「卯の花には雨が似合います。卯の花くたし……と。月も良く添いますね。卯の花月、の言《こと》の葉もございます」

小町が呟きますと、縄子様、またしても頷き愛でられるのでした。

このように、すべて事なく、女御様への出仕叶いました小町ですが、思わぬ悲しみにも遭《あ》うことに。

朝の髪梳きの終わらぬうち、小町の乳母《めのと》秋田が、麗景殿に参りました。

久々の対面に躙《にじ》り寄り、その手をとり、よくよく見ますと、秋田は旅の姿でございます。傍《かたわ》らに置かれた市女《いちめ》笠に目をやり、小町は小さく声をあげました。

「まさか……」

と息を呑み、たちまち袖で涙を拭うことに。

「秋田、まさかこれより」

「はい、雄勝《おかち》に戻ります。ひと目小町さまにお別れをしてと……」

「いつよりそのように……」

思い定められたのか。

それを知れば、何としても留めることもできたのに。

「……小町様の裳着《もぎ》も宮仕《みやづかえ》も叶い、わたくしはもう、都にての御役はすべて果たし終えました。この上は雄勝に戻り、お母上大町様に報じ、そののちは秋田へ戻ります」

「ああ、なんと気ぜわしいこと……一夜なりとも共に……」

女房たちも遠くよりこの様《さま》を見守り、思い思いに袖を濡らします。みなそれぞれ、乳母との別れの辛さを知る身、思い出すことも在るようで、声をもらす女房もあります。

「……いま少し、ここにてお待ちを」

小町は局に入り、いそぎ筆をとりました。

「母上、夢にてはお健やかなお姿なれど、いかにお過ごしでしょうか。雄勝は遠くなりましたもの、思いは常に母上のもとに……麗景殿にての我の在る様、どうぞ秋田より直に聞かれ、安んじて下さいますよう」

思い昂ぶり、懐かしさ溢れ、筆は進みませぬ。

手指は白くふるえ、袖ばかりか料紙《かみ》まで、濡れそぼつのでございました。

撫子《なでしこ》

麗景殿《れいけいでん》に入りましてからの小町は、憂きこともなく、上々の日々を過ごし、女御様のみならず他の女房や下仕《しもづかえ》に到るまで、好まれ過ごしおります。

出仕したのが卯《う》の花の季《き》、そしていまや一年《ひととせ》を越えての秋となりました。

秋とは申せ、麗景殿の西の立蔀《たてじとみ》には、低きあたりにいまだ夏の名残の撫子《なでしこ》が、けなげにも淡い色をひろげて群れ咲いております。

この御殿《ごてん》、他の五舎のように梅、藤、桐と花木の名こそありませぬが、女御様のお好みは撫子。

密《ひそ》かに女御《にょうご》様を、撫子の御方と呼ぶ宮人《みやびと》もありました。

まことにその名は、自らを強う押し出されることもない、儚《はかな》げな様子の女御様に、いかにも相応しう思われました。

いつぞやそのように、他の方に呼びかけられた折り、女御様はたちまち言い消され、撫子ならこの小町こそ似つかわしい、などと、愛らしき花の名を、傍《かたわ》らに座した小町に譲られたのでございます。

それほどまでに女御様は、小町を近う、信を置いておられました。

帝《うえ》への文使いは小町の役。

他の殿舎への言づても、里邸《さとやしき》への文も、小町を呼ばれ、書いた文を見せられます。とりわけ帝への文は、まず小町にお見せになり、意は伝わるか、良き頃《ころおい》であるか、などお尋ねになります。歌を添える文は念入りに、歌の良し悪しはいかがかと問われます。年若い小町には身にあまる扱い、女御様は小町の応《こた》えを面白がっておられるのかも知れませぬ。

空の良く澄んだ朝。

鋭く光冴え、夏花《なつのはな》が力を落とすのを見て女御様は、麗景殿への帝のお出ましを願う文を差し上げました。

このところ、帝のお出ましが遠のいておりました。

文の結びに、歌を添えました。

朝ごとに我が見る宿の撫子が
　花にも君はありこせぬかも

毎朝目にします撫子でございます。この花にでも会いに来て頂きたく、との古歌を引き、思いを伝えたのでございます。

小町は下仕《しもづかえ》の女に、立蔀《たてじとみ》のもとに生える撫子を一枝取りに行かせ、文箱にこの花を結ぶようお勧めします。さらに撫子の花に、露に見立てた香り水をふりかけ、帝にお持ちしたのでございます。

清涼殿《せいりょうでん》の西廂《にしびさし》の簀子《すのこ》にて、帝の女官に手渡そうといたしますと、前におられた方の裳と髪が、目の端よりちらり流れ消えました。他の殿舎の文使いでございましょうか。慌て下がろうと躙《にじ》りますと、中より官女の声がかかりました。

「……撫子の花、こちらへ」

と、前の使いをそのままに置き、小町を呼ばれました。

朝餉の間《あさがれいのま》より、帝のやんごとなき目顔《めがお》が伝わり感じられます。朝餉《あさげ》を終えられた帝でございましょうか。

小町は、露をこぼさぬように、撫子の文を入れた文箱を捧げ持ちます。

「麗景殿様か」

と女官の声。

「はい、女御様より、この花の露が消えぬうちに、帝《うえ》の御前《おんまえ》へと」

と差し出しつつ申し述べましたところ、女官は撫子の文箱を受け取り、帝のもとに急ぎ運ばれたのでございます。

そのあいだも小町、朝餉の間より尊き御方に見られておりましたようで。

麗景殿に戻り、次第を報じました。

ところが女御様、ひどくお困り、加えて小町をお諫《いさ》めになったのでございます。

「……前に居られた御方は、どの殿舎からであったのか」

前の文使いと居合わせたことを、申し訳なく穏やかならぬことと思われての御様子。とは申せ、小町は女官のお声に添うたまででございます。

「先に居られたのを知りましたなら、簀子の手前にて控えましたのに……」

「唐衣の様子は」

「覚えておりませぬが、髪の束ねに長く細い毛が加えられて……」

下を向いておりましても、髪の動きは目に覚えておりますもので。

「そのような折りは、まずは簀子より離れ、決《け》してお顔を合わさぬように」

「……申し訳ありません」

「……どの殿舎の使いであろうか……」

「束ねの下の髪は、蛇《くちなわ》のようで……」

「これ、なんという」

女御様より早く、控える女房たちが声をあげ、笑み崩れました。

帝よりのお返しは、ほどなく届きました。

「菊の前に、撫子を愛でる一夕も良し、そちらに出向こう……垣ほに咲ける……」

女御様、しばし悦びを抑え、小町に見せます。

「あな恋ひし今も見てしか山がつの
　垣ほに咲ける大和撫子」

小町が小さき声で、覚えておりますす歌を申しますと、意を得たりと女御様のお顔。女房たちも扇を動かし歓びます。

帝は、ああ恋いしい、すぐにも見たい会いたい、との意を匂わせて、この歌句を贈られたのでございます。

「……小町、良うやりました」

と女御様、香る息で申されたのです。

すぐさま、帝のお出ましの仕度がととのえられます。歌を詠み合うための仕度なども。

撫子の文に動かされた帝の思いつきでございますが、学びのため加わりたいとの知らせまであちこちより届きます。物羨《ものうらや》みや、密《ひそ》かな探りもございましょうが、女御様、お断りもなさりませぬ。

撫子を植えておられる殿舎は多く、すでに枯れてしまった御局では急ぎ取り寄せられた様子なども、漏れ伝わります。

優れて美しい一本《ひともと》の花、いまだ小さく愛らしき花、盛りをすぎ風情残る花、花を終え夏を思い切る姿の、いさぎよき姿などなど。

歌に添えようとしてか、女房どもがあれこれ取り揃えますようで。

重陽《ちょうよう》の節句の、菊に露を吸わせた綿を被せ、身に当てて老いを拭う行事より早う、撫子を愛でるお出ましが行われるとなりますと、麗景殿は真《まこと》に慌ただしくなります。

このたびのこと、撫子に結び託した文の甲斐ありと、よろこび安堵したものの、小町の責も思いがけず重とうなりました。

選ばれた良き日、麗景殿に打ち揃いましたのは、十七、八人ばかり。密かに滋野貞主《しげののさだぬし》殿や小野篁《おののたかむら》殿も隠れ見物の様子。

帝のお出ましで、華やぎは一段と高まります。帝のお姿は、深い紫のくつろいだ御引直衣《おひきのうし》姿。女房たちもそれぞれ裳唐衣《もからぎぬ》の装いも美しく、撫子の花を思わせる刺繍の裳など、まさしく絢爛たる集い。

女御様は紅梅色を召されて、真に帝の御衣に似つかわしい裳唐衣のお姿で、離れおりましても、その重さが伝わり参ります。

御厨子所《みずしどころ》より雑仕女《ぞうしめ》の運び込みました御膳《おもの》よりご接待は始まり、やがて打ち解け参りますころ、帝の御様子を見て、歌の披露が始まりました。

それぞれ、持ち寄りました撫子を愛でつつ、歌を詠み上げます。

御簾《みす》のうちの帝と廂《ひさし》に控える女御様が、笑み声まじりに唱和されます。それぞれに、撫子の愛らしさ、健気《けなげ》さ、季《き》が移りし後も気丈に花弁をひろげる強さなどが詠まれます。

やがて帝より声がありました。

「……ほかに撫子にまつわる話はないか」

女房のひとりが申します。

「……撫子は子を撫でる花でございます。また常夏《とこなつ》とも申します……」

子を撫でる、とは母の姿。常夏は、床《とこ》にかかり、男と女の姿でございます。

「……撫子の花は相異なる本性を持ちおります」

一同頷きますが、歌を詠むものには皆、通じております。小町が扇の内に零《こぼ》すほどの小声にて申します。

「唐撫子と大和撫子、風情はいずれが優りましょうか」

女房たちのざわめきが、伝わり溢れます。

帝より声がありました。

「いま問うた者、いずれが優ると思うておるか申してみよ」

小町、愕《おどろ》き恐れ入りつつも、応えます。

「……唐撫子は石竹《せきちく》とも申して、竹の葉に似た強き姿を思わせます、大和撫子はこの大和の川原に生えるもの……与えられし処に密かに生きます……川原の撫子の風情こそ上かと存じます」

帝の頷かれるご様子、御簾より伝わり参ります。

「ならば古《いにしえ》の歌にもある、一本《ひともと》のなでしこ植えしそのこころ……は大和撫子のことであろうな。この歌の後の句はいかがであったか……誰ぞ知らぬか……」

他に声なく、小町が遠慮しつつも後を続けました。

「……誰に見せむと思ひそめけむ……でございます。大伴家持《おおとものやかもち》の歌でございます」

「そうであった、家持であった」

一本のなでしこ植ゑしその心
誰に見せむと思ひそめけむ

一株の撫子を植えたその心は、誰に見せたいとの思いだったのでしょう。あなたに見せたいとの思いなのです。

後ろに座す女房より、声がありました。

「……子を撫でる花、子を愛でる歌ではございますが、こちらは恋人《おもいびと》への歌でございましょうか……」

古参の女房が、さらに身を乗り出して口を挟みます。この女房、真名《まな》や古歌にも通じております。

「家持は撫子を多く詠んでおります。地方より都へ戻る僧を送ります宴にて、撫子が多く詠まれておりますゆえ、この歌も、その宴にて詠まれたものかと」

するとそれまで黙しておられた女御様が御声を発されました。

「……秋風のなか、別れ旅立つ人へ贈るのも撫子なのですね」

溜息の余韻。

撫でる、床、の言《こと》の葉にいっとき雅び広がりました風が、唐と大和の風情の違いに及び、いつしかしみじみとした秋風に変わりました。

時が果て、歌の綴られた料紙《かみ》が女御様のお手元にとどけられ、帝も清涼殿に戻られました。今宵の宴に心足りた方々の中には、密かに混じられた貞主殿、篁殿のお姿もございました。とりわけ篁殿は去りぎわ小町に寄り、今宵は見事でありました、漢詩《からのうた》の学びも絶やさず行うようにと申して、足元に残る撫子を一輪、小町に手渡されたのでございます。

小町は決《け》して、心足りてはおりませんでした。思いもかけず、有り難き次第とはなりましたが、なにやら恐ろしいような、夜陰を走り抜けたほどの疲れも覚えておりました。

月影の下《もと》

その夜でございます。

昴ぶり眠りにつけないままに、外の風を引き入れたく格子《こうし》に手を掛けましたところ、妻戸が叩かれた気配。

風かと聞き紛《まご》う間もなく、明らかにほとほとと低き音いたします。

邸《やしき》へ戻られた父上が、あらぬ急ぎで戻られたのか。

「……お開けください」

との低めた声。

どなたかと問いますが、応《こた》えはありませぬ。ただ、低く繰り返されるのでございます。

どなたでありましょう、と妻戸の外に問いかける小町。応える声なく、ただ密《ひそ》やかに戸を叩く音のみいたします。

北山《きたやま》のあたりに住まう梟《ふくろう》か狐狸《こり》のたぐいかと、恐ろしうもあり、とは申せ他の女房たちに気づかれるのも憚《はばか》られ、ほんの一寸ばかり戸を押し開けましたところ、斜めに這い入る月影と秋めく風の中、妻戸のもとで佇む人の影がありました。

ああ、と小さく声をあげ扉を閉めようとするのを手で押しとどめる人影。

「どうぞ、お心安う……妖しきものにはありませぬ……帝《うえ》のお言葉をお伝えするために参りました」

帝……その一語は小町の身より力を抜き去り、息を止めさせました。

「我《なにがし》は、帝に仕えます内舎人《うどねり》の宗貞《むねさだ》にございます。今宵の歌の会にも帝に添い、末の席に混じりおりました者、案じられませぬよう、伏して伏して……」

といよいよ声も低うなります。

「……心得ませぬこと……帝がなにゆえ」

「お気持ちお静《しずか》に……帝は小町殿の歌の才をことのほか愛《め》でられ、このたびの歌の会も小町殿のために催されましたようなもの……露を置く撫子《なでしこ》にひとしお御心を動かされ、深く思い置かれてございます」

声も出ぬ小町。男の声を胸の内にて繰り返します。なんと、撫子の歌の集いは我のためにと……そのようなこと、あろうはずもなく。

「……どなたかと見紛《みまご》うておられます」

「見紛うてなど、ございませぬ」

と、強う言い放ちます。

撫子を文箱《ふばこ》とともに清涼殿《せいりょうでん》へ届けた折りの、遠くより届く目顔《めがお》が、あらためて蘇るばかり。

無礼《なめき》ことなどございましたか、と問えば、窮したふうに息押しこらえ、

「……真《まこと》を申せば、帝の懸想《けそう》でございます」

と夜更けて鳴き始めた虫の音ほどの細き声。

懸想。懸想とは。

「……これより我《なにがし》が案内《あない》いたしますゆえ、帝のお召しをお受けいただきますよう……」

宗貞は、地に冠を触れるほどの身の伏しよう。小町はただ消え惑うばかり。

「そのような思し召しなど……あまりに慮外《りょがい》のこと」

「慮外ではありましょうが、有り難きことではございませぬか」

「……真《まこと》に」

と声返しましたが、身は動かず。

「有り難きことでございますが、あまりに覚束《おぼつか》なきことゆえ、いま少しの時間《ときのま》を頂きたく……」

とのみ、ようよう申します。

微かな風とともに這い入る香は、何処《いずこ》より漂い来るものか。帝が居られます清涼殿からとは思えず、目の前の宮人《みやびと》の袖口あたりからと思えて、小町の胸は打ち逸《はや》り、苦しうなるばかり。とは申せ、尊き御方に、返しを致さぬこともならず。

「いましばし」

と宗貞に言い置いて小町、局《つぼね》の中に入り筆をとりました。

凡《おほ》ならばかもかもせむを

と急ぎ書き流し、小袿《こうちぎ》を身から滑らせます。その袖に載せて妻戸の隙間より差し出《いだ》したのです。

「これを、帝へ」

宗貞は押し抱くように受け取り、躊躇《ためら》いつつも、みじかき筆蹟《あと》を月影にかざし読みます。

宗貞はたちまち後ずさり、今にも引き開こうとしておりました妻戸の手を、静《しず》かに放したのでございます。

月影の下《もと》、宗貞はこの古歌に寄せた小町の意を、深々と呑み下しました。

凡《おほ》ならばかもかもせむを恐《かしこ》みと
　振りたき袖を忍びてあるかも

並大抵の御方なら何とでもいたしましょうが、あなた様のような御方はあまりにも恐れおおく、振りたき袖も振ることが叶いませぬ。

大宰府より奈良の都に戻る貴人に、縁《えにし》を持つ鄙《ひな》の女が、詠み贈った別れの古歌でございます。

尊き御方への、ひたすらかたじけなき思いを、小袿の袖に載せてお返ししたものの、帝はどう受けとめられるであろうか。

小町は恐ろしくも有り難く、此方此方《こちごち》、なにやかやと思い定まらず、空が明け白むまで眠り入ること叶わぬ一日《ひとひ》でございました。

有り難きことではございませぬか、との宗貞殿の声のみ、局の中を揺れ動いておるのでした。


後の日。

女御《にょうご》様のご様子に変わりはなく、いつもながらの柔らかな眼差し。

それゆえ小町は、憂き心余るままに、扇で面《おもて》を隠し過ごしおります。

ここが後宮であるからには、帝の女房への懸想はまま在ること。まさに女房にとり有り難きこと。

憂きことなどないと心得ておりますが、我が身に訪れるとはやはり慮外なのでございます。

頼りになりますのは、あの夜の内舎人《うどねり》、宗貞《むねさだ》殿でありますが小町の局には音沙汰《さた》なく、秋深まる夜、女御様と西広廂にて物語《ものがたらい》をしておるところへ、お姿を見せられました。

その手には蒔絵《まきえ》の衣箱の蓋。女御様に差し出されたのでございます。

蓋には声を呑むばかりの撫子の綾《あや》織り、見事な小袿が載せられてございました。

「……帝《うえ》よりのこの品、小町殿へ賜《たまは》します」

その声に動じ慌てましたのは小町。

女御様、何事も無き様子でゆるりと小袿を手にとり、打ち伏し震えるばかりの小町の肩へと、ふうわり掛けられたのでございます。

「……真《まこと》に、小町に似合うております」

帝にお礼の歌を記され、宗貞殿には禄を渡されました。

伏したまま受け取ります宗貞と、面を伏せおります小町。小町も急ぎ、有り難きこと、と言い添えます。

「このこと、宗貞を頼みとし、語らうのがよろしいかと」

そう言い置かれ、女御様、奥へと入られたのでございます。

残る小町と宗貞殿、声も出ず。

小町は御簾の内にてひそめた声で申します。

「この小袿は……」

「……深くは思われますな……帝の有り難き心付けとのみ……帝は文の句に目を留められ、小町殿の意を汲み取られましたようで」

「……さようならば心安らかにございます」

とは申せ、宗貞の汗ばむ額は苦しげに匂うばかり。

「そうやすやすとは参りませぬ……上下《うえした》に関わり無う、懸想とは真に憂きものでございますゆえ」

この美麗な小袿、あの夜歌を載せて差し上げた小袿に代わるものであろうか。

深くは思われますなと申されても迷い定まらず。ならば女御様のお手を煩《わずら》わせなくとも、宗貞殿より直《じか》にお渡しくだされば良かったものを、と小町は思い惑います。

なにゆえ女御様に、と宗貞殿に問いましても、眉間を白くさせて、さらに苦しげな様子。

「……女御殿への心尽くしでありましょう」

とひとり頷かれ、承香殿《じょうきょうでん》への渡廊《わたろう》へと向かわれました。

女御様への、帝の心尽くしとは。

小町はあれこれ思い及びます。帝は、我への懸想を、このようにして女御様に匂わせておられるのであろうか。

気がつきますと女房たちが、小袿を取り巻き、和《なご》みおります。みな小袿の美しき織りに見とれ羨む様子。小町が寄れば小袿より離れ、躙《にじ》り退がります。

小町は気伏せるあまり局に下がり、袿《うちぎ》を頭までかぶり目を閉じたのでございます。

そのままどれほどの時が経ちましたか。

夜も更けて妙な音。鶴《たず》ほどの大きな鳥が面《かお》の真上に羽根を広げ、しきりにつつきおります。いまにも胸の急所に嘴《くちばし》が刺さらんとして、小町声を上げて起き上がれば、大鳥は消え、廂《ひさし》を走り来る幾つもの足音。

年上の女房が、いかがなさりましたかと障子を開けて、灯台を小町に寄せながら問いかけます。

「なんとこれは、汗しとどに……」

他の女房も寄り騒ぎ、すぐさま弓を鳴らすよう采配も忘れず、そちこちより、物の怪《け》でございます、物忌でございます、の声が麗景殿に広がりました。

やがて老いた陰陽師《おんようじ》が呼ばれ、夢の中身を問われます。大鳥の長き嘴の恐ろしさを、息絶えそうな声にて語りました。

弓音が鳴り響き、米が打ち撒かれ、幣《ぬさ》が払われます。

小町に人心地が戻りましたのは、空が白むころでございました。小町は身繕いし、局の隅に配した薬師如来に念仏を唱えたのでございます。

雄勝《おかち》よりお連れした御仏《みほとけ》は、小町の心を鎮め、いくらかの安らぎをもたらしてくれましたようで。陰陽師に語った大鳥はさて、何物であったのか。

誰も教えてはくれませぬが、翌日より小町は里の篁《たかむら》邸へ下がることになりました。陰陽師によると物の怪は去ったと思われるが、しばらくの退下《たいげ》がよかろう、となり、暇《いとま》を頂いたのです。

久々に里邸《さとやしき》の東の対《たい》へ入りますと、あたりは初めて都に来た景《けい》と変わらず、懐かしき顔が覗き参ります。物忌ゆえ会えませぬ、と申しますが、ならば御簾を隔てて、と拘《こだわ》らぬ様子。とりわけ姉は小町を案じ、内裏《うち》のことなど聞きたき様子の、文など寄越します。

篁《たかむら》殿には女御様より文に添えて、菓子なども届きました。

篁殿には、大きな鳥の恐ろしさについてのみ報じましたところ、深い溜息。何か身の上に変事でもあるのでは、と探り測る様子でございましたが、

「後宮の暮らしも、疲れるであろう」

と言い置き、寝殿へと去りました。

あとには薫《た》き込めた香と、遣水《やりみず》のか細い流れの音のみ。清らかな心地に沈み満たされております。

この邸《やしき》の静けさに比すれば、後宮の殿舎には、大鳥に限らずいくつもの物の怪が棲みついているように思えてなりませぬ。

物忌は明けましたが参内《さんだい》する心地にならず、小町はあれこれ事由《ことのよし》など言い立て、そのまま里邸に

て過ごしおりました。

衣の川

小町を訪ねくる者などおらぬと寛ぎ安んで居りましたところへ、先の宗貞《むねさだ》殿が参られたのでございます。

たちまち安らぎが消え、あの大鳥が蘇ります。

あれはもしや帝のお力を宿した鳥であったのか、母上の諫める思いが羽根を広げたのであろうか、それとも位も無き身に似合わぬ強情《かたくな》な我の心持ちが、あのような姿に化けたのか。

憂き思いがふたたび湧き出《い》でて。

宗貞殿、御簾《みす》の向こうより声かけられます。

「お具合はいかがでございますか」

「……平らぎ安らぎましてございます。とは申せ、いまだ大鳥の夢は恐ろしうございます」

「大鳥もここまでは来ませぬ」

宗貞殿の柔らかな笑《え》み声に、小町の身構えはゆるゆると、解《ほど》れるのでした。

宗貞殿は御簾の内の小町に声を掛けます。

「……ここへは帝《うえ》の使いとして参ったのではございませぬ。詫《わ》ぶることあり、お許しを得んとて参りました」

詫ぶるとは。

思い到らぬ小町。

御簾の向こうに、宗貞殿の透影《すきかげ》をさがします。夜の簀子《すのこ》にては影のみでした。女御様《にょうご》の前にては、帝の使いゆえひたすら畏《かしこ》まりおられ、真《まこと》の見様《みざま》は覚えおりませぬが、いま御簾の向こうの宗貞殿は、頬あかく眉根冴えて、良き姿のようで。

「詫ぶるとは、どのような」

透影に申しますと、持ち参られた物を御簾の内に差し入れられたのでございます。

小町はそれを目にして、小さく声を放ちました。あの夜、短い文を載せて帝へ差し上げた小袿《こうちぎ》にございます。

帝はあまりに尊き御方ゆえ、袖を振るのも憚《はばか》られます、との古歌の意を込めて、袖に載せお渡しいたしましたあの小袿。

あの折り、ただちに悔いも覚えました。帝の思いを辞《いな》みました悔いではありませぬ。位高き御方より下されることの多い衣を、俄《にわか》なたじろぎに任せ、低き身分の小町より差し上げたのは、真に分別無きことでございました。

ゆえに帝より綾《あや》織りの小袿が届けられた折りは、お怒りなきことに、安堵いたしたのでございます。

その小袿が、目の前にございますとは。

「……この衣、あの夜の……」

「さようにございます。我の独断《さかしら》にて、帝には御文のみ差し上げました。帝は古歌の一筆《ひとふで》にて、たちまち意を悟られます。衣までは要らぬと思い、我の手元に置きおりました」

「ああ、なんと……」

なんと物恥ずかしきこと。さらに有り難きこと。

あのような粗相《ぶしつけ》を、このお方が庇い護りくださったのか。

「宗貞殿、我は恥じるばかりでございます。物知らぬわけではありませぬが、あの夜はただ心動じ、我を忘れおりました」

「真にさようでありましょう。里邸《さとやしき》にお戻りになられたと知り、我もまた、ようよう穏やかな心地に到りました。この小袿、他に知る者はあの夜の月影のみ。月影は語りませぬ。心安まれますよう……」

小町、思わずはらはらと安堵の涙。

袖を濡らします。

「……後宮は恐ろしきところ……出羽《でわ》より都に出て参り、ひたすら学びましたものの、いまだ知らぬことばかり……」

「この上なき才のお方、美しきお方でございます。天人の好む愛愛《あいあい》しさも身に備えられておられます」

愛愛しさ。

そのひとことに小町の面《おもて》はほてります。

「……宗貞殿は内裏《うち》にて、物の怪《け》や妖しき梟《ふくろう》に遭《あ》われませぬか」

「遭いました」

袖を払い、小町は御簾近くに身を乗り出します。

「いつ、いかなるときに」

「……確かにあの夜、麗景殿《れいけいでん》の細殿《ほそどの》にて、恐ろしき物にお会いしました」

このお方は何を申されるのか。

「一寸ほど引き開いた妻戸の内に、目をくらませるほどの恐ろしき物が……」

「……漫言《すずろごと》を」

宗貞殿はしばし黙されました。小町も声は無く。

やがて御簾に向かわれ、宗貞殿は低く呟かれたのでございます。

「真《まこと》はこの小袿、お返ししたくはなく……ただ……衣の川と見てや流れむ……」

とのみ言い置かれて、後ずさり、立ち去られたのでございます。

ぼうとして小町、残された歌句の裂布《きれはし》を繰り返します。

衣の川と見てや流れむ。衣とはこの小袿の意でございましょう。

陸奥《みちのく》の衣川。下の句がそれとおぼしき歌がございました。詠み人も知らぬ古歌であったかと。

身に近き名をぞたのみし陸奥《みちのく》の
　衣の川と見てや渡らむ

身に添う衣という名ゆえ、近づきになれそうだと頼りにしました陸奥の衣川ですが、いざいざ目近に参りますと、川が流れるように涙も流れ、叶わぬ恋しさに泣いてしまうことでございます。陸奥と同じく鄙《ひな》の女である小町に、近づくなど叶わぬことでございます、の意でございましょうか。

ましてや帝が懸想する女。

引き寄せ、小袿に面《かお》を寄せますと、宗貞殿の香も漂い残りますようで。

真はこの小袖、お返ししたくはなく……の躊躇《ためら》う声まで、繰り返し聞こえて参ります。さらには、女の衣を衾《ふすま》にして眠る、の詩までも思い出されて、胸たかまります。

その夜は小町、戻されました小袿を纏い、しばし陸奥の衣川の流れに、思いを馳せるのでした。

雄勝《おかち》より都へ参った小町は、ものに怖《お》じることなく、都の日々を流れ居りますが、衣川にも淵や瀬はありますように、小町の目の前にも、なにやら迫り来るものを覚えます。

いかにしようもなく、闇に向かい長く立ち居るばかり。

やがて秋の夜は更け、さらには薄《う》すらと明けの音《おとない》も。

小町は料紙《かみ》を明るみのもとに引き寄せ、歌を書きつけました。

　　秋の夜も名のみなりけり逢ふといへば

　　　ことぞともなく明けぬるものを

秋の夜は長い、などと言われておりますが、それは言《こと》の葉の上だけのこと。逢いたきお方に逢う夜ということになれば、あまりにあっけなく、たちまち明けてしまうものでございますね。

書き付けてなお、読み直せば、迷いは膨らみます。

いまこのとき、逢いたきお方とはどなたでありましょう、帝ではございませぬ。

とは申せ、宗貞殿とするのも心苦しうて躊躇《ためら》われます。そのお方の影を朧《おぼおぼ》とさせたままに、胸に押し納《しま》うしかございません。

帝の懸想無ければ、今宵いかなるしだいになりましたのか。

書き付けました、ことぞともなく、のひと言が恨めしいような、いえ安堵しますような。

小町の胸を駆けめぐる煩悶《みだれ》は、長い夜が明けても収まらず、大鳥よりさらに恐ろしいものに覆われた心地のなか、有明の月を眺めたのでございます。

あはれてふ

さて、この邸《やしき》に暮らす小町《こまち》の姉でございますが、小町が参内しました翌年、物詣《ものもう》での折りに受領《ずりょう》より懸想《けそう》され、文の遣り取りを致すようになりました。

邸の姫君らを添い見る役は元のままでございます。

いえいえ、元のままではございませぬ。

男とのあいだは首尾良うすすみ、篁《たかむら》殿も認められて、この男がしきりに通い来ることになりました。

位は六位下《ろくいのげ》にて殿上人《てんじょうびと》の太郎君《たろうぎみ》、誠も心尽くしも備わり、姉は幸福そうに過ごしおります。

東の対《たい》にて、久々に歌など詠み合い戯れておりますと、小町はふと姉を羨み、自らの身が哀しう思えて参ります。

なにゆえ帝《うえ》などに懸想されるのか。

撫子《なでしこ》に露を置き、清涼殿へと持ち参りましたのも女御《にょうご》様のためでございました。

そのしだいを姉に語りますと、姉は小町を羨むばかり。小町が更衣《こうい》になればこの邸も、殿舎のごと夥《おびただ》しう見事になりましょうにと、恨めしう申します。

更衣……小町はどれほど帝に懸想されましても、更衣を越える位は叶いませぬ。ましてや女御にも后《きさき》にも、なることなどありませぬ。

「……撫子は、手折られる草にて」

と小町が申しますと、

「手折られてこそ撫子ではございませぬか」

と姉が申します。

「……手折られる草ではございますが、枯れることなく夏にはまた花を咲かせます」

それそのとおり、手折られても枯れぬのが草のつよさでもあると、小町も胸に刻みますが、母大《おお》町《まち》は手折られたまま鄙《ひな》に埋もれ居ります。

我を産みしのちに、訪れくる人がおりますのかどうか。

末の松山波も越えなむ
とのたとえどおりに誓いましたのは、母大町ばかりでございます。

あれこれ思えば、小町は姉の恋路こそ羨ましうなります。姉は小町を羨み、二人共に、叶わぬことに憧《あくが》れ居るのでございました。

女御様より見舞いの文も参りますが、急ぎ参内をうながす意はなく、もしや帝の懸想への、深い気遣いも含みおられてあるのかと思えば、小町もその意をいただき、里邸の日々を常にもなく長らえております。

秋すぎて初霜が降りました朝、邸内が俄《にわか》に賑わしくなり、馬なども声をあげますのを、小町は東の対《たい》にて何事かと、格子《こうし》を上げて見遣りました。

下仕《しもづかえ》の女によりますと、良実《よしざね》殿が出仕の用を済まされた戻りに、邸に寄られ参られましたとか。

東の門がなにかと騒がしいのも頷けます。

篁殿は、宿直《とのい》にていまだ邸には戻られておられぬのが恨めしい。

このところ東山に近きところへ通われる日もあり、宿直かどうかは覚束なきことなどと、女房たちの繰言《くりごと》まで伝えて参ります。

寝殿《しんでん》の廂に入られた良実殿を、小町は身繕いをして訪ねます。このところ、山科《やましな》の領地に居られること多く、相見《あいまみえ》るのは久々でございます。

陸奥《みちのく》の古物語《おもいでばなし》など叶うならばと、髪など梳き下ろしてもらう間も、小町の心は弾みおるのでした。

良実殿は南庭を懐かしまれるようで、簀子《すのこ》に出られて、眺めおられました。急ぎ参りますと、南庭の空に放ちおられました遠き目を、小町にふり向けられ、心をうばわれたように手の中の扇を落とされたのでございます。

傍《かたわ》らの女房が扇を取り上げましても、良実殿の目は小町より離れませぬ。もとより扇にて面を隠す小町でございますが、久々の対面に胸逸《はや》ります。

「文をいただきましたなら、迎えの仕度などいたしましたのに」

と申します。

付き来た女房が傍らより、主《あるじ》の不在を詫びました。

「……我はこの廂にて、兄上と一夜語らい明かしたことがある。陸奥よりこの邸に参って間も無い頃《ころおい》であったが……あれは幾年《いくとせ》昔であったか」

「お目にかかりとうございました」

小町が申しますと、良実は愕《おどろ》きを隠さず、

「……これほどまで良き姿になられようとは……渡殿《わたどの》を参られる姿を目にし、母上の大町殿かと打ち覚えました……思えば裳着《もぎ》の報《しらせ》を受けた折り、さぞ美しき姿になられたであろうと推し測りおりましたものの、ここまで母上に似ておられますとは……」

落とした扇を胸に当て、強き目にて小町を、見入られておるのでございました。

良実殿と小町の語らいは、その日の夕まで長う続いたのでございます。語らいは几帳《きちょう》越しではございますが、陽が傾きましてからはさらに近う寄り、懐かしき陸奥《みちのく》の古歌なども口にいたします。

幼きころのあれこれが思い出され、小町は袖を濡らします。

「兄君は、小町殿を労《いたわ》りおられるか」

「はい」

と応えたものの、父との仲、真《まこと》はこのところ、疎々《うとうと》しうございます。憚《はばか》られるあれやこれやもあり、とりわけ帝の懸想《けそう》など、すでに内裏《うち》より風にのり伝わりおるのであれば、小町は罵《ののし》られるのが必定。なにゆえ勿体なき思し召しを、有り難くお受けにならぬのかと。

いまだ漏れ聞こえておらぬなら、問われて何と応えれば良いものか。

「父君は、我を労りおられます。とは申せ、我が裡《うち》におさめ、語ることのできませぬあれこれもございます」

「……母上を越ゆるほどの良き姿になられたとは申せ、いまだ幼きその胸、我にも思い到らぬわけでもない」

遠き目を放ち申されるのでした。

宵の闇が訪れましても、篁《たかむら》殿はお戻りになりませぬ。

良実殿は小町を誘い、釣殿へと参ります。南池《なんち》の水面《みなも》が浮かび上がり、いまだ空は、藍の色を残しております。

「……小町殿、なにゆえ帝の思いを受けられぬのか」

ああ。

帝の懸想をご存じであったかと、胸の音ざわめきます。

「内裏《うち》の風の便りは、恐ろしうございます……いかにお耳に入りましたのやら」

「小町殿ほどの女人《にょにん》、宮人《みやびと》の沙汰《さた》も多くあるゆえ」

あの夜の月影のみ知ることと、宗貞《むねさだ》殿は言われたが、物忌《ものいみ》の騒ぎは広まり、流れたのでありましょう。

「……叔父上殿、我は帝の御召しを受けねばなりませぬか。内裏には戻りとうございませぬ。このままこの邸へ……」

しばしの間があり、

「戻らぬとも良い」

との声。

「ではこのまま、この邸に居れと」

「兄上はどうあろうと、我は然様《さよう》に思う」

と低う呟かれたのです。

「……帝の御意《ぎょい》に背いて、夜の御召しを辞されるお方もある……帝であるにしても、それが筋目と申すもの……」

小町、世に初めての味方《かたうど》を得た心地でございます。晴れやかに夜空を見上げます。

「叔父上殿のほかに、然様なこと申されるお方はおられますまい……」

いや、いま一人。宗貞殿であれば、どのように判じられますことやら。

とその名に面《かお》の赤らむのを覚えますが、夜風は冷《ひ》いやりとして、見咎《みとが》むとも思えませぬ。

「帝の御血筋とは、それほどまでに尊きものでございましょうか」

と、口より零《こぼ》るる思いひとつ。

陸奥の古歌など口にするうち、幼きころの懐かしさ溢れて、胸に思うことも心安う流れ出して参るのです。

良実殿も小町を近う覚えられますのか、ふと小町の袖に触れ、共に暗き水を覗き込み、くぐもった重たき声にて、こう申されたのです。

「……我の中にも、帝と同じ血が流れておる……帝に近き血が……」

なんと。

小町は自らの耳をうたがい、その声を繰り返します。

「兄君と一夜、語り明かしたと申したは、そのことであった……」

「いかなることか、我にはわかりませぬ」

「わからぬままで良い。夜風ゆえ、つまらぬことを言《こと》の葉に載せた……忘るるが良い……久々に逢うた小町殿が、狐狸《こり》の謀《たばか》りなのか、四つのときに別れた母上に似て思え、思いもかけず由無事《よしなしごと》を……美しい女人を見ると、みな母上に重なり見える……」

「……四つで、お母上にお別れになりましたのか」

「……謀反の責めを受けた父君の伊予《いよ》親王に、人知れず殉じられた母上……あの夜兄上より語られしこと、どなたにも言わずに参ったが……今宵はどうしたことか……」

父とも兄とも頼りにしてきた良実殿が、いまや水面に浮き流れる藻のごとく、漂いおられるのです。

その御血筋は伊予親王とか……帝の御位に即《つ》かれることも叶う御血筋。いかなることありて、篁殿の弟君になられたのかを小町は知りませぬが、屈する思いは良実殿の胸中に、渦巻き溢れおると見えました。

「……我が身の宿世《すくせ》を語りたき真《まこと》の相手は、小町殿の母君、雄勝《おかち》の大町殿……大町殿は心豊かに、何事も受け入れ、辛きことをゆるゆると解きほどかれるお方であった……かの地に居りし頃《ころおい》には、この宿世も知らぬ身ではあったが」

「母上は、真に心優しいお方でございます」

小町は、母上を尊く言われる良実殿が有り難く、ひたすら嬉しい。

「……ああ許せ、小町殿が、亡き母上にも大町殿にも見えたとは……真に面伏《おもぶせ》なような心地……我の心も弱弱しうなったものよ……許せよ小町」

「嬉しうございます……お心の裡《うち》をお報《し》らせくださり……」

南池を這う風の中に、雄勝の水の匂いがいたしました。

雄勝のこの季《き》には、畑を覆う雪が日に解けはじめます。遠くより母上の呼ぶ声。

膝をつき、冷たさに臆せず袖をたくしあげ、手を赤くして流れを掬《すく》いますと、手の中には、空の白さが切れ切れに浮かび、揺らぎ光るのでございました。

気づけば近くに女房がかしずき、篁殿がお戻りになったと申します。

また語り合おう、と言い置き、良実殿は寝殿へと向かわれたのでした。

その夜でございます。

月もなく、風もなく、ただ暗きばかりの夜深《よぶか》き時分のこと。御簾のうちに、何やら風のごとく這い入る気配あり。

「ああ……どなたか」

と声を上げる間もなく、袖らしき厚い衣が面《かお》を覆います。お静《しず》かに、の声も衣擦《きぬず》れに紛れて上ずり、どなたの声とも判らぬほど細うかすれて、衾《ふすま》とともに息苦しき闇に閉じ込められます。

「……ああ、どなたか」

と押さえられた衣にさからい問えば、哀しき狐狸《こり》にございます、とのみ、声とも思えぬ声が零《こぼ》れました。

真暗き闇に流れる細き声ではありますが、それがどなたかは判りました。

「なにゆえ」

「許せ……この身を哀れと……」

「……叔父上……」

と声かける間もなく、身ひとつ衣より引き出され、剝き身の貝のごとき姿にて衾に覆われております。

「……我は小町でございます……お人違いでございましょう」

お人違いであってほしい、との思いで、ひたすら、ひたすら申しますが、応える声なく、息は噎《むせ》びに変わり、やがて細い泣声が耳元へ届きおるばかり。

「……我は小町でございます」

「……そなたは小町ではない」

「……いえ、雄勝の小町でございます」

息遣いとともに流される涙が、小町の頬を伝い落ちます。

「……ここにこうして居るお方は……雄勝の春の匂い草……大町殿。我は兄君の文を届けるたび、あの匂いにどれほど触れたく、面《おもて》を埋めたく思うたことか……我は兄上の足元にも及ばぬ血筋ゆえ、万事兄上を立て、従うよう言い含められて育った……それゆえ打ち忍ぶこともどうにか叶うた……忍ぶのは苦しい……どれほど憂きことであれ、兄上は小野の長者となるお方……我には叶わぬお方と思えば、どうにか忍び耐えることも叶うたのだ……ああ、我が密《ひそ》かに恋慕《こいしと》うた大町殿は、兄上の文をこの手より受け、よろこびに袖を濡らし兄上への思いを我に伝え、たちまち筆をとられて歌を返された……そのお姿の美しう匂い立つ様《さま》を、ただ見仰《みあお》ぐばかりの我であった……兄上にお仕えする低き身ゆえ、心滾《たぎ》つも面《おもて》には出せず、耐えるばかりであった……」

息つく間もなく、涙ぽたぽたと。

「さりながら真《まこと》の我は、親王の子であった……思憚《おもいはばか》る要もなき身であった……我は親王の子であったのだ……」

なにひとつ、応えるも逆らうもならぬ小町、涙を受け、身をゆだねるばかり。

良実殿は、遠き日より重なり溢れました思いを、その夜獣となり、涙ながらに遂げられたのでございます。

そのまま闇より闇へと消え去られた良実殿。

去り際、許せ、のひと言が、小町にのこされましたような、空耳《そらみみ》でありましたような。

何事が起き、去りましたのか、小町は見定めることも叶わぬまま、闇に目を放ちおります。

哀れなる思いがひたひたと、押し寄せるに任せるばかり。漂うは、許せ、の言《こと》の葉の一切れのみ。

面《おもて》を上げることもなく闇に消えてしまわれたお方の、なんと哀れなこと。

あれはどなたであったのか。真に良実殿であったのか、狐狸の化身ではなかったのか。

あのお方が語られしことも定かには思えず、とは申せ偽りとも思えず。

気づけば鶏の声を聞き、消えた闇の中に、ひとり取り残され横たわりおるのでした。

定かなのは衣がしとどに濡れておりますことのみ。誰の、どなたの涙かわからぬまま濡れそぼちてただひんやりと。

これは我が涙でもありましょう、と小町。

我が身に残る小さき痛みより、宙《そら》に満ちる大いなる苦しみに打たれ、あらためて袖を面《おもて》にあてるばかり。

良実殿をお恨みいたします。いえ、それも叶いませぬ。父上をお恨みいたします。いえ、それも叶いませぬ。

母上はなおさらお恨みできませぬ。

ただひたすら、皆が哀れにございます。哀れに代わる思いは、小町に見つかりませぬ。

空が白む中に、筆をとりました。

あはれてふ言《こと》こそうたて世の中を
おもひはなれぬほだしなりけれ

言《こと》の葉にすれば、哀れというただのひと言でございますのに、このひと言ゆえ、もの思いの多いこの世を捨てることもならず、牛馬をつなぎ留《と》めるほだしのごとく人をつなぎ留め、心を解き放つことも許さぬのでございます。

哀れとは、なんと深く強き言の葉でありましょう。いま良実殿のなさりしことを、どうにか恨まずにおられるのは、このひと言ゆえでございます。とは申せ、身と心の痛みをこのひと言が癒やしてくれますのか。

あはれてふ。

あはれてふ。

哀れという、ただのひと言。

そのひと言は小町の身の痛みを和《やわ》らげはいたしますが、悲しみはいや増し、溢れます。許せ、と申された去り際の言の葉も、しとどに濡れた袖も、ただ哀れなり。

母上、これらすべてが、御仏《みほとけ》の定められし宿世《すくせ》なのでございますか。

綾《あや》錦《にしき》

心は鬱々として、宇治の川霧のごといつまでも晴れず、夜ともなれば闇は哀しく恐ろしい春。

やがて季《き》は移ろいて、あたりは夏の様となりました。

季は移ろいても、憂し思いは消えませぬ。

闇の中の蛍は、はかなげで美しう揺れて流れますのに、小町《こまち》は面伏《おもぶせ》になるばかりでございます。

良実《よしざね》殿が訪ね来られた夜までは、雄勝《おかち》の清冽なる水が、小町の思《おも》い出《で》の中をさやさやと流れておりましたのに、その水もいまや青鈍《あおにび》色に変わり、夏の空を砕き溢れて見えます。幼きころの雄勝の流れを思い浮かべるたびに、打《う》ち侘《わ》ぶるばかりに涙ながれます。

白峯さえも、汚《けが》れ見える日々が続きおりました。

良実殿、幼きころよりの清らかなる思い出を、なにゆえ一夜で壊されましたのか。

小町の問《とい》も恨みも、届くものではございませぬ。

この迷い乱れを、いかになすべきか。

良実殿は、後朝《きぬぎぬ》の歌も寄越されぬままで、お姿を隠されました。

さもありましょう、良実殿が思いを遂げられたお方は、小町にして小町にあらず。小町は仮の身にて、汚《けが》れを移され流される撫物《なでもの》でしかありませぬ。

小町は我が身を、流れに浮かぶ泡《うたかた》ほどの頼りなさに思え、ゆえに、夢にばかり願いを頼みます。夢にては、どなたかが我を救い癒やしてくださるのではと願い、ひたすら歌を詠みました。筆の先より、苦しき思いがしたたり落ちます。

いとせめて恋しきときはむばたまの
夜の衣を返してぞ着る

胸塞《ふた》がれるほどに人恋しきときは、夜の衣を裏に返して眠ります。そのように衣を返せば恋しき人と逢えるとの言い伝えがございますゆえ、もしや叶うものかと。

書き綴りましても、そのお方がどなたかは、朧《おぼろ》なままでございます。朧なれど、瞼閉《まぶた》じれば、かたち見え参ります。

心を寄するお方は帝《うえ》にお仕えされておりますゆえ、汚《けが》れた撫物のごとき我が身は、思いを抱く甲斐《かい》もなきお相手。

かたち明らかにせぬまま、いとせめて、夜の衣を返して眠るしかないのでございます。

小町は、夢を頼むゆえか、夜ごと夢を見るのでございました。心より願う、安らぎの夢ではございませぬ。

雄勝の母上も、青き山なみさえも色を変え、小町を責め迫ります。

苦しきこと積もり、いよいよ身を捨てたき心地になりました折りには、人知れず故郷へ旅立とうと心に決めておりましたものを、その故郷さえ安らかな地ではなくなりました。

この都にて、何をよすがに生きてゆけばよろしいのか。

夢に裏切られながらも、夢を頼みに歌を詠み、眠りにつくしかございません。

姉は小町の弱りを案じて、何かと問いかけて参ります。さてはて何を語ることが出来ましょうか。言《こと》の葉に載せれば言の葉が汚《けが》れる心地までして参ります。

御仏が現れ、天上界に連れ去ってくれるのを待つばかりの日々。天人は美しき人を連れ去ると聞き、鏡に向かい眉を引き、祈るのでございました。

明るい月の夜、密《ひそ》かに訪れくださったのは、ただひとりの逢いたきお方、宗貞《むねさだ》殿でございますが、その用を知る小町は、さらに辛さが増すばかり。

このお方は尊き帝の御使いでございます。

折りにつけ参られますが、元はと申せば、尊き帝の恋を伝え、帝の思いを受けられるよう言付くのがお役。

真《まこと》はこの小袿、お返ししたくはなく……ただ……衣の川と見てや流れむ……と申された遠い夜の言の葉は、いまも有り難く、小町の胸の底に、光る小石のごと沈みおりますが、我は、その思いに足る身ではないのが苦しい。

宗貞殿の訪れは、密かに、夜陰に隠れてでしたが、それも帝の御用ゆえと知る小町は、宗貞殿のお役が労《いたわ》しう思われ、さらに涙溢れるのでございました。

「……そのように、袖を濡らしておられますと、我の心いよいよ迷います」

御簾《みす》の向こうより、かすかに震える若き声。

「……この身が帝の思いを受けましたなら、宗貞殿は心安らぎ、思い鎮まりましょうや」

袖で面《おもて》を覆い申しますと、

「なんと……そのような酷《むげ》なことを問われますか」

啜り泣く息は、御簾を揺らします。

「……宗貞殿のためなら、身を尊き御方の御前に、投げ打つことも厭《いと》いませぬ。とは申せ、この我が身、その値《あたい》はございませぬ」

とそこまでは語ること、かろうじて叶いましたが、その先は申せませぬ。汚《けが》れし撫物のごときこの身の置き処が、内裏《うち》の清涼殿《せいりょうでん》であろうはずもないのでございます。

「……値無き身とは……なにゆえ」

「……はるけき陸奥《みちのく》よりお連れしました御仏のみ、ご存じのこと」

「我もまた、辛き思いを御仏にのみ語り、救いをもとめます……御仏は我をゆるし、やさしき眼差しをお与えくだざる」

「……ならば、夜ごとに、御仏にお祈りいたします……」

「ともに、祈りましょう」

宗貞殿はそうして、夜更けて去られるのでございます。

去られたあたりに、良き香が残り漂います。その香が御簾の内に流れ込むのを、小町は胸塞《ふた》がるまでに吸い、涙を流すのでございました。

内裏《うち》の女御《にょうご》様より使いが見えて、時子《ときこ》がたびたびこちらに参りますので、ふたたび麗景殿《れいけいでん》へ参られたく、との文が、美しい料紙《かみ》に書かれてありました。女御様の香が、これまでになく強う伝わります。

何も知らぬままに撫子《なでしこ》の歌など詠み合っていた日々が、遠く霞んで見えて参ります。

空は去年《こぞ》と同じく澄み、月は夜々冴えておりますが、小町の思いは冴えぬまま。

宗貞殿が参られて、御仏の話を語らうことのみ、待たれるのでございました。

さて、秋深まるころ、姉が父上へ願い出て、嵐山へ紅葉《もみじ》を愛でに参ること、叶いました。

女御様の文があっても病を託《かこ》ち参内《さんだい》せず、夢の歌ばかりに思いを寄せる小町を、篁《たかむら》殿も密かに案じておられたのでございましょう。

牛車《ぎっしゃ》には姉上と小町のみにて、嵐山までの道程《みちのり》は心おきなく、語り合うことが叶います。

紅葉の名だたる地として竜田川《たつたがわ》を訪ねる都人《みやこびと》も多くありますが、嵐山は竜田川より近うて、大堰《おおい》川《がわ》の流れも緩やか。

牛車の車輪が石を食《は》む音も、耳を澄ませば乾いた秋の風情を伝えます。

「紅葉の錦《にしき》と申しますが、散り行く先はやはり、大路小路《おおじこうじ》より流れが面白い……流れに浮かぶ黄や紅の葉こそ、風情がございます」

と姉は浮き立つ様で申します。

小町も合わせて、

「……大路小路に散る紅葉も、我には風情がございます……時雨《しぐれ》に打たれ、沓《くつ》に踏まれ、にもかかわらず哀しい色を留め遺しておりますのは、涙をさそうばかりに美しいもの」

「中君《なかのきみ》はなぜ、そのように沓に踏まれた紅葉を思われますのか……絵師たちの多くが屏風絵に描きおりますのも、沓に踏まれた紅葉でなく、流れに浮かぶ錦でございます……」

「真に、姉上の申されるとおりでございます。とは申せ、流され消えてしまう色々より、朽ちても色を留める黄や紅色が、我には好もしう思われて……」

流れに浮かぶ泡のごとき我が身が、紅葉の色に重なり見えます。思わず面《おもて》に袖を当てますと、姉は、ああまたしても、と打呻《うちうめ》く有様。

やがて大堰川に参りました。

牛車の物見《ものみ》を開いて、かざした扇より覗きますと、近くには網を広げる男が何やら高い声をあげ、棹《さお》をさす男に荒々しう物言いおります。川魚をめぐる諍《いさか》いでありましょうか。

雄勝の夏の川を思い出し、何処《いずこ》も同じと、思わず頬ゆるみます。遠くを見遣《みや》れば、管絃《かんげん》に興じる舟が、向かいの岸より張り出した紅葉の枝の下にて、川波に揺れております。

「……内舎人《うどねり》たちの紅葉狩りと聞いております……」

姉は羨ましげに申します。

車を寄せる所を探しておりますうち、対岸にいました舟が奏楽を終えて、こちらの岸へと漕ぎ参りました。

「あれ、あれは」

と姉の声が呑み込まれます。

「姉上、いかがなされましたか」

「見知る人の姿が……」

思わず小町も、その方の姿を見ようと扇をずらしますすと、舟より降りる男たちが裾をからげて岸へと渡り参ります。

「……姉上の、見知る人とは……」

「あの蘇芳色《すおういろ》の狩衣《かりぎぬ》の……」

小町もその人に目をとめ、息も出来ぬほどうろたえたのでございます。

それはまさしく、宗貞殿。

夜の密やかな訪れは、闇の中の小さき灯台の明るみのみ。いま目にしますのは、光が跳ねる川面を背に、狩衣に今様色《いまよういろ》の指貫《さしぬき》姿の若きお方。その鮮やかなる姿は、目映《まばゆ》いばかりに小町の心をうごかします。

姉は宗貞殿を存じておられるのか。密やかに邸《やしき》を訪れ来られるのに、気づいてはおられぬはず。

「……あのお方を、姉君はご存じなのでありましょうか」

「はい、良岑宗貞殿《よしみねのむねさだ》と……」

「はて、いずこにて見知られましたか」

いくらかたじろぐ姉に、重ねて問いかけます。

「……我を訪ねるお方より幾度か聞かされました。我を訪ねるお方は、あの宗貞殿を羨むばかり……あのように見目よろしうて、歌の才もあり……帝の信篤く……あちこちに通い所も多いと聞きます……自らにくらべ、真に羨ましき内舎人《うどねり》であると……」

「……そのようなことを……」

「……我が思い人の牛車より、葵祭見物の折りに見かけ、あれが良岑宗貞殿であると知りました……あれほどの見目良きお方を恋のお相手になさるのは、どのような女人《にょにん》であろうかと、我も吐息をつきました……我が思い人は、身分低くとも我には似合わしいと、その折り得心もいたしました」

小町には、思いも掛けない話。

帝の信篤く、あちこちに通い所も多い……

「桓武帝《かんむてい》のお血筋とか……申し分なきお方です」

何の含みもなく姉が申すこと、ひとつひとつ小さき矢のごとく、胸に刺さります。

「桓武帝のお血筋は、あまりに多くおられます……」

「君の申されるとおり、多くおられますが、真にお血筋に相応しきお方は少ないとも聞きます」

「……あちこちの姫君とのお噂も、姉君のお耳に入りおりますのか」

「さて、それは知りませぬが……内裏《うち》にても、女人の局をお訪ねになられるとか」

たしかに小町の局をお訪ねになりました。

宗貞殿の姿は網代車《あじろぐるま》に消えて、残るは穏やかな大堰川の水面《みなも》と、覆いかぶさるばかりの紅葉の綾《あや》錦《にしき》でございます。

「秋は春より風情がございます」

と姉が独《ひと》り言《ご》ちます。

「……やがて散り去る錦……我には辛き華やぎに見えます」

小町は行き去った宗貞殿の牛車を、物見より、目で追うのでした。

八《や》十《そ》島《じま》

表立っては事もなく過ぎ、年も改まりました。小町が都へ参ってからの歳月、季《き》の移ろいは目まぐるしく、梅も桜も山吹も、咲いては散り、花々は折り折りに心慰めてはくれますものの、やがては荒れた葎《むぐら》の庭となる様が見えるのです。

それほどまでに小町の心は沈み暮らしておりました。

とは申せ、縄子《つなこ》様よりの再三のお声掛けには心動かされ、抗すること叶わず。ふたたび麗景殿《れいけいでん》へと上がりましたのは、藤の花が房をたれる季でございました。

出仕するかどうかの迷い心が振り払われたのは、時子《ときこ》が日々大きく育ち、小町殿を待ちおります、の文に添えられた、真白き十枚の陸奥《みちのく》紙。

早う参られよ、こちらに参られて陸奥紙も存分に使われよ、の意でありましょう。

小町の心を動かす術《すべ》を心得ておられます。

さて、麗景殿に参内してみますと、前にも増しての賑わい、女房の数も多くなられておりました。

縄子様、時子様ともども、たいそうお喜びになり、退出前と変わらぬ重用にございます。

小町にとりまして何より嬉しいのは、歌の才を高う認めくださりますこと。また、下仕《しもづかえ》の女を付けて、料紙《かみ》も与えられます。

真《まこと》に有り難き扱いにございます。

「小町殿が里に戻られたき折りには、叶えてさしあげましょう」

とまでの心配り。

縄子様の心根に、胸が痛むほどでございました。

帝《うえ》は小町への執心も消えたのか、内裏《うち》に上がりましてより、局《つぼね》への使いも来なくなりました。帝が麗景殿にお見えになる折りは、あれこれと身の不調を申し上げ、局に控えます。縄子様も身をいたわるようにと、その振る舞いをお許しになります。

縄子様は、どこから聞き及びなのか、里邸《さとやしき》の小町を訪ねる人のあることお知りのようで、ときに、良き峯より吹きくる風、香《かぐわ》しうありましょうや、などと弄《ろう》されることもあるほど。

良き峯とは良岑《よしみねのむねさだ》宗貞殿のこと。

宗貞殿が訪ね来られた用までは、お知りではないようで、胸塞《ふた》がれつつも安堵するばかり。

とは申せ、宗貞殿に会えぬのは寂しくもあります。大堰川《おおいがわ》にての見事な狩衣姿《かりぎぬ》ばかりが、現れるのでございます。

とりわけ夜更けて、内裏の警護の者たちの、火危《あや》うし、火危うし、の声が殿舎《でんしゃ》の間を流れ消え行くのが、ひときわ風情があり、心に染み入り、人恋しさに思わず袖を濡らすのでございました。

日中《ひなか》の時子様のお相手は、小町には心安らぐひとときでございます。

小町の歌の才の噂、日を追うごとに高まり、世にも希なる美しき姿との取り沙汰もまた殿舎に流れ広まり、麗景殿の女御様も、誇らしげに見えますのは、真に目覚ましきこと。

このような、心危《あや》うくも晴ればれしい日々に、思いもよらぬこと起きたのでございます。小町の身ではなく、篁《たかむら》殿に押し寄せたのでございます。

もとはと申せば篁殿、仁明《にんみょう》帝の御即位の年、皇太子恒貞《つねさだ》親王に学問をお教えする東宮学士《とうぐうがくし》に任ぜられておりました。滋野貞主《しげののさだぬし》殿の後押しもございましたようで、漢詩文の才もありとして、篤き扱いでございました。

小町が出仕しましたころも、従五位上《じゅごいのじょう》の官位を賜わり、遣唐副使の任にも就いておられたのでございます。

刑部少輔《ぎょうぶのしょう》より刑部大輔《たいふ》へと進まれ、さらには正五位下《しょうごいのげ》へと昇叙されました。

小町の身のあてどなさに比して、出世の階段《きざはし》を一段一段と昇られる篁殿。

そのような上げ潮に乗る勢いが、是非も無く堰き止められたのでございます。

いえいえ、篁殿の強引なる自負や主張が、禍《わざわい》したのかも知れませぬ。はたまた味方であった風が、逆《さかしま》に吹きましたのか。

遣唐船の船出が思うようにならず、二度にわたる出帆のしくじり、さらに副使として仕える遣唐大使藤原常嗣《ふじわらのつねつぐ》殿との反目や考えの違いもございました。

朝廷より示された船の乗り換えの案にも篁殿は得心ゆかず、表立ち乗船を拒まれたゆえ、朝廷の面目を潰すに到ったのでございます。

篁殿にも理はございましたものの、鬱憤を詩に作り、その中に朝廷や遣唐使を風刺する内容もありましたものですから、これが朝廷、とりわけ嵯峨《さが》上皇の逆鱗に触れ、思いの外の大事となりました。

なんと、官位剝奪のうえ、隠岐《おき》国へと流罪の裁定が下ったのでございます。承和五年の冬のことで、小町は齢《よわい》十八でございました。

共に良実《よしざね》殿も伊予《いよ》国へと流されると聞き及びましたときの、譬《たと》えようもなき迷い心と煩わしさ。哀れとも思い、またこれぞ仏の御心かとも。

小町は遜《へりくだ》り、女御様に退出を願い出ますが押しとどめられ、麗景殿にとどまることになりましたものの、心臥せる日夜でございます。

里邸《さとやしき》よりの文では、篁殿は隠岐への出立までの間を惜しむように、東山の寺に詣でておられるとか。邸は、いかにも小野氏の長者らしうあちこちの領地より人集まり来て、主の流罪を悲しみおりますと。


滋野貞主殿、さらには縄子様の嘆願もありましたが叶わず、出立の日が近づいて参りました。

小町が局《つぼね》にて打ち臥しておりますと、里より文が届きました。篁殿の太く強き筆蹟《て》で、短い文にございます。


今は身を風に任せますが、吹く風は吹き戻り、季も巡りましょう。歌を詠むこと怠りなく。何かあれば滋野殿を頼るように。


とあります。読むにつれ文字は涙で滲みます。さらにこの文、人目につかぬように灯台の火にて燃え棄《す》つしかないのでございました。

篁殿の出立は初冬、薄《すすき》が野を覆う木枯《こがらし》の日。

小町は無事を祈り、局にて声低く、御仏に念仏を唱えおりました。

姉より届いた文によれば、障《さわ》りなく都を離れられたとか。御仏のご加護がありますようにと、夜通し念じます。

さらに日を重ねて届いた姉の文によりますと、家人にとりましてのなぐさめは、配流の道中にて篁殿が作られた漢詩だとありました。

家人みなが、届いた漢詩を読みあい、下仕《しもづかえ》の者には声にて読み聞かせ、その美しさ深さに、誰もが涙しておりますことが、滲む文字で記されてありました。

驚くことに、この折りの七言十韻《しちごんじゅういん》の謫行吟《たっこうぎん》は、小野邸のみならず、都の文人たちにも流れましたようで、流人の詩にもかかわらず、都人《みやこびと》に広く吟誦《ぎんしょう》されているとか。

流罪への哀れみもありましたでしょう。

この裁定を下した嵯峨上皇さえ、密《ひそ》かに篁殿の詩を口ずさんでおられるのではと、噂が伝わり参ります。

いよいよ隠岐国に渡るため船に乗らんとして、京にのこる人のもとに贈った歌も届きました。

この歌は、詩よりさらに心打つものでございました。

わたの原八十島《やそしま》かけて漕ぎ出でぬと
人にはつげよ海人《あま》の釣り舟

大海原に浮かぶ隠岐の島々を、いざこれより住まう地であると覚悟を決めて漕ぎ出していったと、漁をする海人の釣り舟たちよ、どうぞ都の人たちに告げてください。

漕ぎ出でてのち、ふたたび戻ることが叶いましょうか。大海原の八十島は、悠揚として篁殿を呑み込む広さ大きさ。

篁殿の哀れなる覚悟の姿、さらには隠岐の島々や海人の釣り舟浮かぶ鄙《ひな》なる風情は、都人の心を打ち、涙を誘ったのでございます。

さらに隠岐より文が届き、日々の暮らしを伝える歌が記されてありました。

おもひきやひなの別れにおとろへて
　海人の縄たきいさりせむとは

これまで思ったことがありましょうか、都に別れ田舎住まいに窶《やつ》れ果て、漁師にまじり網の縄をたぐり寄せ、漁をして暮らすようになりましょうとは。

真に思いもかけぬ辛き日々の暮らしでございます。

小野氏の長者が、隠岐にてこのような暮らしに耐えておられる。

この歌により、深く哀れを覚える都人は数知れず。

なにより配流の地である隠岐国の、都にはない鄙の美しさが、流人の都を恋うる思いに重なり、鄙の風情を尊ぶ都人の心にも伝わり参りましたようで。

女御《にょうご》様も、密かに小町を御簾《みす》の内に招かれ申されます。

「……折りありましたなら、我からも都へ戻れますよう、父上を通じ帝へお願いいたしましょう。とは申せこの裁き、帝ではなく、上皇の意によるもの大きいと聞いておりますので、上皇に届くには今少しの時を要するかと……歌や詩に託され、都へ届けられた篁殿の思いは、貴人たちの嘆願以上に、功を奏すると思われます」

嵯峨上皇は政《まつりごと》の謀反人を死罪にしないと定めた御方であります。命までは奪わず流罪にて遠地に放逐し、折りを見て帰京を赦すのを良しとされたお方。

霊魂の恨みによる祟りを恐れてのことと聞きます。流刑地にて命を落とす罪人が、天変地異を起こすのを避けたいと。

賢き温情の御方であり、漢詩や歌の才にも、心動かされる文人でもあります。

一筋の望みにすがり、麗景殿にて肩身狭く過ごす小町でございますが、そうではあれど、梅は咲き、鶯は啼き、季の移ろいは止めることも叶わず、秋が巡り参りました。

姉より歌が届きました。

時すぎてかれゆく小野の浅茅《あさじ》には
いまはおもひぞたえず燃えける

盛りの時が過ぎて、小野の野の浅茅が枯れゆき、いまはまさに野焼きの火が燃えているのでございます。我が身も盛りを過ぎて恋しい人は遠ざかりますが、我が思いはその人を待ちつつ、絶えず燃え続けておるのです。

離れていく恋しい人とは、姉上の思い人でありましょうか、はたまた篁殿でありましょうか。小町は涙を落としながら、返しの文を贈りました。

野焼きの火は、やがて春の芽吹きを誘います。小野の野は、ふたたびあおく繁ることでございましょう。いまは忍ぶばかりでございますが。

小野の邸は、領地の者たちが集まり良く手入れをし、主の戻りを待ちおると聞きますが、そうは申しても侘しき様《さま》となり果てておるに違いなく、小町は密かに、女御様より頂いた料紙《かみ》などを、姉に送り慰めるのでございました。

人世《ひとのよ》の旅、このように耐え忍ぶ日々もございますわけで。

小野一族にとりましても、長者を失うという災いは覚え知らず、戸惑い離れる者もありましたが、主柱を失くした居屋《きょおく》を支え保つ郎党も多くありました。郎党の心の支えとなりますのは、配流先より届く文や歌でございます。

その言《こと》の葉よりしたたり落ちる哀れなる風情と真心は、邸《やしき》を守る家人にとりまして、渇きをいやす雨滴のごとく、励みとなりました。

邸は浅茅の宿となることもなく、季の花を絶やさず、主の戻りを待つのでございました。

六道の辻

都人《みやこびと》の思いが、朝廷とりわけ嵯峨《さが》上皇の心を動かしましたようで、二年のちの承和《じょうわ》七年、篁《たかむら》殿は配流を赦《ゆる》され、京に召還されたのでございます。

真《まこと》に人の才は人の命を救いますようで。

帰京の翌年には、文才に優れております故由《ゆえ》に、正五位下《しょうごいのげ》に復され、刑部大輔《ぎょうぶのたいふ》にも任じられたのでございました。

このような温情の政《まつりごと》、文人を尊ぶ世であったのも幸いしたと思われます。

篁殿の帰京が叶いましたのちも、朝廷の権力をめぐる諍《いさか》いは収まりませんでした。

仁明《にんみょう》帝は嵯峨上皇の直系で、上皇の家父長的な翼に覆われて、とりあえずの平和が続きおりました。

それは表向きのことで、仁明帝の皇太子を、藤原北家《ふじわらほっけ》である藤原良房《よしふさ》の血筋より立てようとする企てが、朝廷内に力を持ちはじめた良房により着々と進められておりました。

そして承和九年、ついに世に言われる承和の変が起きます。

仁明帝の女御、藤原良房の妹順子《じゅんし》が産んだ、後に文徳《もんとく》帝となられる道康《みちやす》親王が十六歳で元服したのを機に、良房は東宮にするべく、陰で力をふるいます。

仁明帝にはすでに、淳和《じゅんな》上皇の血筋である恒貞《つねさだ》親王がありましたが、その一族の不満を謀反ととらえ、嵯峨上皇が崩御されるのを待ち、謀反勃発として恒貞親王を担ぐ一派をひと息に掃討したのです。

これにより伴健岑《とものこわみね》や橘逸勢《たちばなのはやなり》らは排され、藤原北家である良房の権力は不動のものとなったのでございます。

篁殿および小野一族は、文人ゆえ、このような騒動より離れて静観することが叶いましたのは、真に幸いでありました。

篁殿は隠岐《おき》より都へ戻りましたが、良実《よしざね》殿は戻らぬまま、配流の地伊予《いよ》にて没したとの噂のみ、都に流れ届いたのでございます。

赦免により都に戻られた篁殿は、配流の前とは変わり、思い深く屈するがごとくその行い静《しずか》にして、さらには外から見れば怖ろしげに見えるほどの重々しさを、身に纏われておられました。

隠岐にての暮らしが何かをもたらしたのでありましょう。それが何かは判らぬまま、配流前にも密《ひそ》かに通いおられた東山の隠れ所についての詮索を、人々は逞しうするばかり。

余程の思い人か。それなら邸に住まわせるはず。ならば特別の信心であろうか。

いえ篁殿は、鬼や閻魔《えんま》を屈服させる奇なる神通力を持ちおられ、死者を蘇らせるため、夜な夜なあの世に出掛けておられる、などと怖ろしげな風評まで立つしまつ。

その通い所が、東山六道《ろくどう》の辻あたりにある寺と聞き、小町は女御様に願い出て、ようよう父上の伴《とも》を許されたのでございます。

五月雨《さみだれ》の止むのを待ち、篁殿と小町は同じ牛車《ぎっしゃ》にて六道の辻へと進みました。時鳥《ほととぎす》の啼き声が牛車の近くを走り消えます。

後ろより見る父上の姿は、配流の前にくらべ肩は落ち、背は丸くなり、けれど冠《かんむり》より覗く耳や首のあたりには、潮で磨き日で焼き付けたほどの、力が漲《みなぎ》りおります。

篁殿と小町のみの車内は、声もなく怖ろしいほどの静まり。

よくぞ小町の同道を許されたと、ただ有り難く思いながらも、向かう先は六道の辻の寺なのです。思い人などではございませぬ。

六道の辻の先にあるのは鳥辺野《とりべの》で、火葬の煙立ちのぼる無常所《むじょうじょ》なれば、この六道の辻こそ、この世と冥土の境と申せます。

古い山門に向かい、付き従う小町に篁殿は、低い声にて言い聞かせました。

「……小町よ、今宵そなたを伴うたのは、この門の内にての我が姿を、正しく弁《わきま》えられるのはそなた一人と思う故……この門より出でしのちは、けして他言無きように」

はい、と小さく答えました。

供人も山門には入りませぬ。迎え出た老僧は手の灯りを低くかざし、二人を本堂へと案内《あない》しました。

長い読経が終わり、篁殿は口を漱《すす》ぎ浄衣《じょうえ》に着替えてのち瞑目し、低頭する僧の前に立たれました。

僧は慣れた仕草で本堂より出《い》で、篁殿を誘《いざな》われます。立ち姿のまま小町に振り返り、有明の月が出るまでに戻りましょう、と短く言い置かれました。

常ならぬ風が吹き、小町はただ身を固くするばかり。

庭の暗がりに向かい進む、背高い父上と丸く屈む僧。二つの影が闇の中に、ぼうと白絹のような光に包まれて消え行きました。その白絹がたなびいて見えるのは、風が吹き込み、光を揺らしておりますゆえか。

父上はいずこに行かれたのかと思えば心細さに身は震えるばかりでございます。

時を置かず、先ほどの僧が戻り参りました。

「……篁殿をお見送りいたしました……お気は確かにございますか」

「はい、ようようこのように……父上はいずこに参られたのか……」

「亡き母君と、亡き妹御《いもうとご》が待たれる所へ」

「なんと」

「この世の場所ではございませぬ」

現心《うつしごころ》も消え、小町はその場に打ち伏します。

「この世の場所ではなく……とは」

「さようでございます。篁殿は、冥府に通じる力をお持ちで……この境内の外れに、冥府へ深く下りる路がございます」

「お父上にさようなことが……夜ごとこの寺より冥府へと……その母君と妹御とは」

僧はあらたまり、合掌の姿で申します。

「お戻りになるまでの間に、物語などいたしましょう……篁殿には、深く思い合われた母の異なる妹御が居られました。その御方が身罷《みまか》られた折りに詠まれたのが、これこのように哀切なる歌でございます」

泣く涙雨と降らなむ渡り川
水増さりなば帰りくるがに

このように悲しんで泣く涙よ、雨となって降っておくれ。三途の川の水が増して渡ることができなくなり、どうぞあの人がこの世に戻ってきますように。

僧の語る声も、哀切に極まります。

これほどまでにあられもなく嘆く父上の様を、小町は覚え知らぬままでありました。涙など流さぬつよきお方であると、思い定めておりました。

小町は、胸塞《ふた》がれます。

「……それで、なにゆえその妹御はお亡くなりになりましたのか……」

僧がふたたび口を開きます。

「……篁殿が文章生《もんじょうのしょう》で在った時分の、異腹《ことはら》の妹御との深い恋でございました」

女は身重になりましたのに仲を裂かれて悶死し、その悲しみを詠んだのが、この歌であると僧は語ります。

「……父上にそのような事が……女人《にょにん》に冷たきお方とばかり我は恨んで参りましたが、夜ごと亡き女人に逢うため、冥府まで出掛けておられますとは……」

「母恋いのお方でもございます。亡きお母君に逢いたいと、この寺にて幾度《いくたび》涙を流されましたことか」

僧の言葉は小町の胸に染みいります。母君を雄勝《おかち》に置き去りにされたこと、石のごとく胸にわだかまり在りました。いま、その石がゆるゆると解けて参ります。

「……篁殿の言《こと》の葉は死者を裁く閻魔も、説き伏せる効を持ちますとか……怖ろしき姿ばかり噂されますが、真は女人を恋うるひたむきなるお方でございます」

小町は面を上げ、闇の中の僧に申します。

「我は、父上を思い紛《まぎろ》うておりました。情の浅うて理ばかりのお方とばかり……我が母を捨て置かれた恨みもございました」

「……いえいえ、そのような酷《むげ》なお方ではありませぬ。思いを掛けた女人の幸《さいわい》を、一人ひとり御仏に念じておられるお姿を見て参りました……それほどの欣求《ごんぐ》を、御仏は感じ入られて、冥府への往来を許されたのでございます」

小町は促されて御仏に手を合わせました。すると念ずるほどに、雄勝よりの日々、澱《おり》のように重なり積もりました父上への辛き思いが、涙とともに身から溢れ流れます。

御仏よ、頑なでありましたこの身を、どうぞお許しください。我も母上を恋い慕います。父上も母恋妻恋のお方……真に同じ血筋ゆえでありましょう。

御仏のあたりより、柔らかき風が流れ来て、小町は手を合わせたまま打ち伏します。そのまま眠り入りましたようで。

気がつけば外は明るみ、傍《かたわ》らに白き影が寄り添います。

「ああ、父上」

お戻りになりましたか、の声は出ぬままですが、父上の香りは朝靄《もや》のなか伝わり参ります。

「夜通し、御仏に何を念じておられたのか」

険しく思えた父上のお声が、夢幻《ゆめまぼろし》のごとく優しげに聞こえます。

「……父上の慈しむ女人に、我もお逢いしたきものと……念が足りず相見《あいまみえ》ること叶いませぬまま打ち眠り、このように夜が明けました」

篁殿は何やら満たされたように頷かれ、

「小町を連れ来たのも御仏のお心……思いを強う持ち念ずれば、叶わぬことも叶うものです。雄勝の母君も、そなたの身近くにおられましょう。夢に現れるその折りには、我も逢いたく思います
……」

「父上のそのお言葉、我が念に乗せて、必ずや母上にお伝えいたします」

山門より出でますとすでに雲が切れ空が広がり在ります。

往路は闇の中でありましたが、戻りは牛車の物見より覗き見える境内の美しき景《けい》。

玉と欺くばかりの葉に乗る露に、どうぞこのまま消えないで欲しいと、幼子のごとく願います。

「父上、冥府にて、叔父君にはお目にかかられましたか」

ふとその名前が流れ出しました。篁殿とともに配流され、消息はわからぬまま。もしや冥府におられるのかと。

篁殿は長く息を吐かれ、

「……会うてはおらぬ……いまだ無常の闇を彷徨《さまよ》うておられるのであろう……胸の痛むことよ」

とそれきり黙されたのです。

良実殿の消息を吹き消すように、供人に声を掛けられます。

「このように良き朝である……賀茂の川原に車を停めよ」

常ならぬことか、牛飼童《わらわ》たちは慌て、供人はあれこれ指図しておりましたが、やがて青草が繁る川原に、牛車は停まりました。

牛車の車輪の音が静まってみれば、流れの音はいよいよ溢れ、川原に散る鳥の声を搔き消すほど。

「……水を汲んで参れ」

童の一人が木鉢に水を汲み、袖に載せて持ち参りました。

「皆も汲め。賀茂の水は死人を流すゆえ忌む者も居るが、生ある身こそ死者の思いを呑み込まねばならぬ」

と薦め、篁殿は自らの鉢を小町に与え、小町も喉を走り下る水の冷たさを覚えます。

「小町……あの高麗笛《こまぶえ》の音《ね》を聴きたい……今も身につけておるのか」

「はい」

と愕《おどろ》き応えます。常に身につけておるのは、母大町とともに在るためであります。母の分身がこの鶯鶯《おうおう》の笛。

一度は篁殿に取り上げられ、懇願し取り戻しはいたしましたものの、二度と吹くのを禁じられた高麗笛を、いまここで聴きたいと申されます。

小町は震える手で懐より小さき笛を取り出し、口に当てると、音より早く涙が流れます。

母上にも、この笛の音が届きますように念じて、密《ひそ》かに吹き慣らした曲を始めますと、篁殿、車の前を開けて榻《しじ》を踏み台にして光の中へと出られました。

その後ろ姿の向こうに、賀茂の流れが動いております。小町が一息つきますと、たちまち振り返り、もう一曲と催促。

小町は袖を濡らしながらも、ひたすら高麗笛を吹き続けるのでした。

ああ、このような日が来ようとは。

新嘗祭《にいなめさい》

承和《じょうわ》十一年。二年前の政変も落ち着き、藤原良房《ふじわらのよしふさ》殿の力も朝廷に行き渡ります。

この年、良房殿の強い推しにて東宮となられた道康《みちやす》親王に、第一子惟喬《これたか》様がお産まれになり、仁明《にんみょう》帝にとりましても目出度きこと重なりました。

とは申せ、母御は紀静子《きのしずこ》様、藤原一族ではございませぬ。良房殿には心中穏やかならぬ成り行きではございました。

とまれ、秋の収穫を神に感謝する十一月の新嘗祭《にいなめさい》にては、故実《こじつ》にならい五節舞《ごせちのまい》が華やかに執り行われたのでございます。

この拝舞《はいむ》は、天皇に服従、恭順の意を表明するための、天武《てんむ》天皇の世より続いて参ったもの。四人の舞姫が権貴《けんき》の家より献上され、その華やかさと力が競われます。

天皇は舞姫を選び、燕寝《ともね》をする習わしもあり、膨大な費用がかかるのもいとわず諸家は舞姫を貢《こう》進《しん》いたします。

選ばれて後宮へ入るとなれば、献上者の誉れであり身の出世につながります。

一人の舞姫に付きそう傅《かしずき》女房は六人から八人、童女二人、下仕《しもづかえ》四人さらには髪上《かみあげ》と呼ばれる理髪の御役《おやく》、また先駆《さきがけ》二十人などなど、大層な人数で経費《いりまえ》もかかります。

舞姫のみならず、華やぎを衒《てら》う役の傅女房にも贅を尽くした裳《も》唐衣《からぎぬ》をあつらえ、童女にはそれぞれを引き立てる汗衫《かざみ》を着せ与え、舞姫には金作《こがねづくり》の車、傅女房にはそれぞれに檳榔《びろう》毛《げ》の車などを手当いたします。

神楽歌や在来の歌謡を和琴《わごん》などで奏する大歌《おおうた》にあわせ、袖を振る舞いそのものはさほどの技を求められぬものの、舞姫に選定された家には、五節舞師が、繰り返し手ほどきに通うのでございました。新嘗祭の仕度に、内裏の内ばかりでなく、都人《みやこびと》みなが、沸き立ちます。

十一月の子日《ねのひ》の夜に、舞姫一行は内裏外郭の北にあります朔平門《さくへいもん》より参入いたします。女たちの参内や退出は、北側の門からとのしきたりがございましたゆえ。

さてその年、朔平門に舞姫一行が着く先駆《さきがけ》が内裏に響きますと、祭りに関わる殿上人《てんじょうびと》たち、とりわけ舞姫献上者や親族が急ぎ集まり参りました。

今か今かと待つ中、あかあかと灯りがともされ、舞姫一行が着き車より降ります。降り立つ一行を一目見ようと、官人たちの人の波溢れ、そそめく声も高まります。

一行は朔平門から玄輝門《げんきもん》を経て、常寧殿《じょうねいでん》に向け、筵《むしろ》の敷かれた道をゆるりゆるりと進むのです。

その順は、まず傅女房、童女、さらに舞姫と決まりがございます。

初めの傅女房の中に、歌の才と美しさですでに後宮に名が広まりおります、小野小町の姿がございました。

小町、すでに齢《よわい》二十四となり、その姿は花の盛り。

この傅女房の御役、女御様《にょうご》に頼まれてのことでございます。舞姫は、貞主《さだぬし》殿を頼る縁《えにし》あるお方の中君《なかのきみ》。

一行の先を行く傅女房はとりわけ目に立つもの。夜の灯りに照らされる小町の姿は、従う童女や舞姫より、殿上人の溜息を誘うのでございました。

舞姫は人目を憚《はばか》り、四角く囲い込まれた几帳《きちょう》の中を進みます。四つの几帳の四隅に一人ずつ付き、几帳の紐を取って先導するのは、角取《すみとり》と呼ばれる御役。その中に宗貞《むねさだ》殿の姿がありますこと、先を行く小町は知りませぬ。

が宗貞殿は、几帳の内を歩む舞姫より、ひたすら傅の小町に目顔《めがほ》を寄せておるのでした。夜目《よめ》とは申せ火は焚かれ、面は扇で隠しておりますが、小町の姿は後光を放って見えたのでございます。

物見の者、常寧殿に着く頃《ころおい》には、さらに増えました。一行が殿舎の中の五節所《ごせちどころ》へ入りましたのは寅《とら》の刻を過ぎてでございましたが、人の賑わいは細ることなく、いよいよ賑々しくなります。

四人の舞姫たち一行が、それぞれの五節所へ入り終えたのは、さらに夜が更けてでございました。

これより豊明節会《とよあかりのせちえ》まで、五日を通して行われる予《あらまし》に、みな、ひたすら心滾《たぎ》らせておるのでした。

さて、二日目の常寧殿にての帳台試《ちょうだいのこころみ》の日、思いがけないことが起きたのでございます。

小唄や舞師が場所につき、舞姫四人も舞殿に入り、童女や理髪なども殿舎内に座して、いよいよ習いが始まります。

舞姫は垂髪《すいはつ》に裳唐衣《もからぎぬ》の装いで、小町はこの日常寧殿には入れませぬが舞姫たちの姿を見遣り、試しでこれほどの大事、中和院《ちゅうかいん》の神嘉殿《しんかでん》にての本々《ほんぽん》は、さてどれほどのことかと、抑えがたい昂ぶりを覚えておりましたところに、短い文が届きました。


そなたが舞姫であれば、露《あら》わなる面を見ることが叶うたであろうに……傅とはまた無念なること。


どなたからの文かと問い返す間もなく、文使いは消えておりました。

どの女人《にょにん》にしましても、扇の内の露面《すがお》は人目にさらしたくなどありませぬ。ではございますが、舞姫は面を隠しては舞えませぬ。

舞姫であればそなたの露面を見ることが叶うのに残念なことで。

この文がどなたからでありましょうと、この聖なる時に徒《あだ》なること。

軽々《かろがろ》しき殿上人の、からかい慰みでございましょうか。

小町は五節舞の、浮き立つ気が為せる過ちと、受け流したのでございます。


かような厭《いと》わしきこともございましたが、つづく御前試《ごぜんのこころみ》など無事に終わりました。

中和院の神嘉殿にての新嘗祭も滞りなく済みまして、明くる日の豊明節会まで、内裏をあげての公事《おおやけごと》は、帝の御許《おんもと》で取り立てた事もなく、全うされたのでございます。

小町は邸《やしき》に戻り、数日ののち麗景殿《れいけいでん》に戻りましたところ、このたびの御役をねぎらい、女御《にょうご》様より女房装束一襲《ひとかさね》が与えられました。

その夜小町が局《つぼね》に入りますと、宗貞殿より文が届いたのでございます。

このところの祭事に紛れて、歌も久しう交わしてはおりませぬ。

思わず知らず心騒ぎます。

灯台にかざして読めば、なんとあの舞姫の几帳の角取をされておられたのだとございます。

その報《しらせ》に続けて、

天つ風雲の通ひ路吹きとぢよ
　乙女の姿しばしとどめむ

とありました。

豊明節会にて舞う乙女にあらず、紅葉《もみじ》の扇をかざすお方こそ、天つ風に頼みたき女人。

天の風よ、雲の行き来する天上の路を吹き閉ざしておくれ、美しき乙女の姿をいましばらく見ていたいのです。

歌にある乙女とは、豊明節会の舞姫のことではありませぬ。紅葉の扇をかざしておられたお方でございます、との意。

小町、顔あからみ、胸は汗を覚えます。

なれば、あの短き文は、宗貞殿であったのか。いえいえ、あのような聖なる折りに、あのような徒《あだ》なる文を寄越されるお方には思えませぬ。

宗貞殿でなければ、どなたか。

とまれ、宗貞殿よりの歌はありがたく嬉しく、小町、その紅葉の扇を手にとります。

ああ、宗貞殿は紫宸殿《ししんでん》にて、我を見ておられたとは。

舞台の上の舞姫にのみ、官人の目顔が注がれておると思い込みおりました。

有り難さに俯くばかり。

ではございますが、宗貞殿の文はこればかりにあらず。このように続きがございました。

あらたに辛きことあり。お報《し》らせせねばなりませぬ。

歌に詠みましたとおりの我の思いは、あの日限りで、叶わぬことになりました。

紫宸殿にて、美しき某《なにがし》の姿を恋うる御方は、我ばかりではございませんでした。

尊き内《うち》の上《うえ》もまた。

やむなきこと。やむなきこと。

高き御方には敵わないのでございます。

帝《うち》より、かねての想いを叶えたいとの御意にございます。


なんと。

身を屈するゆえ、小町の額髪が手元に落ちます。息荒く、気を絶するばかり。

帝の懸想《けそう》が立返りましたのか。

沙汰《さた》によれば、帝は燕寝《ともね》の相手を舞姫より選ばれなかったとか。

幼き舞姫たちより小町へ執心されたのでありましょう。

心惑い、涙に迷います。

まさか帳台試の日の徒なる文、帝よりとは思えず、とは申せ、有り得ぬこととも思えず。

小町は文使いを待たせ、涙を払いつつ宗貞殿へ、二つの歌を連ねて返しました。

かぎりなきおもひのままに夜も来む
　夢路をさへに人はとがめじ

限りなく恋しさがつのります。せめて夜の夢であなたの所へ通いたく思います。夢の中の通い路であれば、人も咎《とが》めたりしないでしょう。

二つ目。

夢路には足もやすめず通へども
　現《うつつ》に一目見しごとはあらず

先の歌にて、夢路を通いたく、と詠みましたが、足しげく通えども、実《まこと》のお姿にお逢いする喜びとはくらべようもございませぬ。

夢ではなく、実《じか》にお逢いしとうございます。

さらにこのように、末の一文を加えたのでございます。

やむなきこと……やむなきことではございますが、忍び敢《あ》えず、涙を塞《せ》き敢えず。

月は雲に隠れやすらぎます、我を隠す雲はいずこにございますのか。

心尽くしの月より

格子の外を見上げれば、思いを尽くし今にも果てそうな月が、隠す雲もなき白さで浮かんでおりました。

さてそれより二日ばかり後に、宗貞殿より文が返されました。忍びながらも、今いまと待ち居りました小町。

帝の懸想ゆえ、術《すべ》も術なし、ではございますが、局の御仏を念じながらいそぎ読みます。

そこにはこのように。


我は雲。そなたは月。

雲と月なれば、一夜、密かに逢うて離れても、咎める人なし。いかがか。

船岡の山の北、紫の野に、雲林の亭がございます。先の帝の離宮でございます。その亭の隅に、我、昔より知る老いた人と庵あり。手筈ととのえ、庵に月をお迎えいたしましょう。

心の闇にまどう雲

辛さに迷いましたものの、小町は文使いを呼び、このように返したのです。

雲の林に月は落ちましょう。
一度かぎりの月と雲の逢瀬、引導お願いいたします。
……逢瀬叶いしのちは、月は天命にしたがい、この身を宿世《すくせ》の流れに浮かべる覚悟にございます。

月と雲

空には糸ほどの細月、かかる雲もなく、松明《たいまつ》に導かれて車は、紫野に向かいます。心細さに身をかたくしつつも、その身の奥より、恋の炎《ほむら》が漂い出《い》でて、胸を焦がします。物見を細く開ければ、一条大路のあたりと思われます。賀茂祭《かものまつり》の折りは都人《みやこびと》ひしめき合う大路が、いま牛車《ぎっしゃ》や人の姿はなく、車輪の音に、怖ろしげな風の音を加えるばかり。やがて賀茂斎院《かものさいいん》あたりと思われる所を通り、さらに北へと進みます。斎王《さいおう》はここより出でて、宮中より下鴨神社さらに上賀茂神社へと進み、穢《けが》れを払い禊《みそ》ぎをいたします。その路《みち》をいま、小町はゆるされぬ恋のために急ぎ向かいおります。なんと罪深きこと。出衣《いだしぎぬ》も見せず、密《ひそ》やかに北に向かう車を、人はいぶかりましょうか。女人《にょにん》の車とは思わず、主を迎えに行く空車と見紛《みまご》うに違いなく。

そう見えるのを良しとして、車は石をはじきながらひたすら進みます。

我は月。名も無き月であります。

あのお方は雲。他に名も無き雲。

名乗ってはなりませぬ。呼びかけてもなりませぬ。

月と雲であれば、御仏もお見逃しくださいましょう。どうぞお見逃しください。

水の流れの音を聞き、黒々とした門のようなところをくぐります。

やがて車は停まりました。

ここが宗貞《むねさだ》殿の申された亭か。頭上は木々に覆われ静まりかえります。

そろりと車を降りて見れば、葉を落とし寒々とした紅葉《もみじ》の木が、細い枝を暗い空に伸ばしております。

散り敷く紅葉に、足を取られそうになりながら、案内《あない》の紙燭《しそく》をたよりに進みました。

紙燭の明るみにふと見えた案内は、老いた装《な》りでございますが、その横顔は白くしまり、貴《やんごとな》き風貌《すがた》。

その白き面《おもて》を下に向けたままに、どなたにともなく、呟かれました。

「……今宵の空に細月はありますものの……この亭は樹木繁り、ここよりは月も見えず、ことごとく薄闇の中にございます……雲居《くもい》は……密かに三日月《みかづき》をお待ちにございます……」

「……急ぎ参りましたこの身を、三日月とは……真《まこと》に面映《おもは》ゆきことを申されます……」

紙燭が二つになり、それぞれ右左より足元を照らします。濡れた石の上に紅葉が張り付き、その色鮮やかにして瑞々しく光ります。

「某《なにがし》殿は、この奥にてお待ちでございます……ゆるゆる寛がれて……我は夜の明けぬうちに、お迎えにあがります……」

邸の大きさは見えませぬが、小さき戸のようなものが半ば開かれてあるのを、躙《にじ》り入りました。

細い灯りがいくつか。

奥の几帳《きちょう》より声がありました。

声のあたりより、懐かしき香が漂い参ります。

「……三日月のお方か……こちらへ……」

その声宗貞殿に違いなく、小町は膝を縛られたように動けませぬ。

「よう参られました……」

「……今のあのお方は」

「……案じられませぬよう……父の代よりながく馴染まれておられます……元は身分高きお方なれど侘び人となられて久しく……」

脇息《きょうそく》によりかかるお姿が灯台の灯に照らされ、艶《なま》めかしう浮かび上がります。

その手には料紙《かみ》。

「……待つ間、これ、我が知る人の歌をここに記しました」

と差し出します。

小町、いえ三日月は、灯台を手元にいただき、目をこらしますと、紙の上をゆらゆら影が泳ぎ走ります。

月夜には来ぬひと待たるかきくもり
　雨も降らなむわびつつも寝む

このような月の夜には、来てくれるはずもない人が来てくれそうな気がして、ついつい待つ心が起きてしまうもの。いっそかきくもり雨でも降ってくれたなら、待つ心も失せて諦めることもでき、侘しいながら、寝ることもできましょうに。

「……知る人の歌……でございますのか」

脇息の人は黙ります。

「さよう……我にして我でなく……雲居《くもい》の某《なにがし》の歌かと……」

「望月《もちづき》は明るすぎまして、忍び忍びの女人は辛うございます……女人はみな月の光に導かれ通うお方を、ひたすら待つものでございます……」

「……今宵は三日月とお呼びいたします」

「……真に我は、糸のごとく細い三日月でございます。ならば三日月の某も、歌を書き付けましょう……我にして我でなく、昔知る女人の歌にございます……」

手元に料紙《かみ》を受け取り、筆を走らせます。

めづらしき人を見むとやしかもせぬ
わが下紐《したひも》の解けわたるらむ

長くお逢いしていないお方に逢えるということでございましょうか、解こうと思わないのに私の下紐が、解けてしまいます。

下紐が解けると、逢いたいお方に逢えると申しますが、真にまさしく。

雲居の気配、静《しず》かに固まります。

「……真《まこと》に、妖《あや》しう艶《なま》めきます……三日月の下紐こそ……」

と言いかけ、お手が伸びて参りました。そのまま三日月は、衾《ふすま》に巻き取られたのでございます。

良き香に包まれ、身も心も妖しうなります。雲の影が、大きく小さく檜皮《ひわだ》の天井を動きます。

これこの時を待ちわびておりました、と申すかわりに、

「……我は三日月にございます……名もなき三日月……」

とだけ声にいたしました。

「……我も雲居の身……名もなき者ゆえ、神仏もおゆるし下さりましょう……」

「今宵のみであれば……」

「……今宵のみと……我も心得ておりますものの……」

と雲居の声くぐもります。

三日月殿、雲居殿、と呼び合い、汗ばむ下紐を解きあいました。

深く深く、共寝が叶うたのでございます。三日月は雲に身を隠し、細い身は雲に溶け入りました。

夜籠《よごもり》の息ふたつ。息がかさなり、離れ、またかさなり。二つの身は、このときを決《け》して忘れまいと、むさぼり合います。

迎えが来るまで、三日月と雲居は、こうして限りを尽くしたのでございます。

立ち去るとき三日月は、思いあふるるままに、強き言《こと》の葉を、残します。強き言の葉を置かなくては、どうにも、立ち去れませぬ。

「……月は空をめぐります。雲もとどまることなく流れます。広い空にて、ふたたびお目にかかる

ことがございましても、今宵のことはただ夢の中のことと……」

声は打ち震えます。

雲居殿は何か言いかけ、それを止め、袖を濡らしながらもしきりに頷いておられるのでした。

後朝《きぬぎぬ》の文は贈らぬ、と申されていたのに、はやばや届きました。

木の陰に佇みて詠める

わび人のわきて立ち寄る木のもとは
　頼むかげなく紅葉散りけり

心侘びて哀しい私が、頼りになると聞く木陰に立ち寄りましたが、頼りにする陰もないほどに、紅葉が散っております。何を頼りにすれば良いものか、我が心は迷うばかりです。

あの濡れた紅葉の美しさがよみがえります。車より降りた折りの、傍《かたわ》らの木に寄りかかり詠まれたのであろうとおもえば、涙で袖が濡れるばかり。

小町はすぐには返しませんでした。心に決めましたこと、涙で流れてしまうのがおそろしく。

ややあっての後の日、やはり耐えられず、夢の歌を二つ書き贈りました。

うたたねに恋しき人を見てしより
　夢てふものは頼みそめてき

うたたねで恋しい人を見てからというもの、儚《はかな》い夢でさえ、頼りにしはじめてしまいました。

さらに二つ目。

衣を返して夢を願い眠りましたものの、現れぬ人をなじる意の、この歌を加えたのでございます。

現《うつつ》にはさもこそあらめ夢にさへ
　人目を守《も》ると見るがわびしさ

目が覚めているあいだなら、それも仕方ありませぬが、夢にまで人目をはばかり、会いに来てくださらないとは……私も侘びしく、かなしうございます。せめて人目のない夢にだけは、訪れ来てほしいのです。

それきり贈答はとだえました。

けして思いが消えたのではございません。

定められたことを行うために。

そして決まりどおりに、小町は帝《うえ》の清涼殿《せいりょうでん》へと召されたのでございます。

迎えに立ちましたのは、蔵人良岑宗貞《くろうどよしみねのむなさだ》殿。面を上げず、人形《ひとがた》のように言葉もありませぬ。

明けて局《つぼね》に戻り、お役を労《いたわ》る文を宗貞殿に贈りました。


お役、有り難きことでございました。

我はただ、雲を思いおりました。雲に包まれました月の夜を。

貴き御方は御身弱くておられるのか、御薬事《みくすりのこと》などのお話多く、やがて夜が明けましてございます。

その他のこと、申す要もございません。宗貞殿も、このところ帝が病がちにて、御薬事に専《もっぱ》らで在られるのを、存じておられるはず。

書こうと思いながらも筆を止めましたのは、五節舞《ごせちのまい》の帳台試《ちょうだいのこころみ》の折り、徒《あだ》なる文を寄越されたのが、帝でございましたことなど。

帝はたしか、自らこのように申されました。

あれは浅ましきことであった。

舞姫は良いが、物語などは傅《かしずき》女房のほうが心良し。物語こそ、夜に似つかわしきもの。戯れの文も傅なればこそ贈るが、舞姫にはやらぬ。

そのように申され、自らを貶《おとし》む様に笑われたのでございます。

そののち、面白き物語などするように命じられました。

小町は、遠くになりました出羽《でわ》の国の物語を、お聞かせいたしました。あの地には都と異なる言《こと》の葉があり、山は花の季であっても白き峯のまま。細水《せせらぎ》は冷たく良く澄みおりますことなど。

かの地に残した母を懐かしみ、さらには母より与えられし高麗笛《こまぶえ》の音色なども。

帝は小町の物語を頷《うなず》きながら聞いておられましたが、やがて、寝入られたのでございます。

その後、帝よりふたたびのお召しは、ございませんでした。

慈雨《じう》

帝《うえ》のお召しをお受けしたことで、後宮における小町の位は、更衣《こうい》に準ずるものとなりました。

麗景殿《れいけいでん》の女御《にょうご》様のご寵愛は変わりなく、局《つぼね》もそのままに過ごしおります。

女御様は、小町の歌の才の名聞《みょうもん》を、麗景殿の誉れとして喜びおられますようで。

内裏《うち》の庭のすみずみに、紫草《むらさき》のやわらかな色が見られます昼のこと、女御様より御声があり、出向いてみますと、いつになく衣もあらためられて、笑みのこぼれる様にて申されました。

「……先ほど、帝より御使いが参りました」

小町は膝の前に置いた両の手に、面を伏せます。

何事でありましょうか。ふたたびのお召しでなければ有り難いが……女御様への御使いとは。

「帝も小町の歌の才に、格別の奇《くす》しみを覚えておられますようで……歌の力をもってこの日照りに、神の慈雨《じう》を得られぬものかと仰せられ……」

小町、いよいよ身を低く保ちます。

神の慈雨とは。

優れた歌は神の心をも動かすと、古来より伝えがあります。力をも入れずして、天地《あめつち》を動かし、目に見えぬ鬼神《おにがみ》をもあはれと思わせるのが、この倭国《わこく》の歌の力であると聞きおります。

「……そのような歌の力を示す歌人《うたびと》に、そなたが選ばれました。ほかならぬ宣旨《せんじ》でございます……我は真《まこと》に心強く、誉れ高き心地にて、喜びまさり、そなたをお役に供したきこと、帝にお返しをいたしました……叶えてくれますね」

小町はただ、小さく、はいと応えるばかり。

去年は大雨で田畑は流れ、このところの空は乾き果てております。

降るときに降らず、田畑は干上がり、民人《たみびと》は苦しんでおります。

このような天の浮き沈みを鎮めようと、あちらこちらにて祈禱など行われているのも聞き及んでおりました。

いまは五月雨《さみだれ》が恋しい、このままであれば、稲穂も育たず秋には飢えが広がり、多くの民は命を繋ぐことも難しい。なぜ降らぬのかと、内裏のうちでも声がこぼれます。

神のお怒りか。お怒りの故が知れれば、取り除く術《すべ》もあろうに。

とりわけ政《まつりごと》の高きところに立たれる藤原良房《ふじわらのよしふさ》殿の苛立ちは、内裏の末々にまで伝わりおりました。

さらには帝が、宣旨を出されたのでございます。よほどのことでございましょう。

帝の宣旨とは、神泉苑《しんせんえん》にての、雨乞いの歌と舞いの奉納でございました。

神泉苑は、東大宮大路《ひがしおおみやおおじ》と壬生《みぶ》大路、二条大路に囲まれ、さらに南は三条大路までの南北四町、東西二町を占めます広大な苑池《えんち》で全八町もございます。

中国の長安城の南東にありました興慶宮《こうけいきゅう》を模して、この平安の都におきましても内裏の南の方向に築かれた苑池。

禁苑《きんえん》としてしばしば、帝が遊幸《ゆうこう》されましたとか。

かつては湖底でありました低地を、いまや見事な大池に造りかえ、水鳥も集まり遊猟も盛んな所なのでございます。

このころは、祈雨《きう》や請雨《しょうう》の修法《ずほう》の場としても名高く、干害の折には水門をひらき、市中に水を及ばせましたので、民人《たみびと》にも思い入れの大きなところと、小町は聞き及んでおりました。

大池を見下ろす乾臨閣《けんりんかく》や、右閣、左閣の見事な様を、いずれかの折り屏風の絵にて見た覚えのある小町、さような苑池にての歌詠みのお役が務まりますのか。

心が張り、息を呑むばかり。

とは申せ、女御様のお求めには応えねばなりませぬ。

「そなたの歌の力を示してくださいい」

「……うけたまわりました、念じ尽くします」

とお応えしたものの、この旱天《かんてん》の神を動かす歌など、叶いましょうか。

小町の張りつめた心を解《ほど》くおつもりか、女御様は笑みを浮かべ申されました。

「……さほどに気を張るでない……この旱天、ちはやふる神にも取り違いはありましょう……そなたの言《こと》の葉にて、神の行いが鎮まりますなら、我が喜び、民の喜びでもあります」

さらにひと言、加わりました。

「……天長《てんちょう》の世に、空海と申される霊験あらたかな僧の筆の上手が、この苑池にて雨を乞う祈願をなされましたとか……その見事な法力が龍神に届き、雨を降らせたと聞きおります」

その日より小町、空を見上げることたびたび。

雲はあれど雨は降らず、月は靄《もや》に包まれ、ときに青白い円環を帯びますが、有明《ありあけ》の月ともなればひたすら白く冴え、飄々と浮かびおるばかり。神泉苑の水門は開かれたものの、池水も涸れゆく気配とか。

いよいよ雨乞いの日となり、小町は召されて、苑池の左閣より大池へと進みます。

すでに池の水少なく涸れかかり、東と西の釣台《ちょうだい》も哀れなる様にございました。

池に浮かべる舟は見えず、管絃や舞いは、中島を望む式台にて執り行われますようで。

小町は天を仰ぎます。

すると天は小町を弄《ろう》ずるがごとく、白雲を巡らせます。

筆を執り息を止め、このように書き付けました。

ちはやふる神も見まさば立ちさはぎ
　天の戸川の樋口開けたまへ

神よ、この日照りを御覧になりましたなら、急ぎ天の川の水門を開けてくださいませ。

書き付けた料紙《かみ》を畳み、念じることしばし。空にかざし、さらにこの歌を声なく唱えました。

これを受け取りました朗詠役の講師《こうじ》が、声高く詠み放ちます。

西の空の明るい雲が、こころなしか翳《かげ》りました。聖なる言《こと》の葉が、風に乗り空を舞う気配に、ひれ伏す人々、あらためて祈りを口にいたします。

その中に、帝に近いお方の姿が目に入りました。いまやとりわけ帝の信篤き、少将宗貞《むねさだ》殿でございます。

心深き様《さま》にて、目を閉じ祈念されておられる様子。

小町の心は震え、さらに思いをふり絞り、ふたたび筆を執りました。

ことわりや日《ひ》の本《もと》ならば照りもせめ
さりとてはまたあめが下とは

これぞ理《ことわり》でございます。日の本の国という名ゆえ、日の照るのもやむを得ぬことでございます。天《あめ》とは申せ、この国はまた、天《あめ》が下とも申します。天の下にて治められるのが、まさしくこの国。天も雨も、言の葉の裏表にございます。ならばどうぞ、我が言の葉を受けとめ、天よ、雨を降らせてくださいませ。

人々の間にどよめきが起きましたのは、その歌に、神を咎《とが》めいさめるほどの強き意が込められておりましたゆえ。

小町の胸には、いつになく強い思いが渦巻いておりました。神はなにゆえ、このように雨を止めて民を苦しめ、はたまた恋しき宗貞殿をここに来させて、我にあらたなる愁いを覚えさせるのか。ちはやふる神の、このようなふるまい。

なにゆえ、なにゆえ。

その思いが猛《たけ》り震え、小町の身は、崩れ落ちました。

人々の声が渦を巻きます。その声がしだいに遠のきます。

人々の念ずる声が、小町に向かい押し寄せる中、ついに気を失したのでございます。

どれほどの時が移りましたのか。

ようよう小町の気が戻りましたのは、すでに宵も遅くでございました。

薄く目を開いた小町に見えました顔は、みな灯台に照らされて、赤く濡れております。

その顔をひとつひとつ見れば、几帳《きちょう》越しになんと宗貞殿のお顔も。

しきりに袖で面を覆い、忍び噎《むせ》ぶご様子。

「おお、気が戻りましたか」

「……宗貞殿」

「真に……ここに寄り居ります」

「ここは」

「左閣の北廂《きたびさし》にございます」

「……左閣……このような所になんと勿体なきこと」

「俄《にわか》の魂《たまさか》離りを、みな愕《おどろ》き、これぞ天の神の為《な》さりしことといぶかり、先ほどまで香の煙りに祈禱の声、この廂に満ち満ちておりました」

「……まるで覚えおりませぬ……して、我の歌は天の神に届きおりましたのか……」

小町には、その効《こう》こそ知りたきことでございます。

宗貞殿は人を払い、躙《にじ》り寄り、几帳越しに声を掛けられます。

「……いまだ雨にはなりませぬが、月は雲に隠れ、闇は深く重なり、西の方より冷たき風が吹き参ります……」

いまだ雨にはなりませぬが。

やはり我の歌は、天に及ぶ力なかった。

いまいちど、魂離りたき心地。

「帝は朝、御具合悪しく、朝餉《あさがれい》も召されず臥しておられましたものの、そなたの歌二首を奏上いたしましたところ、必ずや天に届くであろうとお喜ばれ、そののち、昼《ひ》の御座《おまし》へとお出ましになられました」

小町は、夜のお召しの折りの、心細げな帝の御様子を思い出します。このところは、密《ひそ》かに奈良の興福寺《こうふくじ》の僧たちが、護摩《ごま》を焚いて帝の息災を祈りおるとの、風のたよりも耳にいたします。

「……我は、小町殿が魂離りて打ち臥されたのを目にし……思わず知らず、天を恨みました……都に居る者みな、女人ひとり魂消え息絶ゆるとも、雨降り給えと念ずるばかり。我はその念には加わらず、ひとえに女人に魂結《たまむす》び給えとのみ……」

ああ、そのようなこと、申されてはなりませぬ。

小町ようよう身を起こすまでになり、東門に寄せられた車へと戻ることに。階段《きざはし》を一足一足下りますと、昼間の神事と打ち変わり、残る篝火《かがりび》がときに音立てて爆《は》ぜております。

その爆ぜ音にまじり、なにやら妖しき気配が漂い参ります。

風が吹き付けておるらしい。いや、風のみにあらず。

女官たちに手をとられ、足を動かすうち、さらに風や音も強う変じたのです。

女官たちが思わず踞《うずくま》り、ただならぬ声を上げました。

「あれ、この風は」

「いえ、風ではありませぬ」

控えておりました宗貞殿が、小町のそばに駆けよりました。

「これは……これは……雨粒でございます……なんと、雨降り出してございます」

あちらこちらより、声が湧いて参りました。愕きと喜びと、いまだ信じかねる様子の、男や女の声。それらの声を覆い塞ぐかのように高まる雨音。

「御身《おんみ》、我がお助けしましょう」

と宗貞殿、女たちを払い、小町へと手を差し伸べました。

「このお方は、神の心を動かされたゆえ、神に等しき尊さであります」

とあたりに宣されます。

その声にみな、ひれ伏し動けぬ様。

宗貞殿は小町の身を抱え上げ、闇の中に増え続ける雨筋を浴びながら、車へと走られたのでございます。

小町の面が濡れておりますのを、誰もが雨水のせいと思いました。

真は溢れる涙でございました。

算賀の菊

帝《うえ》は四十になられて、初めの長寿を言祝《ことほ》ぐ算賀《さんが》が、執り行われます。

そののち、五十、六十の節目にて行われますが、まずは四十の坂を越えること、真《まこと》に有り難きことなのでございます。

嘉祥《かしょう》二年の春から冬にかけて、仁明《にんみょう》帝の四十の算賀が幾たびか執り行われました。

夏もようよう終わろうとするころより、いよいよ仕度に忙しく、皆あわただしう明け暮れておりました。

とは申せ、この儀式、祝いではございますが、行き交う殿上の侍臣《じしん》たちの多くは口数少なく、晴れやかな気配などございません。

帝はこのところ御体調すぐれず、御体の危うき様《さま》など、密《ひそ》かに取り沙汰されておりました。

官人による日記にも、帝の御不調を意味します聖躬《せいきゅう》不予《ふよ》の四文字が、たびたび並びおるのでございます。

老境に入りました言祝ぎと申すより、いくらかなりとも命ながらえますようにとの、祈禱の算賀なのでございます。

三月には興福寺で四十の宝算が祝われ、また薬師寺僧たちが薬師経四十巻を献じました。

続いて母君、太皇太后《たいこうたいごう》橘《たちばなの》嘉智子《かちこ》様により算賀が催されました。嵯峨《さが》天皇の皇后であり、檀林《だんりん》寺《じ》をおつくりになり、檀林皇后とも呼ばれるお方でございます。

仏法を篤く信仰されて、多くの仏具を作られ、橘氏のための学校、学館院を建て、人々に菩提心《ぼだいしん》をひろめられましたお方。

檀林皇后に続きまして、道康《みちやす》親王により、内裏での算賀が行われたのでございます。

道康親王は東宮のお立場で、やがて天皇となられます。東宮の御生母は、藤原良房《ふじわらのよしふさ》殿の妹で、女御順子《じゅんし》様です。

親による算賀、子による算賀、いずれも血筋を天下に示し、皇統の正統なることを知らしめる意もございました。

もとよりさまざまに策を弄し、この血筋を盤石にして参りましたのは、前の年に右大臣になられた良房殿。儀式の次第を後見するのも、このお方でございます。

良房殿は早くより、邸《やしき》に興福寺の僧を招き、興福寺により長歌を奉献するのを扶《たす》けてこられました。

真に行き届いたことでございます。

算賀に先立ち、興福寺のみならず諸寺にても、たびたび経が読まれ、京中の困窮者には米塩などが給されました。

その手配や沙汰あれこれに、節会《せちえ》同様に人の行き交いせわしなくありますが、中でも紫宸《ししん》殿東側より宜陽《ぎよう》殿にいたる東軒廊《ひがしこんろう》のあたり、なにかと声うるさく、ざわめいておりますようで。

女御《にょうご》様によれば、東宮坊よりの使いが参られ、このたびの算賀に、菊を供してほしいとの頼みがありましたとか。

帝が菊を好まれること、皆存じておりました。季《き》はとうに冬に入りましたが、残菊をと望まれたのは、帝とか。

麗景殿《れいけいでん》の父君滋野貞主《しげののさだぬし》殿の別邸慈恩院《じおんいん》には、色さまざまな菊が咲き誇り、内裏においてもその噂、高く流れておりましたので、然《さ》もありぬべし。

どれほどの数を供すのか、算賀の日まで咲き残る数はいかに。

女御様に報じるため、慈恩院に小町が参りますと、庭を占める菊の中より、俄《にわか》に立ち上がりました男あり。

小町、おどろき身を退きますと、

「あれあれ、粗相をおゆるし下さい」

と許しを請うものの、男に動ずる気配はない。

落とした扇を拾い面を隠す間もなく、

「その扇……もしや神泉苑《しんせんえん》にて神に雨を乞われ、あらぶる神を鎮められた……」

傍らの付き人が、急ぎ応えます。

「さようでございます。いまは女御様に頼まれまして……算賀に供する菊の様《さま》を見に、こうして参りましてございます」

付き人の声に、男、頷きます。

「……真《まこと》に、菊の香にもまさる……麗景殿よりの良き香であります……」

風はひえびえと冴え、女御様の薫物《たきもの》も菊の香を妨げない甘さ。ゆえに麗景殿より流れくる香は程がよいと聞こえておりますようで。

小町のみにあらず、女房たちの薫物はみな、女御様にしたがいおります。

小町、扇の内より、迷い嘆くふうに呟き申しました。

「……算賀に供する菊とは……どのようなものがよろしいのか……良き枝に小花の群れておりますのが華やぎますのか……」

男はそれに応えず、

「……我も左近衛将監《さこんえのしょうげん》となり、帝の御在所に勤仕して時浅く、算賀のことは知らぬこと多く……」

と真に徒《あだ》なる答え。

さらには言葉交わさぬまま、しばし小町を見定めておられる様子。

去りぎわに、

「……御許《おもと》は……秋より春を……菊より桜花を……いえ、夢の歌を好み詠まれるお方でございましょう」

と申されました。

思わず小町、身を固くして立ち止まります。

夢の歌を好むのを、知りおられるとは、どなたか。

小町の思い惑いに気づかぬ様子で、男は背を向け、菊の中を、そぞろ歌を口ずさみながら中門の方へ歩み去られたのでございます。

「……思ひつつ寝《ぬ》ればや人の見えつらむ……夢と知りせば覚めざらましを……」

何と。

その歌、小町が都にて初めて詠みました、母を恋うる歌でございます。今や恋の名歌として、女房や官人たちの間に流れおると聞きます。

このような庭にて、見知らぬ貴人に自らの歌を口にされた小町、ひたすら汗おぼえます。我にもあらぬ、茫々《ぼうぼう》たる心地。

付き人が扇を寄せ、息づく様にて申しました。

「……小町様の歌を諳《そら》んじておられるあのお方は……在原業平《ありわらのなりひら》殿と思われます……この邸にて歌会が行われると聞いておりますが……歌の才に抜きん出ておられると評の高いお方……さきごろ左近衛将監に転じられましたそうで……真に美しきお方でございます……」

小町は、付き人のその見囃《みはや》し方が心憎く思われ、

「菊に隠れて、よう見えませんでした」

と突き放したのでございます。

「御衣も、菊に似合うておられました」

いよいよ憎し。

「……歌の上手と、噂は高う聞きますが……男子《おのこ》でありながら、情《なさけ》の深い女の様《さま》にて、理《ことわり》には弱いお方と聞きおります」

菊の花に言い放ちましたものの、我の夢の歌を詠われたその御声は、しみじみ身に染みておりました。そぞろ詠いながら消えられたのも心憎いかぎり。

さて。

算賀の当日、帝は定刻に紫宸殿《ししんでん》に出御なされました。

まずはその御姿に、安堵広がります。

近衛が陣を引き、親王以下侍従以上が、日華門《にっかもん》より参入し、南庭に列立いたしました。

謝座、謝酒ののち、おのおの着座。

ついで、奉る御贄《みにえ》や捧物《ほうもつ》を献げます。

膳が供され、奏楽が終わる頃、親王が挿頭《かざし》机に寄り、菊の花を取りあげ、帝に奉ります。

さらに賜禄《しろく》が行われ、見参《げんざん》が奏されました。

帝に奉じられましたのは、麗景殿より供されました黄菊でございます。

寒気の中、凜として美しく、女御様、いかほど誉れ高き心地でございましょうか。

かようにして、算賀の次第は滞りなく執り行われ、帝の還御となりましたが、その折り、膝をつかれ、しばし立ち上がること叶いませんでした。

一同、目を伏し低頭いたしておりましたものの、言祝ぎの儀を、一筋の暗雲が覆いましたような、ひえびえとした刹那でございました。

年改まり、春の朝観行幸《ちょうきんぎょうこう》の折り、橘嘉智子様が帝に、庭前にての乗輿《じょうよ》を勧められましたところ、帝は北面して膝をつき、門の内にての乗車の無礼を謝されましたとか。

天子自らが孝敬《こうけい》の範を示されたのでございます。

その場に居ならぶ侍臣たちは、このこと、涙ながらに広く伝えました。聞く者もみな、帝の頽《くずお》る御姿と、それにもかかわらず道を示された御心のつよさに、ひとしく心動かされたのでございます。

三月に入り、聖躬《おからだ》いよいよ危《あや》うくなられ、十九日ついに落飾《らくしょく》。仏のお迎えを待つ身となられました。

さらに二日後の二十一日、七仏薬師《しちぶつやくし》の法もむなしく、ついに清涼《せいりょう》殿にて崩じられたのでございます。

蘇生を願い、亡骸をそのままに、抜け出た魂を呼び戻す魂呼《たまよばい》が行われましたが、魂は戻らず、ついに北枕に御体を向け、屏風や几帳《きちょう》の裏表も返され、亡者の礼が尽くされました。

灯火《ともしび》を死者の御顔に近づけ、ゆるされるものみな、その御顔に見入ります。

霊物《れいもつ》が取り付かないよう、呪禁《じゅごん》の意もございました。

陰陽師《おんようじ》により、入棺や葬送の日時が決められますと、内裏の殿舎はひとしく喪に服し、女房たちの衣の色も変わります。

宮中のみならず、あまねく都に暮らす民の末々までが嘆き悲しみ、帝の崩御は津々浦々、遠い国々へも、急ぎ伝達されたのでございます。

麗景殿の喪もふかく、ひとしく涙にくれておる中、小町は女御様の誦経《ずきょう》に寄り添い、また自らの局《つぼね》にても薬師仏に祈り続けます。

御仏に向かい思い返せば、仁明帝の世は政争の世でもございました。謀反の名のもとに、都より追い捨てられた一族もございます。

ではございますが、仁明朝において楽制改革が行われ日本風の音楽に整備されましたし、香合《こうごう》の完成もみました。音楽は良く奏され、さらに歌も盛んになりました。

詩とともに、みな和歌を詠むようになりました。才あるお方の多くが歌を贈りあい、まさに神への祈念にも歌の力が及びましたのも、この世。

いよいよ葬送の日、なんと宗貞《むねさだ》殿より小町へ、文が届いたのでございます。

帝の信篤く、蔵人頭《くろうどのとう》として最期まで尽くされました宗貞殿の落胆はとりわけ大きく、その悲しみを歌に詠み、近臣たちはあらためて袖を濡らしておると聞き及んでおりました。

そしてそこには、思いもかけぬこと、記されてありました。

神泉苑にて雨に恵まれました夜より、いまだ月日も少なく、此度《こたび》のこと、真に物憂きこと限りなし。

帝が天命を知り、後世善所《ごせぜんしょ》を願われて落飾されたのちも、御床にて、民の田畑に水はあるかと、案じられておられました。神泉苑にての歌の功、帝の御心に深く響いておりましたようで、歌人の言《こと》の葉こそ、天を動かすものであると、几帳越しに詔《みことのり》がございました。それが御声の最期。我《わ》が後世善所を願い、出家する折りは、大君と異なり、真に悔いること数多《あまた》あり。ゆえに後世善所は叶わぬこと。叶わぬまでも、亡き大君の御心に近づきたく、身を捨て出離《しゅつり》を願いおりますばかり。

この文を手に、小町は打ち震えます。

身を捨て出離、とは出家の意なのか。悔いること数多ありとは、帝に隠れ背いての、我との逢瀬のことか。

思い迷い、心定まらぬうち、夜のとばりの中、葬送は執り行われました。

さらにその夜、宗貞殿は、邸の家人にも告げず、身を隠されたのでございます。

花ひとひら

仁明《にんみょう》帝の御陵《みささぎ》は、伏見の深草山の地に定められました。東山より山科《やましな》へかけてのこのあたり、小野一族の領地も多く在り、縁《えにし》の深い所でございます。

世が代わり、道康《みちやす》親王は文徳《もんとく》天皇となられました。

内裏《うち》にて仁明帝にお仕えした女御、更衣たちは殿舎を退出し、新帝の後宮として新たに生まれ変わります。

小町も二条西大宮の篁《たかむら》邸にもどりました。

篁殿は文徳帝のおぼえも目出度く、即位の折り正四位下《しょうしいのげ》を賜ってございます。

ではございますが、前帝の崩御を悲しむ心深く、御身は病がちにて過ごされておるのでした。

六道の寺へも参詣叶わず、寝入られてもたちまち汗しとど、朧《おぼ》おぼしき言《こと》の葉零《こぼ》されるばかり。

家人は、あの世の方々との、夢の中にての問答であろうと、怖ろしげにまた、有り難く聞きおります。

目覚めれば小町を呼び寄せ、歌のことなど語り合うのをよろこびとなされます。

また、心地良き日のこと、南池《なんち》に赴かれ、枝を伸ばす桜を見てこう詠まれることもありました。

水の面《おも》にしづく花の色さやかにも
　君が御影《みかげ》の思ほゆるかな

水面に影を落としております花の色は、真《まこと》に鮮やかでございます。お隠れになりました帝のお姿も、私にはさやかに華やかに、思い出されるのでございます。

そうして篁殿は袖を濡らし、足取りも重く寝殿へと入られるのです。

このような喪に服する一年《ひととせ》が過ぎ、やがてふたたびの春が訪れました。

そのころ、小町のもとへ噂が流れ届いたのでございます。

仁明帝の葬送の夜、行方の跡を絶たれておられました良岑宗貞《よしみねのむねさだ》殿が、出家なされて遍昭《へんじょう》と名を変えられたのです。

この一年、寺を巡り服喪の日々を過ごされておりますとか。

帝よりの御恩と御寵愛を思えば、是非無きことと都人《みやこびと》はみな頷きおりますが、小町には恨めしく思われます。

亡き帝への追慕ゆえ、すべてを捨て去られたのか。もはや近づき難き、苔の衣を身に纏われるお方となられた。

在俗時のお歌を、思い出します。

わび人の住むべき宿と見るなべに
なげきくははる琴の音《ね》ぞする

世を厭《いと》う人の住まいにふさわしい、忍びやかで荒れた家だと見ていますと、嘆きがさらに加わるように、琴の調べ[redacted]聞こえて参ります。

内裏にて、お姿[redacted]お歌も見事な良き人として名を馳せておられたお方なのに、このような侘び人の境地をお持ちであったとは。

殿上の侍臣の身を捨て、僧として歌人と[redacted]て、さらに優れたお姿に出立《いでた》つ[redacted]切りと見えます。

奈良よりさらに滋賀の園城寺《おんじょうじ》へと、追[redacted]の行脚《あんぎゃ》を続けておられると聞きます。

逢坂の関のあたり、古《いにしえ》より広く領する[redacted]伴黒主《とものくろぬし》の邸《やしき》に身を寄せておら[redacted]るとの噂、小町も園城寺へ詣でる心積もりを致したものの、たちまち逢坂より出立なされ、行方の跡はふたたび途絶えたのでございます。

このところ御山と申せば比叡山延暦寺《ひえいざんえんりゃくじ》、御寺と申せば園城寺、いずれもが競《きお》いおりますとか。

遍昭殿は、いずこに。

穏やかな春の悲しみの日、小町は思い立ち、仁明帝の御陵《みささぎ》、深草の地へと詣でました。

道々、牛車《ぎっしゃ》の物見より眺める伏見の山の木々は美しく、鶯《うぐいす》の啼く音《ね》も、山肌に染みいります。

山肌に広がる桜花は、ときおり頂より吹き下ろす風のため、いまだ蕾固く見えますが、日溜まりを得て開く桜花はやわやわとして色も良く、小町はしばし、雄勝《おかち》の花の季《き》を思い出し、牛車を停めさせるのでございました。

物見を閉じるのも惜しく、美しき景に心ゆだねおります。

あれより、幾年《いくとせ》が過ぎましたのか。

逢坂の関にて、迎えを待つ心細さも思い出され、何も知らぬままの入京、そして内裏《うち》のくらし。

女御様のお優しさは、いまさらながら身に余ります。その女御様も、後宮を離れて中御門《なかみかど》西洞院《にしのとういん》の、父君貞主《さだぬし》邸に戻られました。

帝の崩御ののち、いよいよ藤原良房《ふじわらのよしふさ》殿のお力はあまねく内裏の隅々まで及び、入れ替わる者、さらに高みへと昇る者と、その明暗きわやかに見えて参りました。

小町には、憧《あくが》れ仰ぎ見た後宮の色鮮やかさ[redacted]色をなくした喪の日々が、目の前を重なり流れゆきますが、いずれも夢の中のように朧《おぼろ》な心[redacted]いたします。

父を怖れ憎みましたこの身も、母君を[redacted]われるお姿に心打たれて、苦しみは解かれました。かつ、父とも思い頼りました良実《よしざね》殿は、思[redacted]出すのも憂き夜のことあり、都より姿を消されて、伊予《いよ》に遠流となられましたまま。

かの地にて、もはやお命も尽きられ[redacted]ございましょう。

深草陵《ふかくさのみささぎ》のたもとの、木々に囲ま[redacted]て広がる菩提寺に着きましたのは、陽も傾きはじめた時分。

この嘉祥寺《かしょうじ》は、崩御一年を経[redacted]清涼《せいりょう》殿を移し建てられたものでございます。

牛車より降り立ちますと、今にも散りかからんばかりの桜の古木の一枝。

何処《いずこ》からともなく現れました迎えの老人が、深々と身を屈して申します。

「良うお詣《まい》り下さいました」

その声に聞き覚えあり。思わず足を止めました。

船岡の山の北、紫野に在る亭を訪ねたおり、黒々と空を覆う山門の内にて耳にした低き声。宗貞殿が、昔より知る老いた人と申された案内《あない》の僧に違いなく。

いえ、あの夜は宗貞殿は雲、我は細い月であった。

なにゆえその案内の僧がここに。

小町は気づかれぬ様に扇をつかいますが、胸のうちの揺らぎは定まりませぬ。更衣《こうい》に準じた小町の扱いは、堂内に局《つぼね》を用意され、お祈りが許されるのを待ちます。促されて木の香も新たな仏間に入りますと、左右に十人ばかりの供の僧たちがすでに居並び、低頭して迎えました。

仁明帝の女御様方の御参詣はすでに終わり、その折りには僧の数も堂内に溢れるほどであったと聞きます。

終えて局に戻り、格子《こうし》より眺めますと、深草の山には夕霞《ゆうがすみ》が立ちこめて参りました。山肌より上る水の気を集め、霞はやわやわと朧《おぼろ》に膨らみ流れ参ります。

境内の庭に目をやれば、木々と桜の色は溶けあい、おおどかなること夢幻《ゆめまぼろし》のごと。

先の案内の僧が、文を差し入れました。

昔の思いをここに、と添えてあります。

花の色は霞《かすみ》にこめて見せずとも
　香《か》をだに盗め春の山風

花の色は霞に隠れて見せてはもらえませぬ。お姿は見えなくても山風よ、せめて香だけでも盗み届けてもらえないであろうか。

もしや、が、やはり、となり、昴ぶりののち、やはり、が、もはや苔の衣とは。

この文の贈り主は、もはや苔の衣を纏われたお方なのであります。

こぼれる涙を袖で受けます。

「……この文の主が、この寺においでとは」

局の囲いの向こうより、重たき老人の声がありました。

「……園城寺よりこちらに参り、先の帝にお別れを申し上げ、近いうち比叡山へと入られるお覚悟……この花も、しばし見納めかと」

「比叡にも、桜はありましょう」

「春の山ならば花も咲きましょうが……真《まこと》の花には逢えませぬ……真の花とは縁無き日々と思われます……この陵にたちこめる夕霞こそ、恨めしくも有り難く……我が主のお心を推し測りください……」

その声に、ふたたび袖が濡れます。

「……歌の人、苔の衣のお方……それほどのお覚悟なれば、殿上に居られますどなたより、その御名が高まることでございましょう……」

老人の溜息が、夕霞とともに、流れ入りました。

「月と雲……いずれも優れた歌詠みとして、都に並び立つ才……先帝がこうしてお導きくださいましたと思えば、有り難きことでございます……」

ああ、月と雲。

それを申されますな。

小町は堂の端に寄ります。愛しい雲を見上げるように、仰ぎ見ます。

霞に包まれた中より、花の一枝が伸びておりました。

その花、色を失い、霞に溶け込まんばかり。

薄墨色の淡さ、あてどのなさに、小町はこれぞ我が身と、思い定めたのでございます。

筆を執りました。

花の色は移りにけりないたづらに
我が身世にふるながめせしまに

花の色は、盛りのときは色濃くありますが、時経れば褪せて、このように薄く淡く移ろうのが定めでございます。我が身もまた、いたずらに長くこの世に生き長らえて、色褪せてしまいました。

書き付けた料紙《かみ》を、そっと老人に差し出します。

これを雲のお方に、と言い添えて。

老人は畏《かしこ》まり受け取ります。

立ち去り際に、膝を寄せて申されました。

「花は盛りより、褪せた色こそ趣き深うございます……我が主も同じ思いでございましょう……いえ、さらに美しいのは、散る花でございます……散ればこその桜花……」

「雲のお方が、そのように」

「はい、我が主は、優れた歌人《うたびと》……散る花を愛でるお方なればこそ、都官衙《かんが》を離れることも厭《いと》われませんでした」

「……そのお言葉を知り、我も散るをかなしいとは思わなくなりました」

山門の外に待つ牛車まで、境内をゆるゆると歩きました。

頬に何やら触ります。

ああ。

散る桜のひとひら。

見送りの中に、雲のごとく立たれるお方の目があります。そのお方、先ほどより、小町の一足一足を見詰めておられます。小町にはその目が、愛《いと》しう強う、感じられております。

小町は花のひとひらを扇に受けて、それを雲のお方へと、差し出しました。

花ひとひらは風に乗り、そのお方に向かって流れて行きました。

牛車に乗り込むとき老人は近寄り、聞き取れないほどの柔らかな声で囁きました。

「……散る花も、来春はふたたび色濃く咲きます……咲いていただきとうございます……雲は遠くの空より、眺めておりますとのこと……」

小町は、嘉祥寺のお堂と見送りの雲の人に、深々と頭《こうべ》を垂れ、牛車に乗り込みます。

このとき小町、齢《よわい》三十一でございました。

色みえでうつろふものは世の中の
人の心の花にぞありける

［うつろふもの］

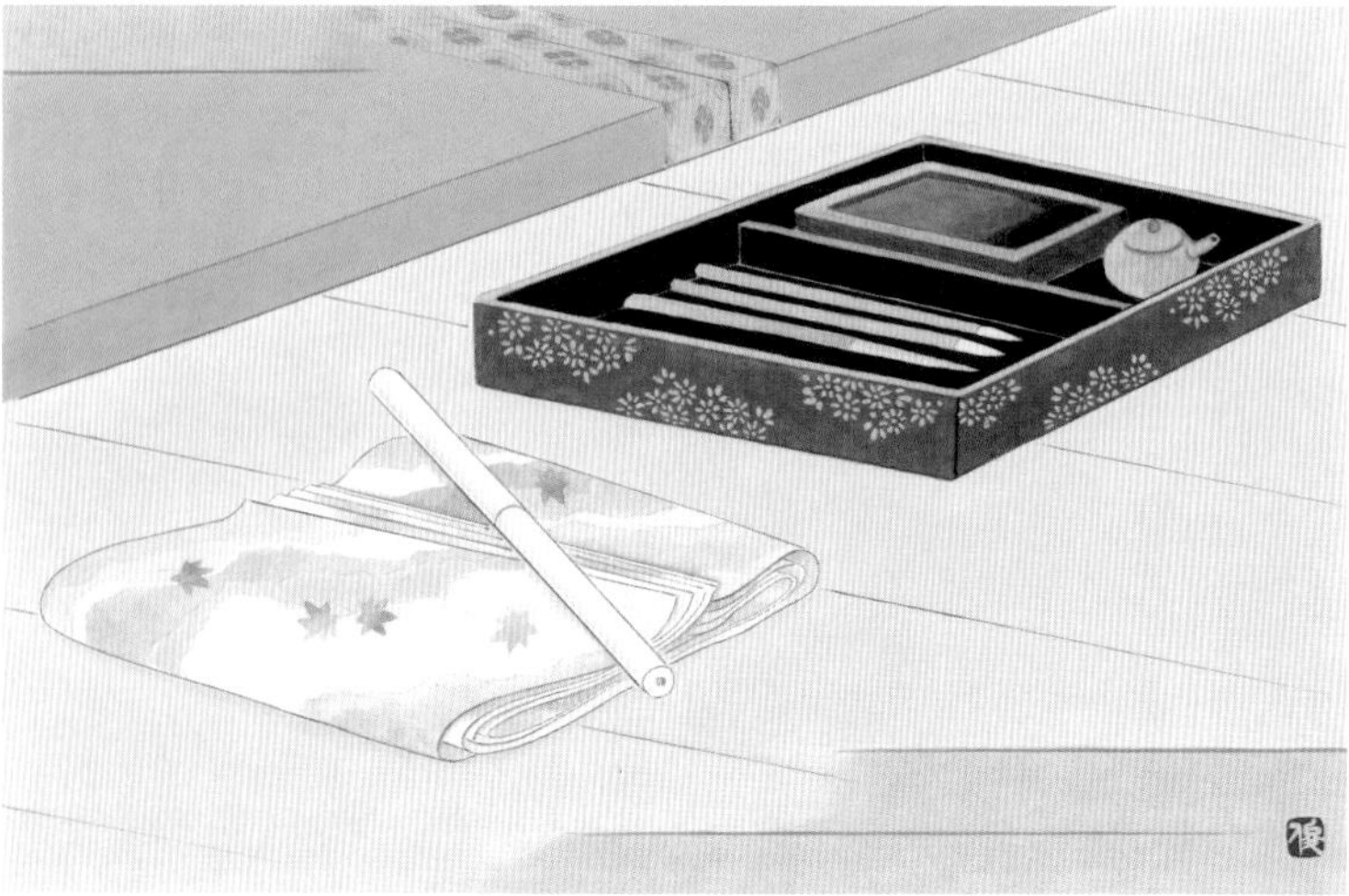

［熾火］

人に逢はむ月のなきには思ひおきて
胸走り火に心焼けをり

［懸想文］

海人《あま》のすむ里のしるべにあらなくに
浦見むとのみ人の言ふらむ

［ひさかたの空］

うたたねに恋しき人を見てしより
夢てふものはたのみそめてき

後篇

我が身世にふる

うつろふもの

花の色永遠《とわ》にと願えど、移ろう季《き》を止めるなど叶わぬこと。

小野小町《おののこまち》が麗景殿《れいけいでん》の縄子女御様《つなこにょうご》にお仕えして歌の才を後宮に示した月日は、過ぎ去りました。

仁明《にんみょう》帝の崩御にともない、後宮の殿舎に住まう女御様はじめ更衣《こうい》などみな里下がりし、殿舎は新たな帝の女人《にょにん》の住まいとなるのが慣《なら》いでございます。

小町もまた、女御様より離れ、右京の二条西大宮の篁《たかむら》邸に里下がりいたしました。

そのころより、父篁殿の御病すすみ、仁明帝崩御の二年余り後、仁寿《にんじゅ》二年の十二月、ついに邸《やしき》にて薨去なされたのでございます。

帝の崩御は、国の色を塗り替えるもの。篁殿もまた、その生の時を終えられたのでございましょうか。

詩も歌も書も、世を圧する力をもち、一度《ひとたび》は嵯峨《さが》上皇の逆鱗に触れ隠岐《おき》に流されるも、詩の力をもって殿上に復した才の人、いえ性根《しょうね》つよきお方。

近臣としての出世にも、大欲は無欲に似たり、と故事を引き嘯《うそぶ》かれました。

欲の程を見せぬところが、即位されたばかりの文徳《もんとく》天皇の心を動かしましたようで、最終の官位は従三位《じゅざんみ》参議左大弁《さだいべん》。病の平癒を願っての加階は、亡くなる三日前のこと。享年は五十一でございました。

文人としては格別の出世と申せましょう。

世の習わしに、理をもって抗する叡智の人でありながら、夜な夜な冥府へ下りて死者と対面するなどの都の噂を、言い消すこともなさらず、その豪たる心ゆえ、畏《おそ》れ敬う人も多くありました。

妖しの気配を隠すこともなく、ときにそれを身に添わせ、人々を圧したのでございます。

自らの生涯を見通す力を持ち合わせておられましたのももっともなこと。

いのち細くなるのも良く知り、早々と官を辞されたのち、天皇より治療のための銭穀《せんこく》なども与えられ、邸《やしき》にて病を労《いたわ》りおられました。

日々衰えゆく身もまた目に見えて。

「我の死を確かめし後は、日を待つことなく葬送するべし、人に知らせることなかれ」

このように家人に申し置かれましたのは、崩れゆく身を晒すのを、見苦しとされたのでございましょう。

言い置かれた遺戒《ゆいかい》、家人には逆らうすべもなく、死の慣《なら》いもそこそこに、野辺《のべ》の送りを済ませたのでございます。

あとに、いつの歌とも知れぬ歌一首、文箱《ふばこ》より出て参りました。

しかりとて背かれなくに事しあれば
　まづ嘆かれぬあな憂《う》世の中

だからと申して、世を捨てるわけにも行きませぬ。このように何か事があれば、たちまち嘆きに襲われてしまうのです。ああ、なんという憂き世の中、辛きことでありましょう。

篁殿は豪の人でございますが、持てあます情はたちまち詩や歌になり、見事な筆蹟《て》にて、若きころより馴染んだ陸奥紙《みちのくがみ》に、筆《しる》されておりました。

篁殿の才を、とりわけ良く受け継ぐ小町には、残された歌の、しかりとて、が心にわだかまります。

しかりとて。

何があり、しかりとて、の嘆きになりましたものか。

その一語ゆえ、この歌は長く胸に生き続けるようにも思えるのです。

仁明帝の崩御こそ、その嘆きであろうと推し測られますが、近臣たちの多くが同じ嘆きを、ときに袖を濡らす涙として直《あからさま》に、詠み訴えます。

直《なお》すぎるのも徒《あだ》なること。

比してこの歌は、意味深く新しう思えてなりませぬ。

しかりとて。

この世には、どうにも動かせぬもの在《あ》り。

されどその動かせぬものに、そのまま従い順ずるのを良しとせず。

けして良しとせず。

小町には、篁殿の生涯を貫く心根が、この一語に見えるような心地がいたします。

うち臥す父上に近う寄り、御声を聞いたのも身に染みて覚えおりました。

「吾子《あこ》よ、難事に遭《あ》うとき、女人《にょにん》たる身は従うとも、思《おも》いは潔う立ち向かうように。言《こと》の葉は刃《やいば》よりつよいもの。胸を衝けば五臓におよぶ。言の葉をさらに知り、学びを怠らぬように」

さらにこのように付け加えられたのです。

「良実《よしざね》殿の生き死には判らぬが、生きて都に戻る時あれば許すように。生あるかぎり、その身に魔も潜むものゆえ」

この声に小町は、おどろき息を止め、父上は良実殿との何もかもをご存じなのではないか。もしやその消息も耳に入れておられるかも知れぬと、身を固くしたのでございます。

自らが許されて隠岐より戻られし折り、良実殿の伊予《いよ》への遠流《おんる》も併せて解いて下さるよう、上つ方へ乞われたとは聞きおよびませぬ。乞うとも、叶うものではございませぬが。

父とも兄とも思い頼みにした良実殿が、一夜、魔魅の力に動かされてか小町の衾《ふすま》に押し入られたのを、父上はご存じなのかも知れぬ。

小町はただ、ひれ伏し応えぬまま、寝入られた父上をあとに、永《なが》のお別れをしたのでございます。

軒の高きところに、有明の月が白う掛かり、薄氷《うすごおり》を空に張り付けたほどの、寒い夜でございました。

篁殿に先立つことわずか、仁寿二年の二月、篁殿の詩の師であり、同じく文章生《もんじょうのしょう》の出でもあった縄子女御の父滋野貞主《しげのさだぬし》殿が亡くなられました。

こちらは享年六十八。

平城《へいぜい》帝、嵯峨帝、淳和《じゅんな》帝、仁明帝、さらに短いあいだではございますが文徳帝と、五代の世を官人として生きた詩才の人。『文華秀麗集』、『経国集』二十巻の編纂に参画し、さらには類書『秘府略』を撰集なされた知の重鎮でもございました。

帝が崩じられると、このようにたちまちいのち萎《しお》れ、力を失われるお方は、篁殿のみにあらず。

女御様も大きな後ろ盾を失われました。

里邸《さとやしき》である左京の中御門《なかみかど》西洞院《にしのとういん》の貞主邸も、かつて幾人もの皇子女を産み育てられた華やぎを失われたかに見えました。

とは申せ、縄子様の妹奥子《おくこ》様は、その美しい容姿ゆえ文徳天皇の寵愛を得て、すでに皇子女にも恵まれておられます。

縄子様も奥子様も、生まれついての姿の良さに加え、情け深く、貴賤かまわず思いやりを傾けられましたのは、父君貞主殿より受け継がれた性と思われます。

主《あるじ》は去り寂しくなりましても、外孫の皇子女に恵まれ、滋野一族の栄えは安泰でございました。

縄子様が退出した麗景殿に、奥子様が入られましたのも、然《さ》もありぬべし。

これにより、姉の縄子様は、先帝の女御として、馴染んだ麗景殿へ妹を訪ねることも叶う身となりました。

小町はと申しますと、歌の才の噂は里下がりしました後も後宮に残り、尚侍《ないしのかみ》様より出仕のお誘いがあるほど。

ではございますが、父篁殿を失い、滋野貞主殿も亡きいま、後宮へと上がるのは心細いかぎり。

後ろ盾なき女房の危《あや》うさを、小町は知り抜いておりました。

お仕えするなら縄子様。

密《ひそ》かに思い定めておりましたところ、縄子様も、里下がりする前と変わりなく近くに寄り来て欲しいと、切に望まれたのでございます。

あらたな世になり、三度目の春。

　色みえでうつろふものは世の中の
　　人の心の花にぞありける

しかとは色には顕れぬままに、移り変わり、衰えてゆくものは、世の人々の心、心の花でございますね。このところ、そのような思いがしみじみと、深く覚えられるのでございます。

西洞院の邸を訪ね、縄子様に添い歩みながら釣殿《つりどの》まで来て、中島や池の面《も》に散り残る花を見遣り詠みました。

「……小町の歌、このところの思いゆえ、深く染み入ります」

縄子様は思わず袖を面《かお》に当てられます。

「……そなたの歌は、花を詠みながら花無き景《けい》を思わせます。花をこのように眺める歌の人を知りませぬ……花の人でありながら、花を哀しみ、薄墨で覆う人……」

小町は驚きながらも有り難く、花の色と薄墨を思い、こう申し上げました。

「花は、移ろう宿世《すくせ》より逃れられませぬ……色移ろい散る宿世でございます。人の心を映し、惜しげもなく散り去ります……ふたたびの花はありませぬ」

縄子様、小町を振り返り、

「……なにゆえそれほどに……花の盛りをたのしまず、散る哀しみばかりを……」

小町は水面《みなも》に浮かぶ花びらを見てさらに申しました。

「……我は弱い心ゆえ、盛りをたのしめず、散る哀しみを思い、ようよう安堵するのでございます」

言の葉にしてみて初めて、自らを視《み》たような心地いたしました。

「……安堵と」

「はい、安堵いたします。この華やぎは確かとは思えず、ただあえなき夢……やがて移ろい消えるもの……そのように思えば、色の移ろいも散りゆく花も怖ろしうなどありませぬ……本然《もと》の姿に戻るだけのこと」

「それは弱い心ゆえか」

「はい、弱い心ゆえでございます。盛りを永遠《とわ》にと願うことを諦め、思わず知らず、盛りより身を遠ざけおります。このようにして、ようよう穏やかな心地が叶います」

それは真《まこと》。

盛りをたのしめば、散る哀しみに打《う》ち拉《ひし》がれるのが道理。盛りの中に散る哀しみを見ておるかぎり、打ち拉がれることもないのでございます。

縄子様には申し上げませんでしたが、このように心の中に関《せき》を設けてしまうのは、自らが出羽国《でわ》の雄勝《おかち》より上り来た身であるからのように、小町には思えるのでした。

都に入りました遠い昔、見るもの耳にするものすべてが雄勝のそれよりすぐれ、言の葉ひとつ口にするにも心臆しておりました。貴人の方々より贈られた文も、真《まこと》の心を疑い、直な心にて受け取ることの出来ぬ日々。

都のすべてが、我に性憎《いじわる》くあたり、貶《おとし》め辱められておるように思えたことも幾度《いくたび》か。

ひたすら都の言の葉を学び、心のままに歌を詠むうち、歌人としての名も内裏に広がり、父君とのしこりも解けてようよう、頑なでありました自らにも、思い到ったのでございます。

都にて儒学者の家に生まれ育たれた縄子様に、このような心の様《さま》をお伝えするのも、恥ずかしく申し訳なきこと。

うつろうものは、人の心の花。

ためいきとともに独《ひと》り言《ご》ち見上げる花は、思いがけずやわやわと、小町に降りかかるのでございました。

鄙《ひな》の月

この年、都には疱瘡が流行り、葵祭や五月の騎射《うまゆみ》の行事も取りやめとなりました。

近年は洪水、豪雪、地震も多く、それにより民《たみ》は飢饉に見舞われております。疫病は人心を疲れさせ、盗賊の横行をゆるし、世の情は不安な雲に覆われる日々。

悪因は、御霊《ごりょう》の恨み、祟りであろうと。

とりわけ民は、先帝の世に謀反に問われ都を追われ、流刑地に着く前に横死した橘逸勢《たちばなのはやなり》殿の、無念の魂を畏《おそ》れました。

断罪追放のとき、姓を奪い人としての誇りをもことごとく踏みにじった逸勢を、いまさらながら本位に復し、正五位下を与え、さらにこの年、従四位下に加贈までいたしましたのも、逸勢殿の怨霊を畏れてのことでございましょう。

ちまたの噂では、流人逸勢を追っていた娘が、遠江《とおとうみ》国の地に無念の死をとげた父を埋葬し、娘は尼となり墓の近くに草庵をむすんで暮らしていました。帰葬の詔《みことのり》が出ると、父の屍を背負い都に戻りましたとか。

それを孝女として都人《みやこびと》が口ぐちに称え囃しましたのも、逸勢殿の無念を哀れみ、それが天変地異の深因と思いなしておりましたからか。

こうした世情のなか、小町のもとに、小野貞樹《おののさだき》殿より文が届いたのでございます。

これより、甲斐守《かいのかみ》となり赴任するとのことで、生きては都へは戻れぬかも知れぬと、いささか情に流された文でございました。

貞樹殿のこと、あまりに遠いことではございますが、小町は確かに覚えがございました。

都に上り間もなきころ、何用かわからぬまま篁《たかむら》邸を訪れられた貞樹殿のお姿は、身は細く色白な面《おもて》、さらには小さく鋭い御声。

父上篁殿の引き合わせに面《おも》伏せておりますと、

「陸奥《みちのく》の一本《ひともと》の花、これより先の頼みもございましょうが、一本を束《つか》になさるなら、さらに頼み多きことにございます」

と扇の内にて嘲《あざ》み笑うように申されたのを、小町は深く覚えおりました。

陸奥の一本の花ではどうにもならぬ、何本か束ねてようよう、都の花と競える。この一本は、所詮、陸奥《みちのく》の鄙《ひな》の花。

その譬えを幼き小町は解さぬと、貞樹殿は思いなしておられましたようで。

篁殿は貞樹殿に、戯れをいさめるように、こう申されました。

「一本の花の貴賤を較べるのは心浅きこと。根を較ぶれば、陸奥の花は、思いの外根が深く長いもの」

菖蒲の根の長さを競う遊びなどあることを、小町が知りましたのは後のこと。

小町は同じ小野姓の輩《やから》として貞樹殿に親しみを覚え、あれこれ扶《たす》けほしいままに文を交わしたものの、貞樹殿は小町を、鄙の女として低く軽く見ておられましたのは確かでありましょう。

雄勝《おかち》より上り来た小町、紛れもなく鄙の女でございました。ではございますが、交わす文にもその気が見えますと、辛さを覚えます。

小町はあるとき、文に一本の花を添え、陸奥の名も知らぬ花、と筆《しる》し贈りました。

その後、文も間遠くなりましたのは、この花にひそむ棘が、貞樹殿にも見えたのでございましょう。

麗景殿へ上がる前の小町の、頑なで心幼きころのことでございます。

それがこのように、都を離れるにあたりあらためて文を寄越されたのは、都への執心や名残りの証《あらわれ》でございましょうか。

幾度《いくたび》か文を受け取り、小町はこのような歌を返しました。

今はとて我が身時雨《しぐれ》にふりぬれば
　言の葉さへに移ろひにけり

今はもう、お別れでございます。まさに私の身も、時雨が降るようにいのち古びてしまいました。あなたが見られた昔の私の姿ではございません。野や山の木の葉ばかりでなく、あなたの言の葉さえも、すっかり色が変わり、褪せてしまいました。すべては時の移ろいゆえ。

文の末尾に、都のみが花の都ではございませぬ。我が国里《くにざと》雄勝にも、花は咲きます。どうぞ良き旅を。

と雄勝の名を加えましたのは、昔の頑なな意趣がいまだ残りおり、言の葉の透き間より覗き見えましたからで。

そのまま贈りましたところ、たちまち返されて参りました。

人を思ふ心木の葉にあらばこそ
　風のまにまに散りも乱れめ

あなたを思う私の心が木の葉のようにはかなく頼りないものでありましたなら、風が吹くたび散り乱れてどこかに消えてしまうでしょう。そのような、あてにならない木の葉ではなく、私の心はどこまでも、確かでございます。

その歌を繰り返し目で辿り、小町は貞樹殿を哀れに、さらには自らの気性の強さを省《かえり》みたりもしましたが、やはり理ばかりが残る歌の拙さが目につき、心動かぬは昔も今も変わりなし。そのままにしたのでございます。

貞樹殿は、甲斐に着かれたのち、今一度小町に歌を贈り寄越されました。

都人《みやこびと》いかにと問はば山高み
　晴れぬ雲居《くもい》にわぶと答へよ

都の人が、あの男はどうしているかと訊ねることがあったなら、山が高いので晴れることがない遠い国で、心も晴れることなく、侘びしく暮らしていると答えてください。

これは恋歌ではありませぬ。自らの身を嘆く歌でございます。

この歌を誰あろう小町に贈り寄越されましたのを、小町はあらためて深い思いで、受けとめました。

鄙の侘び住まい、都と鄙を隔てる越せぬほどの高い山。鄙に下りし人の消息など気にもかけぬ、都の人々。

都恋しさがせつせつと、小町の胸を打ちました。

昔、鄙の女を低く見た人が、いま、鄙の暮らしの辛さを侘び忍んでいると思えば、やはり同じ姓を受けた人への思いが、湧水のごと溢れ参るのです。

小町は心をあらため、文を贈りました。

都の世情の荒れた様《さま》や、疫病、洪水のことなど報じ、やがて介殿《すけどの》が都に戻られるころには、世も収まり平安に均《なら》されてありましょう、と加えました。

小野一族の内々の噂によれば、叙爵はされていましたが、貞樹殿が都に戻られることはあるまい、とのこと。

都は真《まこと》に美しい。草草や童までも都ぶり、鶏さえも都の声で啼く。

鄙に在るもので都に優るものがあろうか、と自らに問えば、高き空に白い月がかかり居りました。

ああ、雄勝の薄《すすき》の原にかかる月は、都の月もおよばぬほど冴えて美しい。

澄みわたり、美しいゆえに哀しい。

貞樹殿、どうぞ鄙の月を供に、世の旅を続けてくださいませ。我も荒野の薄原に月浮かぶのを思い、貞樹殿の旅安らかにと、御仏に願い祈ります。

稲穂

さて、滋野奥子《しげのおくこ》様、麗景殿《れいけいでん》へ入られましたものの、後宮の女王は女御《にょうご》明子《あきらけいこ》様にございます。

奥子様はじめ、帝の御寵愛をうけられた女人《にょにん》は多くございましたが、右大臣藤原良房《ふじわらのよしふさ》殿の娘御明子様に並ぶ御方などなく、敢えて挙げますなら、第一皇子をお産みになられた紀静子《きのしずこ》様でございましょう。

静子様は第一、第二の皇子をお産みになられましたものの父君は紀名虎《きのなとら》殿、藤原氏の権勢に敵《かな》うはずもなく、また政《まつりごと》にうとい文人の家系ゆえ、父君は、殿上にては控えめに振る舞われます。

静子様は明子様をたてて、何ごとにも慎ましう穏やかに、準じておられました。

明子様は女御の御位、静子様は更衣《こうい》にございますゆえ、その上下《うえした》はいかにしようもないのでございます。

滋野奥子様もやがては女御となられるはずの御血筋でございますが、父君貞主《さだぬし》殿の亡き後は、その後ろ盾も失われました。

まだ貞主殿が存命であった嘉祥三年、仁明帝が崩じられ文徳帝が即位された翌年のこと、奥子様が第四皇子惟彦《これひこ》親王をお産みになられたのが、滋野一族の頂点でございましたようで。

更衣紀静子様が第一、第二の皇子をお産みになられたのち、多くの女人を措いて、奥子様が第四の皇子をお産みになられたのでございます。

もとより惟彦様に立太子の望みなど無く、ただひたすら、皇子誕生を喜び、貞主殿はじめ一族は和《なご》んだのでございました。

それというのも嘉祥三年に、もう一人親王がお生まれになっておりましたからで。

後宮の頂点に立たれる女御明子様が、三番目の皇子惟仁《これひと》親王をお産みになっておられたのです。

藤原良房殿の娘として、不動の後ろ盾ある明子様が、三番目の皇子をお産みになられた。

そのことは後宮の殿舎内だけでなく、貴人や都人《みやこびと》たちのあいだにも、不穏な気を漂わせました。

母親の身分に関わりなく、第一皇子が東宮《とうぐう》となられるのが、世継ぎの穏当な習わしであります。

ですが紀氏の血筋であり、静子様所生の惟喬《これたか》親王の立太子を、果たして良房殿が許されるであろうか。

都人が密《ひそ》かに打ち囁く声は、真《まこと》を射ておりました。

明子様所生の惟仁親王が、六歳年上の惟喬親王を排して、東宮となられたのでございます。まだ生後八ヶ月の幼子が、文徳帝即位の年に、そのあとを継ぐと定められたのです。

良房殿のお力無くして、有り得ぬ成り行きでございました。

文徳帝は静子様、奥子様を、女人として深く寵愛なさっておられました。

第一の皇子惟喬親王を東宮に即《つ》けるべく力《つと》められましたが、良房殿の采配には抗いきれませんでした。

貞主殿はこの始終を見届けて、二年後に亡くなられました。諦むること、満たされること、さまざまございましたでしょうが、お仕えした五代の帝の御姿が、魂離《たまさか》るなか、ふつふつと浮かび見えたのではないでしょうか。

奥子様が皇女をお産みになられたのは、貞主殿が隠れられた翌年。

惟彦親王誕生に続いての、寿《ことほ》ぎでございました。

文徳帝の寵は、良房殿の影濃き明子様よりほかの女人に移りましたようで。舅の影が濃くなればなるほど、明子様から思いは離れて参ります。それももっともなことでございましょう。

それゆえか、新帝はいまだ内裏に入られませぬ。

即位のときのまま東宮雅院《がいん》にお住まいですが、内裏へ移られるのを拒み、内裏の別院梨下院《なしもとのいん》への遷幸《せんこう》をお考えとか。あるいは良房殿もまた、自らに反目なさる文徳帝を、内裏に入れたくない意もありますのか。

良房殿との宿執《しゅくしゅう》が強くなればなるほど、父君の後ろ盾を亡くした奥子様への文徳帝の寵も深くなりましたようで、ふたたびお子を宿されたのでございます。

西　洞院《にしのとういん》の邸《やしき》は、華やぎを取り戻しました。

この邸でお生まれになられた皇子皇女は、縄子様の御産を含めれば片手では数えきれませぬ。女房たちも産屋《うぶや》のしきたりに慣れ、何ごとも滞りなく進めますので、主《あるじ》亡きあとも変事なく、奥子様は姫宮をお産みになられました。

帝よりお祝いの使いが参ります。

北廂《きたびさし》にて産後を労《いたわ》る奥子様に代わり、母屋《もや》にて帝の御使いを待ちますのは縄子様、そして傍《かたわ》らに侍します小町ほかの女房たち。

すでに朝方より品々も届き、並べ置かれております。

東の門より御使いが、数人の供人を伴い訪れ参られました。供人は控えの部屋に、御使いのみ寝殿の南簀子に向かわれました。

近臣の蔵人《くろうど》、御簾の下よりあらたまり、祝いの文を差し出します。

小町は躙《にじ》りすすみ、有り難くお受けいたしました。縄子様にお渡しし拝見されますと、心のこもる文言でございました。縄子様は帝への御礼を申されます。

授受が滞りなく終わり、安堵の風が流れました。

「……御息所《みやすんどころ》様と姫宮様には、お健やかに在《あ》られましょうか」

「……はい、共々難事なく、健やかにございます……産養《うぶやしない》のことなど、これより滞りなく行います……帝にはお心解かれますよう、お伝えくださいませ……」

御簾《みす》の内にて縄子様申されますあいだ、小町はたちまち、ああ、と心付いたのでございます。

あの折り、先の帝の四十の算賀《さんが》に献げる菊を見んとて、貞主殿の別邸でありました慈恩院《じおんいん》に赴き、菊の庭にて行き違いましたお方では。

歌の上手として朝廷に名が立ちおられた、在原業平《ありわらのなりひら》殿と、傍らの女房がその名を教えました。

さらにあの折り、小町の歌を口ずさみながら悠揚と去られました後ろ姿まで思い出されて、なにやら穏やかならぬ心地。

縄子様、さようなことなど気づかぬまま、祝事も終わり、御使いをねぎらわれたのち、北廂の奥子様へと報告に参られたのでございます。

御使いの業平殿、東の対《たい》へと歩まれますが、南庭を見遣る様に立ち止まられ、見送りの小町に振り返られます。

「慈恩院の……菊の庭にての……良き香のお方かと……」

「お人違いでは……」

「時移ろいても、香は覚え残ります……真に、移ろわぬものなき世ではありますが……」

応えぬ小町に、独《ひと》り言《ご》つ声にて申されます。

「……移ろいても、良きものは残る……菊は枯れても、言《こと》の葉は枯れませぬ」

「真《まこと》に……」

「歌の上手は、世を越えて生き長らえます。この邸の主も、いまや泉下《あのよ》のお方なれど、今生に言の葉は残り、繁りおります。どなたかの、花の色は移りにけりな……の歌も、花咲く季《き》には、必ずや蘇りましょう。移ろいても移ろわぬ歌あり……」

小町、あらためて伏し低頭いたします。さすがに名の通った御方、在原業平殿。

すべて良く心に届きます。

「……このところの世の移ろいは、幸い人も不祥なる人も……明暗さまざまにて……」

とようよう小町も、お応えいたしました。

「明暗……確かに……正路《しょうろ》に添う移ろいなれば世は事もなし……邪《よこしま》なる路は乱れを呼ぶ……心の乱れは世の乱れとなります」

またしても独り言めいた声。

思い当たるのはやはりあの一事でございます。

惟仁親王の立太子を、力ずくで成された良房殿のことを、申されているらしい。

邪な路、と申されておるのにも小町頷かれ、真にさように、と扇の内ながら、しかと声にいたしました。

東の対《たい》の南簀子を通り、東中門廊へと向かわれます。

廊の片側に、稲穂を描いた屏風が一対、南庭より秋の風を受けておりました。

業平殿、その屏風の前に立ち止まられました。

「……良い絵ですね……実りの季は、有り難いもの……この心地良き風は、天の貞主殿より送られてくるに違いない……風に稲穂が揺れておりますような……」

「……実りは有り難いことでございます……とは申せ、これら稲の穂にも、実を付けぬまま空しう風に揺れております穂もございましょう……」

小町、業平殿が歌の名人と知り思わず、実りの季にこそ空しい心もあるのを伝えたく、このように申しました。

業平殿、虚を衝かれ声を詰まらせ、小町に振り向かれました。

「……空《から》の穂か……真にこの田にも、空《から》の穂はありましょう……先に実をつける穂を折り倒すようなことをしては、あとの穂も良く実りませぬ……」

先に実をつける穂を折り倒す。

折られた穂は、惟喬親王のことでございましょう。

小町は業平殿の嘆きを受けとめました。

業平殿も、藤原一族の専横を嘆き、惟喬親王に心を寄せておられる。おそらく文人の多くが同じ思いを。

心通うお方を得た心地がいたしました。

小町は事荒立てぬよう気を配ります。

声をひそめ、歌を詠みました。

秋風にあふ田の実こそかなしけれ
わが身むなしくなりぬと思へば

秋のはげしい風に遇《あ》う稲は哀れでございます。稲は実らず、我が身もまた実ることなく、むなしく衰えていくと思えば、この哀れはひとしおでございます。

業平殿、しばらく歌の句をくちずさみおられましたが、見事、とひと言声になさいました。

明くる朝、あたかも後朝《きぬぎぬ》の文ほどの早さで、心に染みる歌が届きました。

頼まれぬ憂き世中《よのなか》を嘆きつつ
日陰におふる身をいかにせむ

出世叶いそうもなき辛いこの時世、日陰の植物のような我が身を嘆き、どう生き参ればよろしいものか。

この歌の前に、いささか長い詞《ことば》がございました。

さてはてこの歌、おとどに奉りましょうか、いえ、才ある良きお方、天の神を言い伏せ雨を降らすばかりか、地の上に花を咲かせ、空穂《からほ》にいのちをもたらす力をお持ちのお方にこそ、届けたき歌にございます。

色めく文ではなく、ただ小町の歌の才をたたえて、身の不自由を言《こと》の葉にゆだねておられます。崇《あが》め仰ぎおります。

それが小町には、鮮《あざや》いで、心ある言の葉に受け取れました。

おとどとは、藤原良房殿のことか。いくらかの揶揄も覚えます。

帝の御使いの役を果たされる御立場を思えば、日陰におうる植物とは思えませぬが、小町の空穂の嘆きを受けて、嘆き合わせてくださいましたようで。

さもなくば、惟喬親王のお心を推して、詠まれたのか。

業平殿こそ、歌の才のお方。

小町も心動かされましたが、近い女房の噂によれば、業平殿はこのところ、里邸におられる惟喬親王の御妹、恬子《やすこ》内親王に、よろしからぬ歌を贈られたとか。

いまだあまりに幼き姫君を、うら若み寝よげに見ゆる若草、と詠まれたとかで、傍らの女房たちみな呆れ、腹立ち苛ついておられるのだとか。

若々しく寝るに良さそうな若草。早くこの若草と寝たいものよ。

この歌には小町も、思わず笑み崩れました。

そうしてまた、業平殿の女人に向かう真《ま》すぐな思いに、政《まつりごと》には無い、潔さ清しさを覚えたのでございます。

出世叶わぬ身の嘆きも、若草を寝よげに見ゆると詠まれる肝の太さも、同じお方より出《いで》し言の葉。

歌の才とは、季《き》の移ろいにも似た様の鮮やかさ、一枚の葉の裏表のような変化《へんげ》の力。

小町はこのような業平殿に、近く深い思いを抱きつつも、通い来られる間柄にはならぬであろうと、淡《あわ》あわしくも安堵を覚えたのでございます。

熾火《おきび》

二条西大宮の邸《やしき》に、縄子《つなこ》様より文が参りました。

奥子《おくこ》様の参内に、小町を伴いたいとのこと。歌の手ほどき、漢詩文の御進講役にと、内裏《うち》へ小町を連れ戻りたい。是非にとありました。

小町には、縄子様に随行して、初めて麗景殿《れいけいでん》へ上がりました折りのこと、昨日のごと、まざまざと思い出《いだ》されます。

夜が更けて、随行の女房たちの牛車が、火に照らされながら内裏へと並び行きます様《さま》もまた、目に浮かび参ります。

宮仕《みやづかえ》前に、何も知らぬまま急ぎ裳着《もぎ》を執り行いましたのも懐かしいかぎり。あの折りの腰結《こしゆい》の御役、貞主《さだぬし》殿も、父君 篁《たかむら》 殿もいまは亡く、あれよりの歳月、来し方を思いやります。

人の世の流れはとどまらず、戻ることもなく、ただ、折り折りに詠いました歌のみ心の記《き》として残りおるのです。

業平殿が口ずさまれた小町のあの夢の歌も、内裏ではあたかも古歌のごと、あれこれ引かれて、恋の歌として詠まれ居りますようで。

　　思ひつつ寝《ぬ》ればや人の見えつらむ
　　　夢と知りせば覚めざらましを

今となれば、あまりに真すぐで直な歌。

会いたいと思い思い寝たので、夢で会えたのだろうか。夢と知っていたならば、覚めないでいたものを、という、女童《めのわらわ》の願いをそのまま言の葉に載せたほどの分かりやすさ。

そこには技らしきものも、意の重ねもありませぬが、それゆえ、宮人たちの心を動かし、覚えられ、それぞれの恋歌に引かれるらしい。

あの歌は、母恋いの歌でございました。小町の夢に立ちましたのは、多賀城《たがのき》でお別れした母上なのに、いまや後宮の人たちにとりましては、恋しき人を夢に見る歌になりましたとは。

歌の力は大きく、そして有り難くも怖ろしいかぎり。

麗景殿への奥子様参内は、縄子様の折りと同じく夜更けての入りでございます。麗景殿の主が代わりましただけで、すべて同じ作法と習わしどおりで。

とは申せ、文徳帝はいまだ内裏にお移りではございませぬ。

東宮《とうぐう》のころのままに東宮雅院《がいん》に住まわれておりましても、殿舎の営みは変わりなく行われます。

縄子様も奥子様の参内に同道されました。

仁明《にんみょう》帝の世を思い出されるのか、しきりに袖を濡らしておられます。

小町の局《つぼね》も、前の廂にそのままにございました。麗景殿へ上がる折りには、またこの局を使うようにとのこと。

思わず妻戸を開け、見上げる夜の空は、ひたすら暗く、篝火《かがりび》のみ遠く近くを、ゆらゆらと照らしおるのでした。

そのときでございます。

とうに忘れておりました細い月の姿が、暗闇に浮かんで見えたのでございます。

ああ。

あの夜も、三日月が雲間にかかっておりました。

我は月、あの御方、良岑宗貞《よしみねのむねさだ》殿は雲。

雲と三日月の逢瀬。

帝の小町への思いを知りながら、帝に背いての密《ひそ》やかな逢瀬に、名乗りは叶わぬことでした。名乗らぬままの、名乗ってはならない逢瀬の切なさ辛さ。それゆえ燃え盛る火。紫野《むらさきの》の昏《くら》い亭にての、一夜限りの密やかな共寝はなおさらに鮮《あざ》らけく蘇ります。あの一夜がなかったなら、生きる力も失せて、とうにいのち尽きておりましたでしょう。辛い折り折りには一度きりの逢瀬の記憶を掌中の玉のように取り出しました。息を吹きかけ涙でみがき、この玉を失いたくない一心で、生きて参りました日々。

麗景殿を離れてより、いくらか和《やわ》らぎました思いが、あらためて湧き、迫り参るのです。始まりは、この妻戸の外に帝の恋の使いとして参られた宗貞殿。その帝の恋の使いと恋に落ちようとは、思いもよらぬことでした。

今は遍昭《へんじょう》となられ、諸国を巡られていると聞きます。もはやその折りの帝も亡く、麗景殿の主も代わられたというのに、夜風ばかり昔と同じなのでございます。

奥子様に呼ばれ、母屋《もや》へ入りますと、奥子様も里に残された姫宮を恋しく思われるらしく、今宵の思《おも》いを歌にして欲しいと申されます。

すでに料紙《かみ》や硯箱なども、揃え置かれておりました。

小町は迷いましたが、思いをそのままに詠みました。

人に逢はむ月のなきには思ひおきて

胸走り火に心焼けをり

恋しい人に逢う術《すべ》もない、月のない闇の夜には、熾火の燃えるような思いで眠れませぬ。胸の中を走る火に、心は焦がれ焼けてしまいます。

「……真《まこと》に今宵は月もありませぬ」

と奥子様が申されると、傍らの縄子様も深く息を零《こぼ》されます。

「……小町殿は、このような思いの煙《けぶり》立つ歌も詠むのですね……胸走る火に心焼けるとは……」

と縄子様。

別の若い女房が、膝にて急ぎ進み出て、いささか高い声にて申します。

「……月のないのは、それほどまでに……」

別の女房がいくらか低い声で、

「月とは、人と逢う手立てのことを示してございましょう。逢う手立てのない夜ゆえ、熾火はより激しう猛《たけ》り、胸走ります」

若い女房、あらら、とばかり腰を落としました。いまだ胸走る火を知らぬ幼き様《さま》。

縄子様はその二人を見て、小町に申されます。

「小町殿がこの麗景殿に参りましたころ、その歌はあまりに真《ま》すぐにて、池の面《も》に花を一輪置いたほどの、どなたにもその色や様が見える歌が多くありました。今宵の歌は、熾火に胸焼けるほどの内なる思い……どなたにも見える色や様ではありませぬ……深く痛いまでに、思いの底にとどく歌……小町の歌にも、あれよりの春秋《しゅんじゅう》、時世《ときよ》が思われます」

小町は有り難さに面《おもて》を伏せながらも、技に走り、意を掛け合わせるあまり、思いを真すぐに言《こと》の葉に載せるのを忘れた自らの歌を、省みるのでございました。

人を恋うる思いが、いつの間に猛る熾火ほどの熱さ苦しさになりましたのか。

これでは遍昭殿の出家の捨身《しゃしん》、高き御心には遠く及びませぬ。

その高きお方はいま、何処《いずこ》に居られますのか。比叡の山かそれとも仁明陵に近い、薄墨の桜の里か。

その夜、局に下がった後も小町、胸の火を抱え続けて眠るのでございました。

下《しも》出《いず》雲《も》寺《でら》

藤原良房《ふじわらのよしふさ》殿の意に反しつづけ、内裏へ入られぬまま、文徳《もんとく》帝は在位わずか八年で、冷然院《れいぜいいん》にて崩御されました。天安二年八月のことでございます。

終生、内裏には入らぬままで。

病弱であったとはいえ、いかにも短い御治世でございました。

その前年天安元年に、良房殿は人臣としては初めての、太政大臣に任じられておりました。

良房殿の強い采配に不満をもつ公卿や近臣のみならず、都の民心にも、文徳帝崩御への不審な思いは漂いましたものの、良房殿が強引に立てられた東宮惟仁《とうぐうこれひと》親王が清和《せいわ》帝となられ、その年のうちに良房殿が摂政となられてからは、不穏な声も表に顕れなくなりました。

これにより良房殿のお力は、幼い九歳の清和帝の外祖父として、さらに確かなものになりました。

このように政《まつりごと》は変わりましても、縄子様のお邸《やしき》も小町が住む二条西大宮の邸も、大事なく営まれております。

貞主《さだぬし》殿亡きあとの邸はそのまま、慣《なら》いどおりに縄子《つなこ》様が継がれましたし、篁《たかむら》殿亡きあとは小町の姉が継ぎ、家人はいくらか数を少なくしてはおりますが、領地もそのままに暮らしおります。

ではございますが、都の内外《うちそと》は大事《おおごと》続きでございました。

文徳帝の御世になってからの禍《わざわい》は鎮まることなく、代替わりを経ても続きおりました。

疱瘡、飢饉、京中の洪水、奈良には東大寺の大仏頭首が落下する地震まで襲い参りました。

文徳帝が最期のお住まいにされていた冷然院の庭に水が溢れ、雲も無き空より雷鳴が襲い来ましたのが五月。

その三ヶ月後の崩御でございましたこともあり、都人《みやこびと》は天を動かす神仏や御霊《ごりょう》を怖れました。寺社の建立など民の疲弊にもかかわらず推し進められ、法要などもこれまでになく盛んに行われたのでございます。

かつて小町が雨を乞い降らせた神泉苑《しんせんえん》にても御霊会《ごりょうえ》が行われましたのが貞観五年。非業の死を遂げられた御霊を祭神とする神社も、この年、数多く創祀されました。

亡き滋野《しげの》貞主殿の周忌法要もこのような中、御霊神社に関わり深い下出雲寺の修法堂《ずほうどう》にて、執り行われたのでございます。

縄子様、奥子《おくこ》様に付いて小町が修法堂に入りますと、前日より焚かれております護摩で前が見えぬほどでございました。

貞主殿の、官人としてまた漢学者として、知人《しりうと》の広さを示すばかりの人の多さ。

幾つもの頭が堂の左右を占め、唱和の声はその上を煙に乗り、堂の外まで流れます。

法要を司られるのは真静《しんせい》法師様、導師として滞りなく進められました。

終わりに、法要の慣いどおりに、真静法師様より御講説がございました。

法華経にあります、五百弟子受記品《じゅきほん》の説話が語られます。

ある男が親しき友の家へ行き、酒を酌み交わしました。その友はやがて急ぎの用あり出掛けてしまいました。急ぎの用とは申せ、急に姿を消した友を、訪ね来た男はいかに思うたことでしょう。男はその後、生活に苦しみましたが、この友が出掛ける前に密《ひそ》かに、男の衣に宝珠を縫い付けておりましたこと、気づかぬままでした。後にこの友と再び会い、初めて衣に宝珠が縫い付けられていることを知るのでした。

友への情の、ゆかしさ尊さを語る講説でございました。

真《まこと》の友とは、このように仏の御心である宝珠を、密やかに衣に縫い付け、辛き道のりの扶《たす》けと為すもの。目に付かぬ行いも、御仏はご存じでございます。

そのような意でございましょうか。

法要は、滞ることなく、有り難く、終わりました。

やがて導師様を上座に、取り囲むようにお斎《とき》となります。寺男たちにより、護摩の煙のなかに几《き》帳《ちょう》など閉《た》てめぐらされました。

すると寺男のひとりが、几帳より手を差し入れ、小町の紅葉《もみじ》の袖の傍《かたわ》らに、結び文を置きました。

「貞主殿の姫君なら、そちらに」

と申しますと、寺男は、

「いえ、三史《さんし》にお詳しい紅葉の御方にと」

と申します。

やはりお人違いでは、と思いつつも結びをほどきますと、
幼きころ、篁殿の御邸に父安倍安仁《あべのやすひと》の文を届け参り、いかなる成り行きか、美しき姫と三史を競いし者。お覚えにはならぬとは思いながら。

その詞に続いての歌。

包めども袖にたまらぬ白玉は
　人を見ぬ目の涙なりけり

本日の御講説での宝珠は、衣に縫い付けることのできる小さな珠でしたが、私の袖には、包んでも袖に留まらぬ白玉がございます。これこそ私の涙、あなた様にお会い出来ない哀しみの涙の玉でございました。

お返しは後ほど、と寺男に伝え下がらせましたが、贈り主が思い出されぬまま、幼きころとは、いつのことでありましょう、我に逢いたいとはどなたでありましょうと、真《まこと》に危《あや》うい心地いたします。

女人《にょにん》へ贈る歌に、逢えぬ思いを白玉の涙で言い表すのが歌詠みの常とは申せ、どなたの涙であろうかと、穏やかではございませぬ。

しばし筆《ひつ》を見ておりますうち、三史、の二文字に吸い寄せられました。

三史を競いし者とは。

ああ。

そのようなことが、確かにありました。

まだ裳着《もぎ》も済ませぬころ、小町より幼い童、何用あってか邸に参られ、篁殿は戯《たわむ》る様にて、二人並べて次々に、三史の中身を問いかけてこられました。

小町はすべて答え得られましたが、童は落ちかかる烏帽子《えぼし》を押さえ、汗流し目を閉じながらも答え得ず。小町は勝ち誇る様にて童を見るも、やがて何やらつまらなくなり、持たされた扇の重さばかりに心奪われておりました。

父篁殿には、あのような酷な風狂がございました。

あの折りのお方が、いまこの法要に。

先年亡くなられた大納言安倍安仁殿の御子、清行《きよゆき》殿に違いない。

貞主殿や篁殿と同じく、安仁殿も漢詩の道の同輩とあれば、清行殿が貞主殿の法要に連なり参られるのも、得心がいきます。

小町、ふうと息を落とし、御講説に語られた宝珠を、涙の白玉に重ねましたかと、その当座の才に領きましたものの、なにやら落ち着きませぬ。このような法要の場に、女人への詠み掛け、誘い草は事宜《ことよろし》うは思えず、贈り主があの折りの幼き人と思えばなおさらで。

躊躇《ためら》いを傍らに置き、筆をとり、返しの歌を詠みました。

おろかなる涙ぞ袖に玉はなす
　我は堰《せ》きあへずたぎつ瀬なれば

あなたの袖の上で玉になっておりますのは、ほんのいっときの気まぐれな涙でございましょう。私の涙は、堰き止めることなど出来ませぬ。貞主殿を思う悲しみのあまり、ほとばしる早瀬のように流れておりますもの。真に、さようでございます。私の涙はただ、亡き貞主殿を思うての涙でございます。

文使いの寺男に、返しを渡しました。

その日の清行殿との贈答はそのままで過ぎましたが、思いがけぬことに、あらためて目見《まみ》ゆることに。

遺戒《ゆいかい》

法要からしばらく後、縄子《つなこ》邸に参りますと、近くに寄るようにと招かれます。日ごろ穏やかな縄子様が、なにやら思い悩むこと抱えておられる御様子。

「先日の父貞主《さだぬし》殿の法要、いかがおぼえられましたか」

なにゆえ、そのようなこと問われますのか。

「……真《まこと》に見事な法要にございました。真静《しんせい》法師様の御講説は、真の友輩《ともがら》の姿を示しておられ、心に深く届きました」

あの講説に出てくる宝珠を、なんと女人《にょにん》に会えぬ涙の玉と言い換えて、歌を詠みかけられた御方がございましたけれど。

そのことのほかは、すべて厳かに執り行われ、護摩《ごま》の煙も唱和の声も、天上より落ち来るほどの有り難さでございました。

そう申しましても、縄子様の憂き心は晴れませぬようで。

「……我はただ、父上の遺戒《ゆいかい》に添い、下出雲寺《しもついずもでら》にて、周忌の法要を行いましたが、遺戒には深い訳がありましたようで」

「深い訳とは」

「……こちらにおられます安倍清行《あべのきよゆき》殿より、聞きおよびました」

その御名に驚き、身を退きます。

あらためて面《おもて》を上げますと、西廂の隅に、密《ひそ》やかに座るお方がございます。陽の射しこまぬ暗がりにひっそり鎮まるお姿ではございますが、烏帽子の下の白き貌が浮かび見えます。

「……このお方が、父上の……我の知らぬ姿を、語りくださいました……そなたをここに呼びましたのは、そなたは歌詠みとしての深き心を持ち、人の心の裏表にも通じておると頼みにしておりますゆえ……ああ、聞きますところ、幼きころに篁《たかむら》殿のお邸《やしき》に参られた清行殿は、賢きそなたを見たことがあると申されております……」

慌てて面を伏します。やはりあの日のことを……。

「いえいえ賢いなどとは……真に幼きころのことで、何も知らぬ女童《めのわらわ》でありました……お父君安仁《やすひと》殿の御使いで見えられましたかと……」

三史の知識を問いかけられしことも、法要のあとの歌の詠み掛けなども、ここでは申しませぬ。

「……縄子様が知らぬ、貞主殿《さだぬし》のお姿とは……さて」

そのとき廂の影が、咳払いののち、低く声を立てられました。

「……縄子様のお尋ねが、あまりにさし迫り、心苦しきものでございましたゆえ……我が父より聞きしこと、申し上げましたものの……我が父も貞主殿も、今は亡き人でございます。確かめること叶わず、いずこに真があるのか……我にはわかりませぬ」

清行殿の声を引き継ぎ、縄子様が申されます。

「……父上が、下出雲寺に多くの寄進をなさいましたこと、また法要をあの寺にて行うようにとの遺戒も、清行殿より父上の事を伺い、辛いながらもようよう得心が……」

貞主殿に、何がありましたのか。

小町が躙《にじ》り寄り問いますと、

「……父上は……あるお方の悪霊に祟られても、致し方ない御身でありました」

悪霊、のひと言、身を冷え上がらせ、色を失うほどの恐れをもたらします。言《こと》の葉に載せれば現れ出《いづ》るゆえ、縄子様も声になさりたくはないご様子で。

声を低め、貞主殿の話が、清行殿から語られたのでございます。

承和のころ、謀反の疑いをかけられ、子や従者まで遠流《おんる》の罪を着せられ、都に戻れぬままに没した一族がありました。

罪人は文室宮田麻呂《ふんやのみやたまろ》と申し、長く筑紫国《つくし》にて新羅《しらぎ》との交易にたずさわりおりましたが、朝廷の意に添わぬこともありましたようで。

謀反の企てありと注進され、都へ呼び戻されました。

左衛門府《さえもんふ》にてのはげしい詮議の末、京《みやこ》と難波《なにわ》の領地より、朝廷を倒すための武器が見出されたのでございます。

宮田麻呂は斬刑を一等免じられて伊豆国への遠流となり、子は佐渡国、土佐国、従者は越後国や出雲国などへ流されました。

その詮議を命じたのが、参議の貞主殿であったと。

見えぬところより襲い来る恨みの御霊を畏《おそ》れるほどに、清行殿の声はさらに低く潜められております。

「父が我に申しましたのは、貞主殿は宮田麻呂殿の魂を最期まで畏れ、深い心の闇を抱えて亡くなられましたと」

縄子様は、袖を目にあて、身を深く屈めておられます。

「……それは真《まこと》のことでございますか」

と小町が問えば、清行殿、真でございます、と低く明らかな声にて申されます。

「……父上が亡くなる折り、加持祈禱の煙が人の面のように立ち上り、父上は怯え諦め、静《しずか》に目を閉じられました……あれは宮田麻呂殿の御霊でございましたのか」

と縄子様。

「さようなことが……」

清行殿も怯え声を詰まらせます。

やがて宮田麻呂殿の謀反の疑いは晴れたものの、神泉苑の御霊《ごりょうえ》会にて、宮田麻呂殿のほか非業の死者たちの霊が癒やされるまで、死霊や同族の生霊《いきりょう》は、貞主殿を苦しめたのだと申されます。

「……貞主殿こそ、御霊会を発議された御方にございますが、仁明帝の御世においては叶わぬままで……自らの為されしことを悔いつつ亡くなられたと聞きおります」

「それで……御霊会にて宮田麻呂殿の御霊は、安らかになられましたのでございましょうか」

小町は清行殿に問いますが、お声なく、ただ黙されております。縄子様も涙の声にて申されました。

「妹奥子が、このところ咳逆《がいぎゃく》の病に苦しみますのも、いまだ癒やされぬ霊の為せることかと思われて……父上の遺戒どおりに、下出雲寺にて法要を営みましたものの、それにより父上は、泉下《あのよ》にて真に救われますのか。それとも、いまだ泉下にて苦しみ続けておられますのか」

「……あの御寺には、崇道《すどう》天皇をはじめ、横《よこ》しまな死を遂げられた御方たちの霊が祀られております。伊予《いよ》親王とその母君藤原吉子《ふじわらのよしこ》さまの霊を宥《なだ》めんとて創建された御寺でございますが、文室宮田麻呂殿も祭神のお一人かと」

清行殿の御声に、

「では、救われますね」

と重ねての縄子様。

小町は、清行殿の御声の中にありました、伊予親王のひと言に、身を固くいたします。

伊予親王、さらに良実《よしざね》殿。

良実殿は伊予親王の御血筋なのです。

良実殿の身分低き母君も、親王が横死なされたその日、幼き良実殿を篁殿に預け、密かに自害なされました。

長い年月、それを知るのは篁殿と良実殿のみでございました。

なにゆえか良実殿の心が迷い、自らの出自を小町に語られた夜、小町の身にもあの怖ろしいことが起きました。心魂《こころだましい》を失くされ、思い激したままに、小町の衾《ふすま》に押し入られたのでございます。

雄勝《おかち》に住むころより、父とも兄とも頼り来ました良実殿は、そのまま小町の前から姿を消されました。篁殿の遠流《おんる》に連なり、伊予に流されて後の消息はわからぬままで。

小町は縄子様と西廂に控えられます清行殿に、精一杯の声にて申し上げました。

「……お願いがございます……我も今一度、非業の死をとげられし御霊を宥めるあの御寺に、詣でとう存じます……縄子様の御参詣叶わずば、我ひとりにても。願いたきことがございます」

良実殿にかわり、伊予親王の御霊をお慰めせねばと、密《ひそ》かに厚《つよ》く思いました。

空音《そらね》

縄子《つなこ》様の御誓願文を持ち、清行《きよゆき》殿の案内で下出雲寺《しもついずもでら》に参りましたのは、それより一月後のことでございました。

京極の東の下出雲寺は、いまだ夏の裳裾《もすそ》を引くように、移ろう季《き》の中に哀れを覚えさせるのでございます。

牛車の中にも風がとおり、前を行きます馬上の清行殿。その背は、馬の歩みに合わせて右へ左へと傾きます。

これが篁《たかむら》邸にて三史を問いかけられ、慌て惑うた幼き童かと思えば、過ぐる歳月が思われて。

やがて山門をくぐりますと、貞主《さだぬし》殿の法要で縄子様に随行して参りました折りのこと、まざまざと思い出します。

比して今日は、修法堂《ずほうどう》の柱も屋根も周りを囲む樹木も、いまだ暑さの残る空の下に光りばかり溜めて静まり、動くものなき様《さま》。

奥より見知る僧のお姿があらわれまして、階段《きざはし》奥の簀子《すのこ》に立たれました。法要にて導師をつとめられた真静《しんせい》法師様でございます。

堂内に進みますと、すでに祈禱師が六名、右左に並び、侍しておられました。

小町は縄子様の御誓願を献げ渡します。そこには重ねての貞主殿の思いと縄子様の祈願が筆《しる》されておりました。

作法どおりに祈禱が終わり、法要の折りにお斎《とき》が行われた部屋へと移りますと、そこにはまだ木肌も生々しい尊像が何体も立てられてございます。

この部屋にて、経典から引かれた仏法説話が語られるのが常でございますが、法師にそのような様子はなく、静かに申されます。

「……縄子様の御寄進また御祈願は、滞りなく……」

控える清行殿が、申し出られました。

「こちらは、恨みの中に亡くなられた魂を宥《なだ》める御寺として創建されました……縄子様は父君貞主殿の生前の行いを知り、悔い、この寺を頼りにされました……なまなかな祈りでは届かぬかと案じられ……」

法師は重たげな袖を払いながら振り向くと膝をつかれ、尊像を見上げられました。

「……この御仏《みほとけ》たちの寺は、ここに居られますすべての……御霊会《ごりょうえ》にて復権なされました方々……ここにて末長くお守りしておりますので、縄子様、どうぞお心解かれますよう……」

「……この御仏たちはみな」

と問えば、順に聞遣《きこえや》られます。

「この御仏は崇道天皇でございます……ほかにも藤原広嗣《ふじわらのひろつぐ》殿、橘逸勢《たちばなのはやなり》殿、そして文室宮田麻呂《ふんやのみやたまろ》殿……火雷天神《からいてんじん》様もここに……この左端に居られますのが伊予親王と母君藤原吉子様でございます……朝廷より食を断たれ、毒をあおられての……いずれも酷《むげ》なる果て方をなさいました」

小町はあらためて伊予親王の御像に近寄り、袖を口に当てて見上げます。いまや御仏と祀《まつ》られた御顔は、目も鼻も涼やかに、どこか良実殿に似ておられます。

「こちらが伊予親王と御母君……謀反の疑いは晴れましても、末々の血筋は浮かばれませぬ。痛ましきことにございます」

そう申し上げると、どこからか笛の音《ね》が聞こえて参りました。

いずれより、とあたりを見回しますと、尊像の奥の局《つぼね》のあたり。扉がわずかに開いております。

「……いま、笛の音が」

と小町が申しますと、真静法師様はあわていぶかり、

「いえ、空音《そらね》にございましょう」

と取りなす様。

笛が止みました。

真静法師様は、すべてを押し平らげる声にて、天へ向かい申されました。

「ここに在られますいずれの御方も、霊魂清められ、鎮められ、今生《こんじょう》にての禍《わざわい》を来世にて慰められます。狂惑はおさまり、都は末々まで安らかに護られるのでございます」

その声には、すべてを圧する精魂が満ちておりました。

小町はすべての御仏に手を合わせましたが、心の中ではひたすら伊予親王に語りかけておりました。

世の人は知らぬまま、心迷う一人の御血筋がおられます。やがて御下《もと》に参られましたなら、どうぞ掻寄《かきよ》せ、労《いたわ》れますように。


そののち、安倍清行殿と文を交わすことになりましたが、通い所がいくつかおありになることなど、律儀なお方ゆえ、隠さず文に書かれます。

恋の文から、深い信を問い合う仲、下出雲寺に祀られる方々への哀れみを共に抱く仲へと。

月の夜は、月の案内にて女人を訪ねるもの。ですが清行殿は、月の満ち欠けに世の哀しみを覚えられて、漢《から》の詩などを綴られ寄越されます。それがまた、小町はうれしく、同じ漢の詩などを返します。

あのころの、幼きままの仲に戻りましたようで。

今生を越える仲でございますねと書き贈りましたところ、まさしく三世十方《さんぜじっぽう》の友を得ましたとの、経文のようなお返し。

そうなりますとまた、何やらもの寂しくも思われるのでございました。

染《そめ》殿《どの》第

同じ年の十月、左京北辺の染殿第にて良房《よしふさ》殿六十の賀が行われました。その折りの清行《きよゆき》殿のお姿、それはそれは見事なものでございましたとか。

この算賀は、明子《あきらけいこ》様により父君のために、賑々しく執り行われたものでございます。もとよりこの邸《やしき》、花の名邸として都に知らぬものはございません。この季《き》もまた、散り敷く紅葉《もみじ》を浮かべる南池と、南池に注ぐ鴨川より引き入れた流れの清らかさは、春にも負けぬ趣きでございましたようで。

明子様、鬱々とした病の日々をお過ごしとの噂。お産みになられた御子が東宮に立たれたころより、先帝の御寵愛も失われて、都人《みやこびと》のよからぬ後言《かげぐち》も聞こえましたのか、人にも会わず、打ち臥せられる日が続きおりました。

その御子がいよいよ清和帝《せいわ》となられ、いくらかお気持も洗われましたようで、その日は近臣の目にも、大輪の菊花のごとき嵩高きご様子にあられましたそうでございます。

歌舞管絃はもとより、饗宴の品々は贅を尽くされ、良房殿明子様の御位の高さ大きさに、みな天上の世を思い描きますほど。

六十の数にちなみ、六十箇寺より六十人の僧が集められ、布施や禄も六十。屏風の絵を前に歌人が寿《ことほ》ぎの歌を詠み競う声は、隅々まで行き渡りましたとか。

進み出た貴人により、次々に詩も作られましたが、その中に、ひときわ凜として輝くお方、安倍清行殿のお姿がございました。

聞きおよぶお姿には、侍従の御役にある品位が漂いおりましたとか。

詩もまた、すぐれて皆の心を打ち、たちまち都の人々の声となり、小町のもとにまで伝わり参りました。

貞主《さだぬし》殿の周忌法要にて歌を詠み掛けられ、心籠もらぬ歌を返しましたのを、小町は束の間ではございますが、悔いたのでございます。三世十方の友とはありがたきことですが、手元より泳ぎ去りました美しい魚の影を、惜しみ見送るような心地もいたします。

あの歌を返さなければ、通い来られる仲になりましたのか。

清行殿との仲も、我の際猛《きわだけ》し心柄《こころがら》も、変えるには遅いのでございます。

雄勝《おかち》に吹く北の風に真向かい、頬を赤くして耐え育ちましたこの身、ゆるゆると和《やわら》ぐことの出来ぬ性《さが》のままに。

これも御仏の定められた縁《えにし》であろうと、深い息ののち、思い定めるのでございました。

梅花《ばいか》

貞観六年の一月、清和《せいわ》天皇は十五歳で元服なされましたが、天の怒りは鎮まることなく、変事は続きおりました。

同じ年の五月、富士の山が火を噴き上げたのでございます。このところ山のあちこちより煙が高く上りおりましたものの、火を噴くまではございませんでしたのに。

さらに二年後の貞観八年、都においては応天門に火が放たれ、大内裏は煙に包まれました。

密告ののち、放火の罪で大納言伴善男《とものよしお》殿と息子らが捕らえられ、遠流《おんる》に処されました。

ここでも苛烈な取り調べが行われ、善男殿の従者が、息子の仕業と自白したと聞き、父子はすべてを諦めて罪を認めたとの噂。果たして都人《みやこびと》は、父子の放火を信じましたかどうか。

橘逸勢《たちばなのはやなり》殿他の怨霊をおそれ宥める御霊会《ごりょうえ》など行われましても、ふたたびみたびと、怨霊が都を危うくいたします。

その恨みは密《ひそ》かに良房《よしふさ》殿と染殿《そめどの》に向かいますが、すでに摂政となられた良房殿の勢いに翳りなどなく、政《まつりごと》も変わりなく、滞りもなく。

このようにして、貞観十二年の春、梅の季《き》が参りました。

どれほど変事が続き、飢饉疫病が広がりましても、季が巡り来れば都の隅々にまで梅の香は流れます。

小町の歌人としての名は、官人たちのあいだや、後宮の隅々にまで行き渡り、贈答にも小町の言《こと》の葉が意識されます。折り折り、内侍司《ないしのつかさ》に呼ばれ、歌の師として殿舎に上がることも幾たびか。

小町が宮中に参りますと、他の殿舎より女房たち寄り集います。女たちの多くは、歳は長《た》けてもなお美しさと歌の才に色褪せぬ様《さま》の小町に、憧《あくが》れを抱きます。小町に似せて歌を詠み、いかがであろうかと、参内した小町に評を乞う女官まであらわれました。

縄子《つなこ》様の邸《やしき》にも請われて参ります。

良房殿が治める世を憂えながらも、心のゆるすまま暮らす小町でございました。

麗景殿《れいけいでん》に住みおりましたのも今は昔、その折りは寺に詣でるのも心やすくはありませんでしたが、このところ、寺詣でや説教聴聞にも、少ない供人《ともびと》を連れ、気散じに参ることが叶います。

前の年、縄子様所生の柔子《よしこ》内親王が亡くなられ、その法要に縄子様のお供で慈恩院へ詣でた戻りに、車の中にて打ち明けられましたのは、薫物《たきもの》の集いなど行いたいとのことでございました。

このときは縄子様、内親王の法要も終えて、安堵に胸開かれて見えました。

「……よろしうございます……梅散らぬまえに是非に」

と小町が頷きますと、たちまち憂き面に戻られ、このように申されます。

「……ひとつ、案じることがあります……この季なれば、六種《むくさ》の薫物《たきもの》のうち梅花を愛《め》でるのがよろしいかと思うが、練り込むもの、沈香、白檀、丁字などは、いずれも好き人には馴染みもあり……それだけではいまひとつ足りず……あえてめずらしき薫陸《くんろく》を入れて、梅花を練ろうと考えておる……その薫陸ですが……」

と思い余る様《さま》。

「……然《さ》に然に、真《まこと》にそれがよろしいかと……我は香にくらく、練り込む香の良し悪しや配分はわかりませぬが、めずらしき薫陸とは、さてどのような……」

「……これまでの薫陸とは、その成り立ちが違うと聞きおります……常の薫陸は、天竺《てんじく》に育つ乳香樹と申す樹から採られたもの……黄ばみある蠟の色でありますが、我が梅花に練り込みたき薫陸とは、さらに色濃く、光に透かせば朱色《あけいろ》にも見えます……」

縄子様は父君貞主殿と共に、またお一人でも、香の本を書いておられるほどの、香道の師でございます。

幾種もの香を配分し合わせて練り、梅花、荷葉《かよう》、侍従、菊花、落葉などの名だたる薫物を作るのが、この道における有職《ゆうそく》、才なのです。

季にあわせての薫物合わせなので、落葉や菊花を供すわけには参りません。この季であれば、やはり梅花しかなく。

「薫陸そのものは匂いなく、他の香を引き立てたり、ときには障りにもなります。我の色濃き薫陸が、さていかなる要《よう》を為しますものか」

「……常の薫陸と異なれば、配分もまた新しき仕掛けになりましょう……我ならずとも、みな面白がり打ち靡かれます……なにゆえ縄子様、案じなされますのか……」

縄子様、しばし思いを巡らされてのち、

「そなたがそのように申すなら……案じませぬ。新しき梅花を練り、皆より評をいただきましょう」

たちまち麗《ほが》らかな御面《みおも》に戻られ、車の中の旅のつれづれに、有り難くも香道のあれこれを、小町にお教えくださいましたわけで。

良き薫物の多くが整いましたのは、仁明《にんみょう》朝においてでございます。まさに縄子様の功と申せましょう。

薫物の中でも名だたる梅花は、その練物の配合に重きが置かれ、上手《じょうず》の加減によれば、これまでにない、新しき薫《かお》り立ち上るとされております。

さてその梅花の、良く知られた配合でございますが。

他の薫物と同じく半分は沈香を配します。別に甲香《へなたり》が、すべての四分の一。丁字はそれより少なく、さらに少ない白檀、甘松香《かんしょうこう》、麝香《じゃこう》などを加え、最後にわずかの薫陸を入れます。

この最後の薫陸の配分で、きららかに立ち上る香になるか、淀み沈む梅花になるかの違いがありますとか。

「梅の香は、触れた刹那に心の様を変えます。時を置き、しめやかに伝わり来るものではありませぬ」

「まさしく」

「薫陸の効、まさにそこにあるのです」

小町、いよいよ深く、薫陸に誘《いざな》われます。

「どのような方々にお誘いを」

「……このところ、なにかと競い合う集いが見られます。競うのを我は好みませぬ。我の練りました梅花を嗅《き》き判じてもらい、薫陸の配分の良し悪しを打ち語り合《お》うてもらえればと……好事《こうず》のお方たちに文を贈りました」

春霞

このようにして時過ぎ、庭の梅《むめ》の散りかかる日、中御門西洞院《なかみかどにしのとういん》の縄子《つなこ》様の邸には、文にて案内《あない》しました方々、滋野家の秘法に近づきたく打ち靡かれて参られた方々、それぞれのお支度で見えられたのでございます。

集いは、香がより立ち上る夕ぐれに行われます。

母屋《もや》に縄子様。

几帳《きちょう》には梅の花が。

南廂には、中を開けて東側に、客人のための円座《わろうだ》が並べ置かれました。

客人が着くたび、侍廊《さぶらいろう》に控えておりました家人が、中門まで迎えに出ます。

小町は御簾《みす》を隔てて南廂の西側にて、客人と対面いたします。

空の明るみが落ち着くにつれ、南廂にはゆるゆると、打ち解けた気が。

初めに参られたのは文屋康秀《ふんやのやすひで》殿で、円座よりはみ出すばかりの御身を据えると、まずは貞主《さだぬし》殿との古《ふる》物語などなされます。

その気配、官人と申すより、如才なき商人《あきうど》に見えます。

薫物《たきもの》を練る折りの、つなぎに使われます甘蔓《あまずら》のようなお方かと、小町密《ひそ》かに眺めました。

人と交わる才のあるお方には違いありませぬようで。

次に着かれましたのは、在原行平《ありわらのゆきひら》殿と業平《なりひら》殿の御兄弟で、兄君は弟君に誘われ、強いられやむなく参られたほどのご様子。

行平殿は廂より出て、簀子《すのこ》に座し胸を広げ、梅の木のあたりをゆるりと流し見ておられましたが、庭に漂う夕の気を深く吸われたのち、

「業平殿、春の夕は霞こそ趣き深うあります……この庭に霞おりましたなら、いかにも面白い。山風吹き来れば、たちまち掻き消える霞なればこそ、纏《まと》える姿に春の夕の一興があるもの……」

と申されたのち、庭に向かい詠まれましたのは、

春のきる霞のころもぬきをうすみ
山風にこそ乱るべらなれ

春の女神が身に纏う霞の衣は、横糸が弱く頼りなく、山風に吹かれれば、今にも乱れそうに見える。色ある風よ、春の女神の衣を吹き乱れさせてほしいものよ。

弟業平殿は、兄より色恋を良く知るゆえ、

「……山風に乱るるは衣のみでありましょうか……衣の中の思いもまた。梅の香に乱れましょう……さてさて」

などと言いつつ、行平殿を簀子より立たせ、廂の内へと誘い入れられました。

廂にも春の夕風流れ込み、女神が纏う霞の衣ほどではありませぬが、御簾が揺れます。真《まこと》になまめかしく。

業平殿は、前にも増して色しろく良きお姿にございます。

このお方が、いまは清和《せいわ》帝の御息所《みやすんどころ》となられた高子《たかいこ》様との恋に破れて、追われるように東《あずま》に下られたお方かと思えば、その直《すぐ》な御性分が、小町には愛おしく思われて参ります。

兄君はいかにも、この正月になられたばかりの正四位下の参議にふさわしく、律儀なお方にみえますものの、女神の衣を乱したき煩《ねが》いもありますのか。

慌ただしく参られましたのは藤原敏行《ふじわらのとしゆき》殿。歌の上手と評高きお方でございますが、扇の扱いの雅《みやび》な様《さま》のほかに、小町には取り立てて優るところのないお方に見えました。

その敏行殿の背後に、静《しずか》に堂々と参られましたお方を見て、小町、胸が塞《ふた》ぐほどのおどろき。

なんと、宗貞《むねさだ》、いえ遍昭殿《へんじょう》でございます。

仁明帝《にんみょう》の崩御を機に、落髪して旅に出られて、どれほどの時が経ちましょうか。宗貞の御名の時が、あまりに遥《はる》けく見えます。

深草陵にてのお別れも、いまや花の夢の中に閉じ込められてございます。

聞けばこのところ、法眼和尚位《ほうげんかしょうい》になられて今上天皇の信も、篤くおられますとか。

小町は几帳越しに、声もなくそのお姿に見入っておりますと、遍昭様は、小町の裳裾が几帳より出でておりますのに気づかれ、はたと身を固くされたのち、それより目を上げられませぬ。

小町が後宮を離れても、縄子様にお仕えしておりますこと、お聞きなのでございましょう。

雲と月の逢瀬は、確かにありました。その月のお方がここに居られますとは。

遍昭殿が出家され、諸国を訪ね回りし折りに、近江の国に領地を持たれていた大伴《おおとも》家に立ち寄り、長く住まわせていただき、その折り、藤原敏行殿とも歌の遣り取りをなさる親しい仲になられたと聞きます。

皆、縄子様の梅花に引き寄せられ、この邸《やしき》に参られましたのでございます。

これで客人は揃いました。

母屋の御簾の内より、縄子様のお声がかかりました。

一通りの御挨拶につづき、

「……皆々様、集い参られましたのは、文にて御報《し》らせいたしました、珍しき薫陸《くんろく》を加えました梅花を……」

「真《まこと》に、常ならざる薫陸とか……その効はいかがでありましょう……色もいくらか濃いと聞きますと、その効もまた濃くありましょうや……急ぎ嗅《き》きたく思います」

と身を乗り出されますのは、文屋康秀殿でございます。商人にはあらねど、いまにも懐より銭とりだして求めたき様に、皆、思わず笑み崩れます。

「……常の薫陸は天竺の木が流す涙……濃い色の涙を流す木とは、いずれに生《お》うる木でありましょう。天竺よりはるかに遠方でございましょうか」

と行平殿。

縄子様が御簾越しに申されます。

「この薫陸、新羅《しらぎ》を経て都に入りましたようで、何処《いずこ》より新羅に来たものかは、我も存じませぬ。父が秘蔵しておりました」

「ほう……新羅から」

と敏行殿がいくらか低い声で、

「……新羅、渤海国《ぼっかいこく》、いずれも妖しきもの集まり、やがてこの日《ひ》の本《もと》へと伝わり参ります。涙と申せば、身を滅ぼした旅人の、さまざまな苦難と怨恨の涙やも知れませぬな……」

傍《かたわ》らより康秀殿が膝を乗り出し、申されます。

「……それなら絹何十疋であろうと手には入りませぬな」

笑み頷かれましたが、ふとなにやら心付いた様にて康秀殿、慮りもなく堂々と申されました。

「……西国に任ぜられ、新羅や唐との交易を成して謀反の罪に問われた文室宮田麻呂《ふんやのみやたまろ》と申す者ありましたが……あの宮田麻呂は、領地に珍しき香木などを隠しおられたとか……その薫陸というものも、もしや宮田麻呂が隠しておられた宝の一つでは……」

縄子様の御面がたちまち蒼く強張りましたが、御簾の内にて、客人には見えぬことでございます。

慈恩院よりの戻りに車の中にて、案じることとある、と申されたのは、このことと関わりがありますのか。

宮田麻呂を責めて、謀反人としたのが貞主殿なのです。その折り、どのようにか知らねど、宮田麻呂が隠し持つ秘蔵の宝が、貞主殿の手に落ち、さらにいま、縄子様のお手元に在るとすれば。

縄子様はその秘蔵の香の来し方に、亡き父君の陰の姿を重ねておられますのか。

遍昭殿が、康秀殿よりさらに身を乗り出して、申されました。

「……人みな、重き来し方を背負い生きております。今在る姿こそすべて、そのめずらしき香を練り込みました梅花がすぐれておれば、来し方も愛でられましょう。劣りてあれば、騒立《さわだ》つ値もありませぬ。まずは、焚かれましょう」

と縄子様を促されたのでございます。

小町、遍昭様のあたたかきお心遣いに、思わず袖を面に当てました。

直ぐ直ぐに、暖められた香炉が運ばれて参ります。小指の先ほどに固められた梅花の、何処《いずこ》にめずらしき薫陸が練り込まれてありますのか、目には見えませぬ。

香炉がゆるりと回されますと、みな手で囲い、作法どおりに面に近づけます。このときのため、皆みな、衣への空焚きは行わず参られておられます。

思わず香炉より立ち上る気を、自らの袖にふりかけるお方もおられて、衣擦《きぬず》れのみの静まりの中にも、柔らかな気配が流れます。

一通り巡り、ふたたびは別の配合による梅花。

無音が破られました。

「まこと、いずれも見事に梅花が立ち上り参りました……我は二度目を鮮やかに覚えました」

と、遍昭殿。

「……白檀や麝香も、覚えましたが……見事な作り合わせにございます」

と申されたのは、業平殿。御酒のあとの酔いにも似た御貌《おかお》は、またひときわ美しく見えます。

「他になき整いでございます。薫陸の効は見事と思われます」

と行平殿も和せられました。

敏行殿はしみじみと、

「いかなる来し方がありましょうと、この梅花は、めずらしき薫陸を得ながら、それと気づかせぬ豊かさがございます。梅花はどこまでも甘く、鋭さ強さも失われてはおりませぬ」

と誉め称えられたのでございます。

康秀殿、銭の話も絹の話もなく、ただ頷いておられます。

貞主殿の古《ふる》物語になりましても、宮田麻呂の名を言う者はなく、この薫陸の色も涙ではなく、花芯がほのあかく色づく梅こそ、香りもまた良し、などの話へと流れて行きました次第。

紫野

香炉が引かれ、打ち解けた座となりました。

「……遍昭《へんじょう》殿、紫野の雲林院《うりんいん》をお預かりになられましたとか」

と行平《ゆきひら》殿。

能吏であります行平殿は、このような報《しらせ》に耳聡いようで。

「……真《まこと》に、有り難きことにございます。淳和《じゅんな》帝の離宮でございましたものを……縁あり我にと……昔よりこの離宮、桜、紅葉《もみじ》が美しうございました……今は吾子素性《あこそせい》ともども、預かり治めております」

遍昭殿、静かに申されました。

小町も、あの紫野の亭が、雲林院として遍昭殿に任されましたこと、聞きおよんでおりました。

宗貞《むねさだ》殿とあの一夜を過ごした紫野。

細い月の夜ゆえ、足下に散り敷く紅葉のみ覚えております。

小町、思わず知らず、傍《かたわ》らより声を。

「……それはまた、遍昭殿、お目出度きことでございます……桜、紅葉も見事なら、紫野の亭にかかる月は、いかがでありましょう」

扇の内に思いが溜まり、声となり漂い出ました次第。

遍昭殿の様《さま》を、几帳越しに覗き見致しますと、そのお姿わずかに屈し、深い息を吐かれます。

「……雲林院より見上げます月は……雲さえ恥ずかしい美しさにございます。長い年月、飽かず眺め恋し、この月よ永遠《とわ》に今生を照らせと、月見るたび、今も願いおります」

ようよう答えられました。

敏行《としゆき》殿、手の扇をひとつ叩き、

「やれやれ。月の季《き》にはまた、あらためて香の会などいたしましょう。今は梅の季にあります、梅の歌などいかがかと」

と申されます。

「真に、月の風情はまた、月の季に……今は梅の季にて、月のこと似合いませぬ」

縄子様も、小町を諫められます。

業平殿《なりひら》のみ、なにやら得心の貌にて、遍昭殿と几帳の後ろの小町を代わる代わる見遣り、咳払いなどなさり、

「……いやいや、雲林院《うりんいん》の月は、長雨に磨かれて、年々、色を放ちますことでありましょう」

と小町の方を。

業平殿、長雨に磨かれて、小町という月がさらに色を放つのだと申されておるのか。

業平殿は恋の道に通じておられますゆえ、二人の気配を感じられたのでございましょう。恋の道は、恋した者にしか見えない、と申します。

遍昭殿と小町の月を巡る問答を、業平殿はさりげなく、庇われたのでございます。

酒《ささ》の宴へとなりました。みな歌に秀でておられる方々、歌を詠み交わすまでに打ち解けます。

康秀殿が、これは第一の親王をお産みになられた女御《にょうご》高子《たかいこ》様が、去年の正月三日、御前に召されましたので、これを寿《ことほ》ぎ詠《うた》いました、と誇らしげに申します。

　春の日の光にあたる我なれど
　　かしらの雪となるぞわびしき

春の光を浴び、春宮《はるのみや》と御息所《みやすんどころ》様の御庇護を得ております私ですが、いま雪が降ってきて、この

私の頭に降りかかります。私の髪はこの雪と同じほど白くなってしまいました。情けなくもいよいよ老いていく身。さらなるお引き立てを頂きたく。

と申される貌は、何心《なにごころ》も無く耀きおり、白髪も見えませぬ。祝言らしく、翁《おきな》を装われての歌でございます。

このお方の粗《あら》いお心は、業平殿の御貌《おかお》の気色など気づかぬままに、ますますの大きなお声。

業平殿がどれほどまでに高子様を恋し思い懸けられたか、見えぬのでございましょう。小町にはこの歌、上手とは思えませぬ。

業平殿の気配たちまち皆にも伝わり、敏行殿が傍《かたわ》らより救われます。

「康秀殿には、深草帝《ふかくさのみかど》の御国忌《おんこくき》の日に詠まれました歌がございますな。我はあの歌に心を打たれました」

遍昭殿も覚えておられ、低い声にて詠われました。

草ふかき霞の谷にかげかくし
　照る日の暮れし今日《けふ》にやはあらぬ

草深く、霞も深い谷に影をかくしてしまわれましたが、照り輝いた日が暮れるように、深草帝がお隠れになられたのは、今日という日ではなかったでしょうか。

まさにこちらの歌こそ、ひたすらに優れております。

小町には、深草陵にての桜花散る様が思い出《いだ》され、さらに後に詠まれた遍昭殿の歌も思い浮かんだのでございます。

みな人は花の衣になりぬなり
　苔の袂よかわきだにせよ

世の人はみな、忌《いみ》が明けて喪服を脱ぎ、華やかな衣に着かえたようですが、私のこの僧衣の袂よ、いつまでも涙に濡れていないで乾いてほしいものです。

このようにして、しみじみ夜も更けたのでございます。

海松布《みるめ》

季《き》移り秋となり、業平《なりひら》殿より折りにふれ、文が参るようになりました。色を好むお方ゆえに遍昭《へんじょう》殿との問答に頓着なされたのか、色恋の文などにはございませぬ。歌の道を行く友のような文の遣り取りでございました。

業平殿よりの文。

出羽の雄勝《おかち》には、海がございますのか。我が東《あずま》に下りし折りには、塩竈《しおがま》をみてその煙りたなびくのが真《まこと》に風情ありましたゆえ、源 融《みなもとのとおる》殿の六条河原院にて、歌詠み献げたことがございました。

塩竈にいつか来にけむ朝凪に
　釣する舟はここに寄らなむ

塩竈の浦にいつの間に来てしまったのでありましょう、その時を覚えませぬ。釣りする舟はこちらに漕ぎ来て欲しい。

このように塩竈は夢の中にあります。煙たつのも夢の中かと。塩竈は都人《みやこびと》の憧《あくが》れでございますが、真にその目にて直に見し人はまずおられませぬ。あなた様はそのめずらしき御方かと。

小町も文を返しました。

雄勝に浦はありませぬ。雄勝に塩竈の煙は立ちませぬ。

ではございますが、袖のうら、は何故か出羽《でわ》の歌に詠まれます。

袖は涙で濡れるもの。袖の浦も裏も濡れるばかり。

面白うて哀しき、言《こと》の葉にございます。

出羽も陸奥《みちのく》も、袖を濡らす歌が多くございますのは、みな宿世《すくせ》に涙を流し暮らしておりますからでしょう。

業平殿からふたたびの文。

小町殿の歌、内裏にてはどなたの歌より、流行り愛でられております。夢の歌、花の歌、多く詠まれておりますが、浦や海人《あま》の歌もまた皆に好まれ、すぐれて扱われます。

小人《ちいさびと》の頃《ころおい》、必ずや海浦を見て育ちおられたかと推測《はか》りおりました。

小町返しました。

小人の頃、我は母上と山々に抱かれ、川の瀬音のみ耳にして育ちおりました。その果てに都のあること知りおりましたものの、あまりに遥《はる》かなこと、思い及ばぬ遠さでございました。

幼きころすべてを断たれ、都へと参りました。その辛き旅の道程《みちすがら》、我は一度きりの海を見ました。海は平らかで、おそろしいばかりに広く、上も下もなく、静《しずか》に寄せては返しておりました。その日より、海も浦も波も歌の中にあり、ふたたびこの目にて見たいとは思いませぬ。怖ろしうて忍び敢えず、哀しうて得がたきものが、我の海でございます。

業平殿よりみたびの文。

浜の砂に染みこむほどの御心、我が袖も濡れます。今少し、その海を御語り下されたく。大和にも、袖振山《そでふるやま》がございますゆえ。

小町は短く文を書きました。

雄勝より多賀城《たがのき》に着きました日、高台より海を見ておどろき、深く感じ入りました。それは我がそれまでに目にした中で、なによりきららかに、広々と美しうございました。

その夜、母君と辛い別れをいたしました。心痛み耐えがたく、この海に走り参りましたところ、海は昏《くら》く怖ろしうて、かすかに見える白波は、この世のものとは思えぬ哀しみをたたえて……

歌に海や波や浦を書きますのは、あの日の哀しみゆえでございます。

次に業平殿が寄越されましたのは、なんと、恋の文でございました。思いも掛けぬことにそれまでとは違う色の文。料紙《かみ》の色も紅葉《もみじ》に変えてございました。

歌の友とのみ思い、文かわしておりましたので、と返しましたところ、さらに、歌ひとつ、贈られて参ったのです。

秋の野にささ分けし朝の袖よりも
逢はで寝る夜ぞひぢまさりける

秋の野に生えていますを笹を掻き分けて、露に濡れながら帰る後朝《きぬぎぬ》の別れの袖も、涙で濡れてしまうもの。けれど逢えないままの独《ひと》り寝の夜の袖は、さらに涙でしとどに濡れまさっております。独り寝は、それほどに辛いもの。私の思いを受け入れては頂けないでしょうか。

小町はすぐには返さず、迷いながらも、文にて遣り取りしました海にまつわる言の葉のいくつか、海松布《みるめ》、浦、海人、などを入れ込み、詠み贈りました。

見る目なきわが身をうらと知らねばや
かれなで海人《あま》の足たゆく来る

お逢い出来ない私であると、ご存じではないからでしょうか。ご存じのはずです。海松布《みるめ》のない浦なので、海人が繁く来ましても無駄でございます。同じように足だるくなるほど通い来られましても、無駄でございます。

業平殿は、遍昭殿と小町の心の通《かよ》い路《じ》を見ておられながら、よくよく知りながら、小町に恋の歌を贈らないではおられない性の御方。

小町はこのすげない歌を返しましたものの、業平殿を無体《ないがしろ》には思えず、変わらぬ歌の朋友として、さらに近う親しう覚えたのでございます。

竹の影

年の端《は》ごとに、北山から吹き下ろす風が、都に咳逆《がいぎゃく》の病を運びますようで。

お歳を召された縄子《つなこ》様、この病に取り付かれ、細くなられた御身は熱《ほとお》るままに、幾日も夢の中を彷徨《さまよ》いおられましたが、ついに打時雨《うちしぐ》るる夕《ゆうべ》、亡くなられたのでございます。

加持祈禱、選《すぐ》れた薬師《くすし》も、力叶わぬことでした。

中御門《なかみかど》の御邸は喪に包まれ、御子たちも香を焚き、密《ひそ》やかに付き添われました。

小町は、我が身が没したほどの気落ちを覚え、弔意を告げたのち、二条西大宮の邸へと戻り着きましたものの、母とも姉とも師ともお慕いした御方の身罷《みまか》りに我を覚えず袖を濡らし、いまいちど縄子様にお会いしたいばかりに頂いた香を焚きこめた中に、身を屈しておりました。

やがて縄子様が闇の中に立たれて、小町に申されたのでございます。

都より離れ、花の地に住まわれよ。我は後世《ごせ》にても、共に在ります。

これにより、小町の本意もかたまりました。

陰陽師《おんようじ》の占地された方角、山科《やましな》には、ながく続く小野氏の領地がございます。梅桜《むめさくら》が美しいとも聞いており、なにより小町にとりましては、雄勝《おかち》より都に上り来た折り、都へ入る前に立ち寄りました地でもあります。

その折りは、良実殿《よしざね》が預かりおられた邸でございましたが、篁殿《たかむら》の遠流《おんる》に連座され伊予《いよ》へと流されてのち、預かりは代わり、いまは小野氏の血筋の者が預かり治め、仏の道を志しておられるとか。

この者、唐《から》にて学ばれた弘法大師を崇めおられ、山科の邸を預かられてのちは、折りにふれ曼荼《まんだ》羅供《らく》を行いおられると聞きます。

深草陵《ふかくさのみささぎ》の方にあり、山里はときに雪深くなりますが、春夏秋は穏やかな里。

縄子様が夢に立たれて申されたのは、まさに山科のこの邸でありましょう。

姉上にこの願を伝えますと、一夜嘆かれ押しとどめられましたものの、やがて叶わぬことと、思い限られたのでございます。

篁殿に連れられこの二条西大宮の邸に入りました夜、都も邸もただ怖ろしく、ひたすら物怖じしておりました小町は、姉上の声にどれほど心安らぎましたことか。

あれからの歳月は、いまや我が身にも降り積み、老いの影も忍び寄りおります。

縄子様のみならず、この姉上ともお別れすると思えば、心は震え迷いますが、これも宿世《すくせ》でございましょう。

出立は夏のはじめ。さやけき雲が東山より下りきて、裾野の木々を包みます良き頃《ころおい》。

小町が姉は、山科への途中にあります伏見の竹林山念仏堂まで、見送りに同道いたしますことに。

この念仏堂は、仁明《にんみょう》帝の崩御を悲しまれた遍昭《へんじょう》殿が、その前に在りました建物に加えて造作されたものとか。

桓武《かんむ》帝の世より、この一帯は竹林の広がる地でございました。その桓武帝より深草少将義宣《ふかくさのしょうしょうよしのぶ》殿が、邸地として賜ったもので、そのころは八町四方の広さがございましたとか。

弘仁三年、小町の生まれる前のこと、少将は卒去されてこの地に埋葬されたそうでございます。

竹林山と呼ばれてはおりますが、高い山の意ではなく、むしろ低地に水が流れ、水の傍《かたわ》らには竹が生え、水に映る竹の影も美しく、念仏堂に連なる建物もまた影こそが美しいと聞きます。

小町は竹に囲まれた堂に心を寄せるばかりでなく、そこに遍昭殿の思いが留まり在ると思えば、さらに心惹かれて参ります。

同じ牛車の中にて、姉妹は、しとどに袖を濡らします。永遠《とわ》の別れとは思いませぬが、縄子様の俄《にわか》の身罷りを思えば、頼りなきこと限りなく。

ほどなく、念仏堂へ参り着きました。

案内《あない》に従い堂へと入りますと、さほどの広さはない堂の奥に、阿弥陀如来像が一同を見下ろしておられました。

深く念仏を唱え、如来のご尊顔を見上げますと、心なしか落髪前の宗貞《むねさだ》殿に似て見えます。

遍昭殿がご苦労の末、ここに御本像を安置なさいましたあれこれを、案内の僧、涙ながらに語られます。

「この地は古より竹多く生えてございます。大地震《おおない》起きましても、地は割れず、水も保たれますゆえ、念仏堂を永遠に護ることも叶います」

外には、青竹が涼しげに揺れております。

「……竹は根をはるばかりか、真すぐに空へと育ちます……遍昭殿がこの地に堂を作られましたのも、得心の行くことでございます。亡き帝への思いも、この堂とともに長く残りましょう」

と小町も申します。

堂内に籠《こ》もる微かな香にも、夏の清《すが》しさがありました。

念仏堂に連なる建物は僧坊となり、お参りののち茶をいただきます。香が良く、旅の途中の思わぬ安らぎでございます。

すると坊を仕切る屏風の向こうより、細く柔らかな笛の音《ね》が流れて参りました。

小町たち一行を慰めるお気持かと、案内の僧を見遣りますと、案内の者も不思議な様子で、聴きおります。

その曲に、かすかに覚えあり。

とは申せ、いつどこで聴いたかは思い出せぬまま、漫《すずろ》に懐かしく、また寂しく、哀れな心地いたします。

竹林のそよぎにあわせて、竹の葉が舞うように流れ来て、またどこか竹の林の奥へと消えて参ります。

「……何よりの興にございます」

一同、有り難くひとときを過ごし、この念仏堂をあとにいたしました。

姉上とはお別れでございます。

姉上は今少しお念仏をお唱えしてのち、方違《かたたが》えに西に向かい、二条西大宮の邸へ戻るとか。

別れの辛さに膝をつき、胸に扇を当てる姉上の姿を、小町は深く心に刻みました。

伏見の念仏堂より山科へ抜ける路は、多くの旅人が逢坂の関を通る街道とは異なり、車は右左の笹竹に車輪をとられながら、山道を上ります。

濡れた笹を踏めば、車輪は滑ります。牛のひづめも小石を無用に掻きあげます。

真《まこと》に山科は、山の里。

ふと先ほどの笛の音が耳に蘇りました。

あれは空耳《そらみみ》であったのか。いや、確かに聴いた。音曲の流れも思い出せる。車が大きく傾いた折り、思わず扇を取り落としました。拾い上げるその際《とき》、またもや笛の音が蘇ります。

これは先ほどの念仏堂に連なる僧坊にて聴きました音。いえあの下出雲寺《しもついずもでら》での御祈禱のあと、尊像の後ろの、何処《いずこ》からともなく流れて来た音にも似ております。

あの笛の音、下出雲寺にて吹いておられたお方と同じでは。

そのようなことがありましょうか。やはり空耳か。

真に怪しきことでございます。

山《やま》科《しな》

山科《やましな》の邸《やしき》は、行き届いて庭も良く整えられておりました。都とは違う鄙《ひな》の趣きもまた、新たな風情でございます。

この地には小野一族を祀る寺もあり、長く住み暮らして来られたのが、繁る榧《かや》や杉松の枝の大きさ豊かさにもあらわれて、心静まるのでございました。

預かりの礼を受け、また都より持参した土産《とさん》など受け渡しいたします間も、耳の奥の笛の音は鳴り止みませぬ。

「……このように歳ふり色失せた身にて、この地に参りました。これも仏のお導きかと」

心落ち着かぬまま、初老の預かりに供人を介して申します。

後宮の局《つぼね》に暮らしておりますころは、日々鏡を見て眉を引き、言《こと》の葉を料紙《かみ》に書き付け、衣の襲《かさね》に心を砕いておりました。

今は落飾こそいたしておりませぬが、心は滾《たぎ》つことなく、山間《やまあい》の木《こ》の下陰《したかげ》の様《さま》、静まりおります。

「お迎えできるのを、小野の一族として、真《まこと》に嬉しく有り難きことに……」

預かりは、忠実人《まめ》らしく、額に汗など浮かべて申されます。

「……西大宮よりこちらに参る道程《みちのほど》、伏見の念仏堂に立ち寄り参りました。お念仏に刻《とき》をすごし、輿も御尽くしいただきました。竹林にかこまれました僧坊も風すずやかにございました。なにゆえ怪なること起きまするのか……」

と心の在《あ》りのままに。

「何か、都合の良からぬことなどございましたか……」

「良からぬことかどうか……笛の音が……細く柔らかな音が、我の耳に……」

小町は、方角や出立《しゅったつ》の刻のことなど、さまざま間違うてはおらぬかと、心定かではございませぬ。

預かりは、

「笛とはまた……道中のお疲れでありましょう」

とのみ申します。

「……竹林山の念仏堂は、真に心安らかなお堂でございましたのに」

と竹の葉のそよぎなど思い浮かべて申しますと、預かりは、何か心付いた様にて申します。

「……念仏堂とは、遍昭様がお建てになりました、あの……」

「然様《さよう》でございます」

「それはよろしうございました。あの地は小野の者にも縁があり、幼子《おさなご》の良実《よしざね》殿も暮らしおられたと聞きおります」

なんと。

「……良実殿が竹林の家にお暮らしになられておりましたのは、この山科に住まわれる遥《はる》か古《いにしえ》のことでございます。わけは存じ上げませぬが、竹に囲まれた家に、身分低き母君と密《ひそ》かに暮らしておられたとか。おそらくは今の僧坊が建ちます所でありましょう。母君と御子の隠れたお暮らしは、小野の長者である篁《たかむら》殿への憚りでありましたか。篁殿はおおどかな御方ゆえ、長じた弟君を、陸奥《みちのく》へもお連れなさいました」

「真《まこと》に、良き仲の御兄弟に見えました」

小町は、遠い昔のあの昏《くら》い夜を思い出し、預かりに気づかれぬよう、密《ひそ》かに身を震わせております。

惑うあまり心を失われた良実殿が、自らの出自について語られた夜のことを。

良実殿は父篁殿の弟ではなく、貴《やんごとな》き伊予《いよ》親王の血を引く王であること。その伊予親王が謀反の疑いで責めを受け、幽閉され自ら命を絶たれた日、良実殿の母君も、幼き子を残し、人知れず親王のあとを追われたことなど。

残された幼子を、岑守《みねもり》殿はふびんに思われ、長子篁殿の弟として、育て養われたのです。

篁殿は、良実殿の出自を知りましたのちも、政争に紛れるのを畏《おそ》れ、伊予親王の血を継ぐ身であることを伏せて生きよと、諭された。

篁殿の、政《まつりごと》の闇を見通す有徳《うとく》がしのばれます。

ならば、良実殿の母君が命を絶たれたのは、あの竹林山の、僧坊が建つ地であったのか。

良実殿の母君は、人知れずどこまでも伊予親王を慕い、死までも供になされた。親王には多くの思人《おもいびと》が居られたでありましょうが、そこまでの無垢は聞きおよばぬこと。永遠《とわ》に秘される宿世《すくせ》の恋なのでございます。

いまや篁殿は亡き人、良実殿も流された伊予にて倒れ死してしまわれたに違いなく。

この邸を預かる者が知らぬのであれば、良実殿の母君の秘した恋を知るのは、小町のみでございましょう。

小町は急ぎ庭より夏の花など持ち来させ、あらためて御仏に向かうのでした。

懸《け》想《そう》文《ぶみ》

山科《やましな》の邸《やしき》になじみ、都より付き参った身近な者たちも、日々の暮らしをたのしむまでになりましたころ、小町が住む西廂に、結び文を届ける者ありました。

この山科までとは、どなたであろう、内裏や二条西大宮の里邸からの文なら、おどろきもありませぬが。まずは姉上かと文を解けば、姉上の筆でなく、ひと目で男の筆。

今生にあるうち、笛あわせたく
堰《せき》ぞかねつる思いあり

とあります。

今生にあるうちとは、どのような意か。堰止めようにも止められないほどの思いありとは、どのようなお方か。

文贈る先、間違えておられるかと、急ぎ文使いを呼びとめるも、使いはこの邸の庭を扱う木守《こもり》の幼き子。

徒《かち》にて来られたお方より、邸の外にて預かったと申します。

僧のお姿であったか、と問えば、首を横に振ります。

牛車《ぎっしゃ》でなく、馬でなく、徒《かち》にて訪ね来られたお方を、小町は思い描けませぬ。

都より訪ね来られるなら、まず先駆《さきがけ》が参りましょう。

お返しはどのように、と童に訊ねますが、たわいなく小首を傾げるだけ。

そのままに捨て置きました。

恋文を受けるには、今や小町も歳重ね、色失いし我が身が疎ましく。

気にかかりますのは、まさに笛。

笛を合わせたいとは、その意が解りませぬ。

笛は男がするもので、小町も雄勝《おかち》に住む女童《めのわらわ》のころ、高麗笛《こまぶえ》で山の鳥を真似て過ごしたものです。

一度は父君に取り上げられ、お返し願ったものの裳着《もぎ》ののちは、守り神として身につけてはおりますが、笛を合わせるなど有り得ぬことでございます。

我を女と思うてはおられぬお方に違いなく、人違いでございましょうと、その文をそのままにいたしたわけでございます。

やがて日が過ぎ、ふたたび同じ童が、文を届け参りました。

のこる刻《とき》少なく、語りたきこと多々あり、訪れのおゆるしをおゆるしなくば、お恨みもいたします
小町はあわて、それはなりませぬ、ここは御仏の地でございます。

と詞を置き、歌を筆《しる》しました。

海人《あま》のすむ里のしるべにあらなくに
　浦見むとのみ人の言ふらむ

我は海人の里の案内人《あないびと》ではありませぬのに、どうしてあなたは、浦を見ん、恨みん、などと、恨み言を仰有《おっしゃ》ってこられるのでしょう。

待たせた文使いに、このように返しをしたのでございます。

木守の童に、文を届ける人の姿を見定めるよう言いつけるも、ただ、徒の人とのみ、繰り返し申します。

御名を訊ねるよう命じるも、応えてはもらえないのでございました。

幾度目かの折り、ただただお逢いしたく、お訪ねしたく、語りたきことあり、の文に加え、

我はこの身を隠さねばならぬ者
名乗りをゆるされぬ身

とあり、その切なる文には、笹の葉ひとつ添えられてありました。

名乗られぬお方を邸に入れるわけには参りませぬ。

と返すのみ。

次にはこのように。

名乗れば入れてもらえますのか

なぜにおゆるし頂けないのか
ならば我の名を、邸の外の榧《かや》の木の枝に

小町はおどろき、家人を榧の木の元に急がせます。そこには、深草少将義宣《ふかくさのしょうしょうよしのぶ》、とありました。

小町、その名を繰り返します。覚えがありました。

都を出て立ち寄りましたあの竹林の地は、その昔、桓武《かんむ》天皇により、深草少将が賜りし地であり、すでに少将はその地に埋葬されていると聞き及びます。

やはり、今生のお方ではなかった。

何故《なにゆえ》か迷い来られて、竹林の念仏堂にお参りした我に、懸想をされたらしい。ああ鬱陶《いぶせ》きこと。

預かりも、そのお方の名を、知りおりました。深草少将は、弘仁三年に卒去なされておりますのに、何としたことかと。

「……深草少将が、小町様のお姿を見られ……迷われて懸想されようとは」

「……我はもう、落飾こそしておりませぬが、今生《こんじょう》、後世《ごせ》、いずれのお方の懸想も受けぬ身にて」

預かりは伏した頭をわずかに上げると、

「……さもありましょうが……懸想など受けぬと申されましても……いまだお見事なお姿、歌の上手は都のどなたも敵《かな》いませぬ……」

「それはもう、遠き昔の夢」

共に深く息をつき申します。

「……今生の人ならば、花に寄る蜂も愛らしう思えますが、すでに身罷《みまか》られた御方とは……」

深い息にもかかわらず、いくらか愉しげな預かりの様《さま》なのです。

小町の怖ろしさは限りなく、預かりの扶《たす》けを得て、邸に結界をはりました。

狐狸《こり》や魑魅魍魎《ちみもうりょう》の化身も立ち入らぬように、宿直《とのい》の者も置き、念仏も欠かさず行いました。

そのようにしてようよう文は途絶え、心安らいだのでございます。

手元の文は護摩に焚くのがよろしい、と預かりは申しますが、その筆《て》を見れば、墨が匂うほどの生々しさ。

あの笛の音も、今生のものではありますまい。

なにかの苛《つよ》き思い残りて、我に語りかけて居られたのか。

小町は、深草少将に後世まで残る憂きことがあったのかと訊ねましても、そのような噂は聞き及びませぬようで。

この騒ぎ、落ち着きましたものの、姉上からの文に小町、おどろき困《こうず》ることになりました次第。

小町殿は都を離れ山科へ籠もられてもなお、その美しさに黄泉《よみ》の国より懸想する者あらわれたとの都の噂。

その男の名はすでに亡くなられた深草少将であるとか。

このところの都中は物騒がしい限り。

都の雀どもの噂、真《まこと》はいかにありましょう。

小町殿、御身に大事なきよう。

加持祈禱のものたちを遣わし、我も日夜御仏に祈ります。


小町の身を案じての文ですが、山科の邸の家人が口より零《こぼ》したものを、都の雀らが、面白がりふれ回ったと思われます。

黄泉の国より懸想する者あらわれる。その名は深草少将。

都人《みやこびと》には、限りなく怖ろしうて面白い、語り草なのでございましょう。

預かりに問いただしましたところ、

「小町様の世《よ》の聞こえは、それほどまでに高く、都人の噂も、然有《さもありぬ》べきこと」

などと優顔《まさりがお》に申します。

小町のみならずこの山科の邸が、都人の口の端にのぼるのを喜びおる様。

小町は恨めしく思いながらも、これも御仏の定められた宿世《すくせ》と、諦めるほかございませんでした。

誘ふ水

この噂を耳にされましたのかどうか。

文屋康秀《ふんやのやすひで》殿が文を寄越されました。

縄子《つなこ》様邸にて、香の集い有りし折りには、商人に似た様ではありましたが、心悪《あ》しき人には見えませぬ。

文の遣り取りは深みゆくものではありませんでしたが、都の様、里山の様など、淡《あわ》あわしくも、心安き文でございました。

ですが、この度の文はいくらか正真《しょうしん》めいて、料紙《かみ》の色も真白に変えてありました。

白は心の様でございましょうか。

このところの噂、さぞ憂きことでありましょう。

我はこれより、三河の国の掾《じょう》にて罷《まか》ります。三等の官でありますが、我の身の丈に合う任官かと。

都より遠き県《あがた》の見物、鄙《ひな》の里の風情をたのしまれてはいかがと。

いざいざ我とともに、出《い》で立ちませぬか。


漫言《すずろごと》多き康秀殿の文の中に、いくらかの真《まこと》の心が覗き見えます。

我の身の丈に合う任官。

その語に、自らへの諦めと、思うに任せぬ恨みが読み取れます。

表は誘いの意でありながら、裏には叶わぬことと知る潔さも見えました。

小町、その場にて歌を返しました。

わびぬれば身を浮き草の根をたえて
　誘ふ水あらばいなむとぞ思ふ

心たのしむことのない、このごろでございます。つくづくとこの境涯がいやになりました。浮き草のようにふっつりと根を断ち切り、誘う水がありますなら、その水に乗り、流れ流れて漂っていきたく。

真にこのところの、世を隔てし深草少将殿の懸想の噂、倦《うんざり》いたしております。懸想ごとから離れても離れても、噂は付いいて参るのです。いっそ今生《こんじょう》から逃げ出したく思えておりましたので。

誘ふ水あらばいなむとぞ思ふ
と詠みましたものの、小町の真の思いかと申せば、そうではありませぬ。もし真の願でありましたなら、小町は康秀殿の重き荷となるのは目に見えております。

やがて康秀殿より、返しが参りました。


心やさしき返しの歌こそ、有り難き形見であります。小町殿は真に、慈悲ぶかき御方でございます。

我のごとき浅き流れに、都の美しき花を乗せれば、たちまち瀬に当たり淵に沈み、その色も失せましょう。

小町殿のお返しの歌に、心足り、思い和《なご》み、我は三河へと発《た》ちます。

三河より戯れの歌などお贈りしましょう。小町殿も戯れの歌、お返しくださりたく。

よき日を得て、三河へ発たれたと報《しらせ》を聞き、小町の心、深い霧に包まれました。

戯れの中にも真あり。

真に見えるものすべてが、真にはあらず、もまた、真なのでございます。

ふたたびは会えぬ旅に発たれて、これまで知ることのなかった良き姿が迫り参ること、幾たびかありました。

小野貞樹《おののさだき》殿、安倍清行《あべのきよゆき》殿、さらにここに文屋康秀殿。

去られてのち、深き思いにとらわれますのは、自らの性《さが》か。

我のつよき心立てゆえ、正《まさ》しく見えぬものもありました。そのつよき心立ても、真の我ではなく、寄る辺なき哀しみのなせることなのでございます。

良き姿、歌の上手と、小町の名は風に乗り流れて参りますものの、縁《えにし》有りし方々は、県《あがた》歩きや僧となり都を離れられました。来世に旅立たれたお方も。

母恋ひ

小町は邸《やしき》の南に広がります梅の林を抜け、家人が水を汲む井戸へと参りました。

後方《しりえ》の山より地の底をくぐり、この邸に湧き出るらしい水。鬱々とした心に、清らかな思いを注ぎこみます。

樹に囲まれた井戸には、人ひとり下りるだけの石の段があり、水面《みなも》に寄らんと下りますと、水の良き匂いが立ち上って参ります。

小町の裾を持つ者、止めますが、小町はさらに低く寄りました。

「危《あや》うございます」

「かまいませぬ、そこになにやら影が揺れて見えます」

水面をさらに覗き見る小町。

「……我の影でありましょうか……」

「小町様の、良きお姿でありましょう」

「いえ我の姿ではございませぬ」

「さようなことは、ありませぬ。小町様のお姿でございましょう」

見定めようとすれば、それを嫌うかのように、水面が揺れます。

「……ああ、怪《け》なること……」

「怪なることとは」

後より裾を持ち上げ、覗き見ようとする付き人には、わずかな風に揺らぐ水面のみ見えておりますようで。

「我の面《おもて》のあとに、老いた女《おんな》の面が……ああ、老いた女性《にょしょう》が、我に何か語りおります」

小町の父 篁《たかむら》殿は、六道の辻の寺にて、夜ごと地より下りて後世の人と交わり、閻魔《えんま》様とも渉《わた》り合ったと聞きました。

もしや我にも、その才あるのかと、奇《く》しき思いにとらわれ、水面の女性《にょしょう》を見定めます。

するとまた、夕の明るみを背にする小町の面が浮かびます。

水を手に掬《すく》おうとすれば、その面砕かれ、静まればたちまち老いた女性《にょしょう》の顔が。

その顔、哀しげにやさしく、口を動かし語りおります。

声は届かぬまでも、小町にはその言《こと》の葉が伝わりました。

「……ああ、母上、そこにおられますのは、母上でございますね……」

小町の声が届きましたのか、老いた女の目にゆるゆると涙が溢れ、やがて安堵のよろこびに変わりました。

「母上……お会いしとうございました」

水面の影、深く穏やかに頷かれ、白い髪がひと筋落ちます。

「……多賀城《たがのき》にてお別れして、長の歳月が経ってございます……我はどこに在りましょうと、母上を思い居りました……常々懐かしう……お会いできないのが哀しうて……」

母大町殿《おおまち》は袖を面に当て、頷きおられます。

「……母上、今は我も内裏を出《い》でて、花満ちるこの地に暮らしおります……とは申せ、この地にも辛さはございます……我は幼きころの、雄勝《おかち》に戻りとうございます……雄勝に戻りましたなら、母上にお会いできましょうか……」

すると大町殿、小町を見て、静《しずか》に首を横に振られました。

「母上……なぜに」

すると大町殿は袖を大きく広げられました。その袖には小町も覚えがありました。幼きころ、雪にまみれて転び、泣きながら母上のもとへ走りますと、その袖にて小町を受けとめ、雪を払い、やさしく包み込まれたのでございます。

その匂いまでも、思い出せます。

その袖が井戸の水面に広がりますと、そこになにやら、石のごとき影が浮かび参りました。

「ああ、母上」

浮かび参りました石は、なんと小さな石。

「母上はもう、この石の下に……」

と泣《いな》くように声をかけますが、大町殿の姿は消え、水には紋がたち、二度とあらわれては下さいません。

小町はその水を手に汲み、飲み干し、飲み干し、さらに泣きました。手を助《す》ける付き人も涙にくれます。

「母上、我は朝夕この井戸に参ります。母上にお会いできますなら、この井戸に身を投げてもかまいませぬ。かならずや我が身は雄勝に戻ります。母上が来世におられようと、石の下におられましょうと、我は幼きころのように母上に抱かれ、老いた母上を抱き、雄勝を出てからのこと、命あるかぎり語りましょう……」

その日より小町、朝夕この井戸へ参ったのでございます。

人の噂は、水面を鏡として我が身を映し化粧を施す、などと徒《あだ》めくも、真《まこと》は母を恋うるばかりでございました。

浦こぐ舟

秋から冬へ。

清和《せいわ》帝の御譲位にともない、わずか九歳の貞明《さだあきら》親王が陽成《ようぜい》天皇となられました。

藤原高子《ふじわらのたかいこ》様のお産みになられました御子が、いよいよ御即位されたのでございます。

藤原良房《よしふさ》殿は長命《ながらえ》られて後、貞観十四年薨じられましたものの、ご養子の藤原基経《もとつね》殿はそのお力を継ぎ、藤原北家《ほっけ》ますますの勢《いきおい》にございます。

小町は山科《やましな》の邸《やしき》にて、定めなき身を暮らしおります。思いは母君とお別れした多賀城《たがのき》の海に。

海人《あま》のすむ浦こぐ舟のかぢをなみ
世をうみわたる我ぞかなしき

海人が暮らす浦を漕ぎ行く、楫《かじ》を無くした舟のような私の心細さ。それでもこのように、生きているのを倦《う》みながらも長く生き暮らしておりますのは、なんと寂しいことでございましょう。

やがて洛中は木枯らしが吹きはじめ、山科は落ち葉の上に小雪散り敷き、寒々しき景《けい》を成しております。

邸の南庭には梅の樹々が。

梅の蕾、膨らむとも見えず。

白いものは、梅か雪か解らぬほどの空でございます。

夜、深草少将よりまたもや文が届きました。

このままにては黄泉《よみ》の国に旅立つこと叶わず。

と詞あり。

その後に、哀れを誘う歌が鮮やかに筆《しる》されてございます。なんと、雄勝《おかち》の冬の景が歌い込まれてありました。

あの白き峯は永遠《とわ》に清らかなり、笛の音は峯を震わせ春を招く、の意の歌でございました。

小町は文を取り落とし、打《う》ち震える指で取り直します。深草少将はとうに亡くなられております。

我が雄勝より上り来た身など、知られるはずもなし。

この文、深草少将を名乗る別のお方ではないのか。亡き深草少将の霊魂ではなく、雄勝を知るあのお方。

耳を寄せれば、遠く近く、地を這うほどの音とも思えぬ笛の音。下出雲寺《しもついずもでら》、伏見の竹林山にて、何処《いずこ》からともなく届きました笛の音に似てございます。

小町は、ありえぬ御方を思い浮かべ、身を凍らせます。よもやよもやと。

急ぎ人を呼び、弓を鳴らせました。魑魅魍魎《ちみもうりょう》の悪《あくたれ》であれば退散してくれましょう。あのお方の魂であれば、弓の音に動じ、我が意を知るでありましょう。

ここより近くに参られるな。

家人に、笛の主を密《ひそ》かに追うように言いつけます。家人みな気味悪がり、行かぬと申しますが、どうにかして行かせました。

空が白むころ、薄く積もりました雪にまろぶようにして、戻り来た家人が申します。

「……気づかれぬよう後姿を追いましたものの、風に流れる小雪の中、伏見の竹林の中に見失いました」

「伏見の竹林」

やはり、あのお方の地。自ら命を絶たれた母君との思い出の地。

あのお方、良実殿《よしざね》は伊予《いよ》にてとうに亡くなられておられる……

篁殿《たかむら》が赦《ゆる》されました折り、良実殿にも赦免の知らせが届いたのか。

赦免され都に戻られたとは、聞きませぬ。やはり亡き人になられて、魂のみ戻り来られたのでありましょう。

家人はまた奇なること申します。

「後姿は見失いましたものの、薄雪の上に足跡が残りおりました」

「足跡」

足跡残るならば、今生に生きて在る人であろうか。否《いな》、冥府より迷い戻る魂も、ときに足跡を印すと申します。

「その足跡は」

「傷つきました獣のような」

「はて」

「片足の足跡のほかに、細い杖のあとが」

「片足のみの足跡と杖」

「されば……まさに獣が人を欺く仕業《しわざ》に違いなく」

野の獣が、我を欺くと。

なにが真《まこと》かわからぬまま、小町は念仏を唱えます。

深草少将を名乗られるは、はて、どなたの魂か。狐狸《こり》に魂はありませぬ。狐狸でも魑魅魍魎でもなく、今生では叶わぬまま死霊となられて、幼きころ、母君と住まわれた竹林の家に、戻り来られた良実殿。

あれこれ思い迷えど、それよりほか思いあたらず。

懐かしき雄勝の峯みねを愛でられる魂を、貶《おと》しむる心地にはなりませぬ。我と同じ故里《ふるさと》を知る人の、定まらぬ魂を哀れむばかりなのでございます。

いかにすれば、その霊魂を安らかに鎮めることが叶うのでありましょう。

慈恩院

思い屈しておる間もなく、本康《もとやす》親王による縄子《つなこ》様の追善供養の予《あらまし》に、急《せ》かされる日々となりました。香に秀でられた御方を偲び、供養には香も焚かれますようで。

縄子様の思いがけぬ身罷《みまか》りの後、思い惑うままに時急ぎ移りて、ふたたび山よりの風吹き下ろします。

供養は西寺《さいじ》の南、唐橋《からはし》の慈恩院にてとのことでございます。

この院、もとは滋野貞主《しげのさだぬし》殿の山荘にて、小町の父 篁《たかむら》殿も好まれて、たびたび訪ずれましたとか。

貞主殿も、山荘であったこの寺の西書院にて、命終えられました。

小町は父篁殿が折りに触れ、このように申されていたのを、思い出しておりました。

貞主殿の山荘は城南の地にあり、貞主殿は能吏としての日々の傍《かたわ》ら、この山荘を営まれ、植樹も行き届き、彼岸への橋にもなぞらえられる閲水《えつすい》の橋《はし》も造られ、真《まこと》に異国の情緒を覚える、趣き深き山荘でありましたと。

庭園には見事な曲池《きょくち》もありましたようで。

その山荘が慈恩院となり、小町の心にも染《そ》む寺となりました。仁明《にんみょう》帝の四十の算賀《さんが》に供する菊の花を、縄子様に頼まれ確かめに参ったのもこの慈恩院。縄子様の御供養に、これほど似つかわしい寺はございませぬ。

久々に都の南へと向かう用意に、事繁く過ごす日々のなか、導師はあの、真静《しんせい》法師との報《しらせ》がございました。

慈恩院の別当は東大寺僧の円修《えんしゅう》殿でございますが、真静法師の師でございます円仁《えんにん》殿は、円修殿とともに渡唐なされた仲。それもありますようで、真静法師は慈恩院に、折りごとに入られておられます。

小町は、真静法師とお会いできますこと、天の恵みと思いなしたのでございます。

さて供養の日は、厚き雲が割れ、冬の日が山肌に斜めに差し込む、格別の美しさでございました。

小町は牛車《ぎっしゃ》にて、都への路を行きます。

東寺、西寺、いずれも重々しく甍《いらか》をならべ、瓦は溶けた雪に濡れて光を溜めております。目に鮮《あざ》らけきこと、この上なく。

羅城門《らじょうもん》の先には、大いなる地を左右に裂くばかりの朱雀《すざく》大路、その先の大内裏の朱雀門のまた鮮やかなること。


小町はあの大内裏の奥、後宮の殿舎を住まいとした年月《とき》もありました。

縄子様が麗景殿《れいけいでん》の主であり、小町は信篤き女房として、女御《にょうご》様にお仕えいたしました日々。

仁明帝の世は去り、いまやあの内裏に住まわれるのは見知らぬ御方たち。歌の師として出仕のお誘いもございましたが、それもまた遠き昔のこととなりました。

縄子様にこの景《けい》をお見せしたい。縄子様と昔を語り合いたい。

出仕間もないころ、撫子《なでしこ》を持ち寄り、歌を合わせた日もありました。一本《ひともと》の撫子に、朝露が降りた美しさを、女御様はどなたより慈しみ愛でられたのでございます。

歌の才を知り、我をお側に置かれました縄子様。

真《まこと》は縄子様にお仕えしてこそ、我の歌の才も花開いたのでございます。

我はもう、あの殿舎に上がることはありませぬが、我が残した歌は、今も女房たちの間に生き残りおりますようで。贈答に、小町風の歌が遣り取りされていると聞きます。

縄子様、お側にて共に、この景を眺めとうございました。この朱雀大路の果てに、屋根を並べる大内裏と朱雀門の見事な景を、高き空より見渡しておられましょうか。

縄子様いかに、と御声かけたく、ああ叶わぬことと気づきます。

袖を面に当て、涙を絞りました。

会いたき人はもう、この都には居られませぬ。居られぬのに、都はこのように美しい。

人はこの空の下を、急ぎ行き過ぎるのみ。縄子様も貞主殿も、父篁殿も、やがて我が身も、みじかき今生を旅する身でございます。

御仏であろうとも、この宿世《すくせ》は変えられませぬ。

美しきもの、必ずや心安らぐものではなく、美しきゆえの哀しみもまた。

小町はあてどなき心地に、胸塞《ふた》がれるのでございます。

慈恩院は御仏の手により造られたかと思うほどの、丈高きたたずまいでございます。

庭に流れる水の様《さま》が、糸を引く様に見えますのも、貞主殿の心の色や好みの程が見えて、真に有り難き心持ちに。

詩を良く知り、詩心にも通じられた貞主殿らしく、唐土への憧《あく》がれも、庭のそこかしこに覚えて、今は亡き人たちの、趣き深い好みに浸りおります。

法華経による追善供養は、亡き人の冥福と自身の逆修《ぎゃくしゅ》のために行われます。

導師の真静法師は、この日のために施主より申受《もうしうけ》られた衣の色もはれやかに、これまでになく貴き説法。

縄子様の縁《ゆかり》の方々も、縄子様の法要に相応しい身ごしらえで、それぞれの局《つぼね》にて真静法師様の説法に聞き入ります。

滞りなく供養を終えられ、在りし日の縄子様のことなど、御声行き交います。奥子《おくこ》様も文を受け、また返されます。

小町は奥子様の御簾《みす》内に招かれ、山科《やましな》の暮らしなど、物語りました。春の梅の季《き》に、梅花の香の合わせをたのしんだ宵のことなども。

思い出しつつ、袖を濡らします。あの宵に相見《あいまみえ》し方々は、いかにおられますのか。

業平行平《なりひらゆきひら》のご兄弟、さらに遍昭《へんじょう》殿は。

文屋康秀《ふんやのやすひで》殿は三河の国に去られました。

この季にしてはとり分け穏やかな空でございます。

香が焚かれ、堂内に差し入ります陽の光りも、立ちこめる紫の煙を斜めに染めて、極楽世界を想わせます。煙る紫煙のなかに、縄子様の扇と面《おかお》が浮かび見えそうな。

さて時は過ぎ、真静法師様にお会いする時分となりました。お目にかかりたき頼みを、聞き届けていただきました。

慈恩院の西書院へと参ります。

真静法師様は、人を払い屏風を隔てて、待たれておられました。供養を終えられ、寛ぎ打ち解けておられます様。

下出雲寺《しもついずもでら》にての貞主殿の周忌法要の折りにも、別の部屋にてさまざまお話を頂きましたが、小町は法師様の申されること、一つ一つ胸に深く納められて。

この御方なら、いかなる難事も解いて頂けると思えたのでございます。

見事な御供養、有り難く、と御礼申し上げるのも待たずに、

「……小町殿が拙僧に問われたきこと、おおよそに推し測りおります」

講説のお声よりさらに低く鎮めて、申されました。

小町が黄泉《よみ》の国の人の懸想《けそう》に、困《こう》じ果てておる、との都の噂が、法師様の耳にも届いておるのやも。

小町、身を伏して待つほかなく。

「……御身に起きておる訝《いぶか》しきことの難事かと……」

「……真に、法師様、然様《さよう》にございます」

さてこそ真静法師様、目に見えなき霊魂を、見通しておられます。

下出雲寺にて、恨みの霊を鎮められし御方であり、この御方よりほか頼む人なし。

小町のこのような思惑は、正しうございました。

「……訝しきことの始終を、ここに語られますよう」

小町は、雪の中の訪れ人について、起こりましたままの始終を、つぶさに語ります。

山科へまかる道程《みちのほど》、伏見の竹林の念仏堂に寄りました、その折りより、訝しきこと起きましたと。

訪れ人は我に会いたいとの執心もあらわに、その名を訊ねると、深草少将と名乗られましたことも語ります。

「……ではございますが、深草少将は、すでに亡き御方でございます。今生に恨みの執心を持たれる御方とも知りませぬ……なにゆえ我が身を恋しておられますのか……導師様を頼らば、鎮める術も見えましょうかと」

小町、伏したまま申し上げました。

真静法師様、しばし黙され、ようよう声を発されます。

「……いま、語られしほかに、思い付かれることは有りませぬか」

「……笛の音が……折り折りに聞こえ参ります……その音、常世からの笛には思えず、心迷いおります」

「ほかに」

思いの外厳しき御声に、躊躇《ためら》う小町でございます。

「ほかに……はい、家人が笛の音の主の後姿を追いましたところ……雪の上に、獣のような足跡がございました」

「足跡のみ……してその後姿は」

「見失ってございます」

真静法師様の胸あたりより、数珠の鳴る音が聞こえます。小町も扇を置き、数珠を手にいたします。

念じれば、難事が解けるものならと。

「……いまだ私に語らぬこと、いえお隠しのこと、ありませぬか」

いよいよ、詰め寄られます。

「……深草少将の霊にあらず、少将の名を名乗る別のお方かも知れぬとは……小町殿、思われませぬのか」

ああ。

そこまで導師様は知りおられるのか。別のお方……それは語りたくない御名でございます。

「……少将の名を名乗る、別のお方にしましても、すでに亡きお方でございます」

ようよう、喘ぎながら申します。

真静法師様、ふたたびの黙。

思砕《おもいくだ》かれておられる様、屏風越しに察せられます。

「……然様かな……それは……亡きお方であるかどうか」

小町の胸に何かが、痛いまでに刺さりました。それを越えては、なにも知りたくはなく。我が知りたきことは、深草少将の彷徨《さまよ》える霊か、さもなくば獣か……わからぬものの、それらを鎮め安らげる術こそ、お授け頂きたいのでございます。

「亡きお方ではなく、生きておられるお方であれば……」

言い迷う小町。

「小町殿が、思い及ばれるお方とは……」

問われ黙するのは、小町でございます。

良実殿の御名、秘めたること多く、信篤き法師様であれ、声にするのは躊躇われるのでございます。もし言《こと》の葉に載せれば、たちまちここへ立ち現れるやも知れぬ心地して、憚《はばか》られます。

貞観五年の神泉苑御霊会において、伊予《いよ》親王とその母藤原吉子《ふじわらのよしこ》様の御霊が宥《なだ》められたとは申せ、良実殿が伊予親王の御子であること、いまだ秘められております。さらには、兄であり小野氏の長者であった篁殿の意にそむき、真の心を失われてか、小町の身に欲心を遂げられしことなど、声にすることなど叶いませぬ。

真静法師様も、それ以上に声にすること叶わぬ様にて、深く息をなさるのみ。

「……拙僧も小町殿も、心に思い浮かべておるお方は、ひとりかと……そのお方は、亡くなられた人の霊魂などではありませぬ。獣の悪《あくたれ》でもなく、片足を無くされてはおりますが、存生《ぞんじょう》のお方にございます」

生きておられる、あのお方、良実殿が。片足を無くされたお体で。

導師様は続けて申されます。

「……篁殿の赦免の折り、かのお方も赦免在るべきところ、なにゆえか赦免なく、耳にしましたのは、伊予に在るとき帝への悪態に及ばれたとか……そのお方が密《ひそ》かに都に戻られたとあらば、どのようなことに……恨みの魂を癒やし宥めるこの私が、声にはできぬ御名でございます……小町殿も、ようおわかりかと」

屈して手をつく身が、震えます。

泉下《あのよ》より迷い来られた魂なら、宥める術もありましょうが、生きて在る身の魂を、いかに宥めればよろしいのか。

小町にはいまだ、あの怖ろしき夜が、目に浮かびます。

恋ひとつも知らぬ身で受けました無理無体。

後の月日、滾《たぎ》つ恋を詠いながらも、絶えずあの夜を恨み来たこの身こそ、真静法師様、お救いくださいませ。あのお方を、父とも兄とも信じておりましたのに。

「……あのお方……深草少将と名を偽り、我に会いたきこと有るとは、いかなることでありましょう。執心の恋でございましょうか……導師様、どうぞお示し下さいませ」

小町は泣き崩れます。よもや、と思いつつも遠ざけてきましたこと、いまや逃れること叶いませぬ。

「……私は横死なされた魂を救うのがつとめ……まして命あるお方……私を頼みに寄り来られますれば、お匿《かくま》いもいたします」

「では、下出雲寺にて聞こえました笛も」

「……密かにお隠ししておりましたが、小町殿のお姿やお声に……堰《せ》きあえず笛を吹かれたのでございましょう」

横死なされた父君伊予親王をお祀りする真静法師様の元に、身を寄せるよりほか、生きる術も失われたお方。そののち、法師様の元より竹林の僧坊に、移られたのでありましょう。

「……御足《おみあし》、いかなることが」

「遠流《おんる》の地より都に戻られる折り、舟が海賊に襲われ、ようよう命を得られたと聞きます。供の者より入水をすすめられるほどの深き傷を受けられましたが、都に会いたき人あり、今は死なぬ、と申されて、十日も生死を彷徨われ、ついに命を得られましたと」

今は死なぬ。このままでは死なぬ。

いくつもの文に筆《しる》されてありました深い執心。

「……恋の執心なら……我が身を捨つれば、安らぎましょうや……すでにこのように老いて懸想も受けぬ身でございますが、捨つる値《あたい》ありますやら……檀林《だんりん》皇后は、自らの屍《しかばね》を野に晒され、肉も臓腑も、鳥や獣に与えられました……仏の心とは、そのようなものでございましょうか……」

導師様は黙し、外の白き景のみに目を当てられております。

「……それでそのお方の魂が、安らぎますかどうか……私にはわかりませぬ……檀林皇后は、自らの死肉や臓腑を獣に与え、この姿こそ命の果てた真《まこと》の姿であると、無常を世に教えられました。懸想に心迷う人々に、自らの身で女の実相を示されたのでございます。

仏の教えは、長く国の幸《さきわい》のためでございましたが、檀林皇后により、我ら一切衆生に、生きる道を教えられたのでございます」

「……真に、人の生死を考《かんが》うることに」

「……とは申せ、そのお方は犬獣ではございませぬ。身を捨て与えることで、安らぎ満たされるとも思えませせぬ。懸想の執心ゆえ、命をかけ都に戻られたのかどうか、私には思い及ばぬことでございます」

「ならば、いかにせよと……身を捨つることも叶わぬとあらば」

「身を捨つるなどと、口軽しう申されるな……人は念ずるよりほか力無きもの……ただ念ぜられよ」

小町は崩れた面を、上げることもせぬまま頷きました。

「御仏は、見守りおられます。いかにせよ、とは申されませせぬ。自ら探せば、道も自ずと拓けましょう」

ふと解ける雪に目をあて申されます。

「……赦免を得ぬまま都に戻られしこと、どなたかが検非違使《けびいし》に言告《ことつ》げば、御身の難事も終わりますでしょう」

小町は真すぐに面を上げました。

「そのようなこと、我はいたしませぬ。決《け》してそれだけは……父上の御心に、いえ御仏が示される人の道に背くことなど、いたしませせぬ」

たとえ、政《まつりごと》が定めた法度《はっと》に背くとも。

そのひとこと、出さぬまま呑み込んだのでございます。

真静法師様、静《しずか》に立たれました。今生に在る人を哀れむ気が、漂い残りました。

そのお方の名は、法師も小町も、最後まで声にせぬままでございました。

百《もも》の文

このようにして、小町《こまち》の物思いさらに深まり、臥し沈む日が重なりました。

我が身を捨つる、などと申しましたものの、小町には檀林《だんりん》皇后のようには為せませぬ。野の獣ではなく、そのお方は父とも兄とも慕いました果てに、あのような過ちに及ばれました良実《よしざね》殿。

良実殿は、小野の長者である兄 篁《たかむら》殿、雄勝の母大町《おおまち》殿と子の小町、さらには御仏の道にも背かれたのでございます。

なにゆえ我に会いたい、語りたいと文を寄越されますのか。

小町はその執念が怖ろしく、疎ましく、力無き我が身を、悲しむばかりでございます。

小町に文を贈ることのみ、生きて在る証しであるかのように際限もなく。ときに日に二度も三度も。

ですが、小町のゆるしなく訪ね来られることはありませぬ。守り目など置いておりますが、寄越されるのは文使いのみでございます。

その文使い、竹林の家の童のようで、声を禁じられておりますのか、竹の枝に結びし文を差し出すばかり。

文を開き読めば、いよいよ迷い深まる、怖ろしきこと起こりそうな心地して、小町はついに、文を読まぬことにいたしました。

返しもせぬまま、御仏の前に積み上げたのでございます。

積み上がりましたその文、すでに数えきれぬほど。あるとき家人が数えましたところ、さてもさても百近い数でございます。

言《こと》の葉のひとつひとつには、言の葉の魂が宿ります。このまま打ち捨てるなら、これらの言霊は行き所なく迷いましょう。

歌を生涯の友としてきた身、それは痛ましきかぎり。

ついに思い定め、そのひとつを開いたのでございます。

さらにまた、ひとつを開きました。

さらにさらにまたひとつを。

ひらきました文の一

雪積もる季《き》となりました。

この僧坊をかこみます竹林は、これぞ最後とばかり風に鳴りおります。やがて重さに拉《ひし》がれ、たわみ静まるのみ。

さやさやと鳴りながら、耐えながらも伸び上がり、まれに陽が射せば有り難く受け、安らぎの様《さま》にて揺らぎおります。

竹の節《ふし》は、ときに波音のごとく怖ろしげに砕けますが、やがて筍《たかんな》の大地より出《い》づる夏を、待つのでございます。

我は命の節々に宿る力に、あらためて動じるばかり。我はもはや、若竹の季には命を終えておりましょう。

そのような漫《すずろ》なる思いを、この竹林の鳴り止まぬ音に重ね、このようにまた、文を書き連ねておるのです。

お手元に遣りましても、お目になさるのかどうか。我は今生に残りましても、ほかに為すこともありませぬ。この文のためにこそ、死の淵より蘇り参りました。

もはや偽りませぬ。我は小野良実《おののよしざね》、伊予《いよ》国より逃れ、ようよう都へ上り戻りました。名乗るよう乞われて、深草少将の名をお借りいたしましたものの、この身が深草少将であれば、どれほど心安らかでありましょう。

父上伊予親王が自死なされた日、この竹林の家にて母上も同じ毒で果てられました。我は四つにて何も覚えなし、と篁《たかむら》殿も哀れみおられました。ではありますが、それは真《まこと》ならず。我は母上の骸《むくろ》を覚えおります。声さえ上げず、ただ立ちつくしておりましたのを、抱き留めてくださりましたのは、岑守《みねもり》殿でございました。

母上の遺戒《ゆいかい》は、我を忘れ生きのびよ、でございました。

その日より、岑守殿を父君とし、篁殿を兄君として長じ、これまで生き長らえて参りました。

我は真に、父君、兄君に恵まれました。

ではありますが、我は母上を忘れたことなど、ございませぬ。幼きころの母上のお姿、懐の匂い、お声は、瞼閉じれば、今もここにございます。

兄篁殿が恋された大町殿、その御子である小町殿、いずれも世になき秀でしお方でございますが、我には母上に優る女人《にょにん》はおられませぬ。

伊予国を密《ひそ》かに出て幾日も経たず、舟は賊に乗り込まれ、多く殺され海へ放られました。我が身もこれまでと思い定めた刻《とき》、母上あらわれ申されました。

我に会いたくば、死ぬでない。

我は美しき女《ひと》の身を借り、吾子《あこ》を待ちおります。

母上にお目にかかれるのは、後世《ごせ》にてと思い定めておりましたものの、その刻より、我は生きようと決めました。

思い出すのも心辛く。

わだつみの波に頼まんこの身浮島

ひらきました文の二

つれづれに。

あれは花橘《はなたちばな》の季《き》でございましたか。花橘の香をかげば、昔の人の袖の香を思い出す、と申しますが、我には思い出す袖がなく、我が袖は涙に穢れ哀れなる様《さま》。

都に辿り参りましたものの頼む方もありませぬ。兄篁《たかむら》殿の薨去を知り、袖ひじつつ六道の辻に参りました。

哀れな様にて僧に会いますものの、我が良実とは思い及ぶこともなく、兄上が夜ごと冥府へと通われた井戸もすでに塞がれておりました。

井戸を下り兄上にお目にかかり、我の過ちを語り、共に後世《ごせ》に暮らしたく願いましたものの、それも叶いませせぬ。

検非違使《けびいし》に名乗り出て、この身を預けるなら、死罪となりましょう。

それも良し、この苦しみより逃れること叶うならと、幾度も思い決めました。

ではございますが、然様なら母上の願いに叶いませぬ。母上にもお目にかかれぬことに。

我は今生にも、後世にも、身を置くところなく。

乞食《かたい》のごとく足を引き、彷徨《さまよ》い居るうち、下出雲寺《しもついずもでら》へと参ったのでございます。

真静《しんせい》法師様、我を見てたちまち我がことを知り、なにひとつ尋ねることなさらず、我を匿《かくま》われたのでございます。

下出雲寺は、横死なされた霊を宥《なだ》め祀る寺にて、法師様は哀れなる霊を良く知り、我の中にその流れを見られたのでありましょうか。

さもなくば、父上伊予親王の霊魂が、我を救いあげられましたのか。

真静法師様は乞食の姿に、あらたな衣を着せ与えられました。この衣、我でなく母君より給わりし衣と思えと。

貞主《さだぬし》殿の周忌法要ののち、この寺に見えました小町殿に、どれほど打ち驚き、有り難く思いましたことか。

下出雲寺に祀られてある、幾柱もの魂のお導きに違いなく。

尊像に隠れ、小町殿の御声を聞き、我は後世でなく今生にてこの御声に触れましたこと、よろこびの言《こと》の葉に尽くし難くございました。

堰きあえず、思わず知らず、笛を鳴らしておりました。

過ち多きこの身も、笛を鳴らす力あり。声は出さずとも、思いは笛の音《ね》に宿ります。

拙き空者《うつけもの》でございます。真静法師様の親身なる思いにも、叶わぬことでございました。

さらに伏見の竹林の家に寄られました折り、竹林の昏き中より密《ひそ》かに垣間見《かいまみ》いたし、我の心に物狂わしき恋が蘇りました。なんとしたことでありましょう。

すでにそのような時は過ぎ、身は窶《やつ》れ衰えて、過ぎし日を謝るよりほかに為すことなしと、自らを知りおりました。

ではございますが、小町殿の美しさは限りなく、若きころの朧《おぼろ》なる母君の姿も重なり、さらに幼きころの我が母上も立ちあらわれ、新たなる迷いに苛まれる日々に。

さても外は。

竹の葉に置きまどふ雪ありし昔も

ひらきました文の三

山科《やましな》の御邸に、人目を忍び、雪明かり月影をよすがに、通い参りました。片方の足となる童ひとりつれ、御邸への道は険しく、低き山とは申せ、越えるのは難事でございましたが、辛きは山路を行くより名を名乗ること。

怪しき獣のまま通うこと叶うなら、赦《ゆる》されるなら、獣のままでよろしうございました。真《まこと》を名乗るなら、お目にかかること叶わず、名乗らぬままであれば、逢うこと赦されませぬ。

深草《ふかくさの》少将《しょうしょう》の御名をお借りしましたのは、心苦しうございましたが、小町様おひとりであれ、我の真を心付かれたく願ってのことでございました。

我はまさしく魑魅魍魎《ちみもうりょう》でございました。今生に在る身でなく、思いのみ風に乗り、御許《おもと》へと飛び参る魂。

ではございますが、我にはまだ片足があり、枯れ枝に衣を乗せただけの身もあります。生きる身とは真に不如意なもの。鳴らす弓にも焚かれる護摩《ごま》にも、消えてはくれぬつよき思い。お目にかかりたき執心。

さぞ怖ろしう怪異《けい》なることと、覚えられましたに違いなく。

警護の者寝静まる夜、密《ひそ》かに邸に寄り、格子《こうし》の透き間よりお姿を垣間見いたしましたことがございました。

このあたり雪のすくない地ではありますが、天はこの身を労《いたわ》り隠すように日夜降ります。この日もつわつわと降りますものの昏《くら》くはありませんでした。あたりに白い闇が広がりおりました。

格子の透き間に見えるそのお姿は、灯台の灯りの中にぼうとあらわれた慈母観音かと。あまりの貴《あてやか》さゆえ、我の楽欲《ぎょうよく》、心の濁りが消えたのでございます。真にゆえなく。お姿のなかに、大町《おおまち》様、我が母上が見えました。このとき、長夜闇《ながきよのやみ》が明けたのです。

これまでのこと、ただ一途に語りたき心地になりましたのを、我も奇《くす》しきことに覚えました。

我はその夜、もうひとつの執心を捨つることが叶いました。

この命、政《まつりごと》に振り回され長らえ参りました。伊予《いよ》親王の子と生まれながら、小野氏の長者の弟として世に在り、故なく身を隠さねばならぬ身を、恨み参りました人世旅《ひとのよのたび》でありました。

我の血筋、なにゆえ捨てられしか。

我の血がこのように見捨てられ、帝の血筋なき者たちが栄える政《まつりごと》を、御仏は裁かれることもありませぬ。

かくも曲事《くせごと》の今世を、いかに生きればよいのか。この生憎心《あやにくごころ》をいかにせん。

ときに兄上さえ、お恨みいたしました。

思い屈し、降りかかる雪のひとひら、袖に受けます。さすればたちまち、雪は我の涙に解け消えます。

そのひとひら、ひとひらは、我が身に積もりし恨み嘆きでありました。

小町様のお姿を見て……濡れて消える雪を見て……ふたたび小町様のお姿を……さらに雪を……と繰り返しますうち、もう良い、もう良い、このまま消える身も良いではないかと、思えて参ったのです。

雪は何心無く、降り、止まり、消えます。

母上の死、我の宿世《すくせ》、今生にては知る人もなくやがて無となりましょうが、それもまた、この雪のごと、解け消えるも良いではないかと。

美しきもの、真にこのように、御仏の効《かい》をもたらすもののようでございます。

我が袖にとまる白雪打ち解《と》くるまま

ひらきました文の四

お返しなきままに時もふり、我が身は弱り頽《くずお》れますようで。

お目にかかることなく来世へ旅立つのも、我が身に相応しきことと存じおります。

かくなれば、望みはひとつにございます。

我の耳に残ります美しき笛の音を、いまいちど聴きたく。

その笛の音は、雄勝《おかち》より山を越えんとして峠にさしかかる険しき道すがら、手輿《たごし》の中より聞こえて参りました。

鳥の囀《さえず》りほどの小さき笛の音。

幼き鳥の笹鳴きにも似たかすかな音。これほど真すぐな美しい笛を、我はこれまで聴いたことがありませぬ。

その音が、手輿に乗る幼き小町《こまち》様によるものと知りましたときの驚き。

いまだその季《き》にあらずと里に下りかねて、山間《やまあい》にて時を待つ鶯も、その音に合わせて啼き初《そ》めました。

冬の中にいのち芽ばえ出《いづ》る日。

あの清しき笛をいまいちど聴くこと叶いますなら、我はもう、ここまで長らえ生きましたこと、悔いなく満ちたります。

ほかにのぞむことなどありませぬ。

かにかくに思ひ偲ぶる陸奥《みちのく》の笛
幾つもの文にあります折り折りの思いに、小町の胸塞《ふた》がり、涙を袖に受ける間もなし。

初《うい》の文を返しました。

我が心、石にあらず。

岩に落ちました種も、芽吹き育てば岩根の松となり、やがて根は石を砕き青き葉を繁らせましょう。

我もこの高麗笛《こまぶえ》、吹きとうございます。

笛は男のすなるもの、裳着《もぎ》を終えし女は吹くものでないと、父上に諭されましたのも遠き昔。

それより今日《ここ》まで吹かず、身の護りにして参りました。

ですが我はもう、雄勝の女童《めのわらわ》に戻り、高麗笛を吹きとうございます。

笛を合わせしのち、物語なども。

雪降りてなお常磐《ときわ》なる松のひとえだ

日は落ちず、夜も明けぬ、このところは降りしきる雪に時を失いましたような日が続きおります。

常ならぬこの雪は、天の意か。

榧《かや》の木に積もる雪が、耐えきれぬままに枝より落ちてゆきます。

月も日も消え、枝の雪が落ちる音のみ、刻を測ります。

人みな絶えて、野ねずみさえ走らず。

見はるかすかぎりの、ふかぶかとした雪の覆いは、海原にも雲にも見えます。何処《いずこ》が岸で何処より彼岸が始まるとも覚えませぬ。

あらゆるもの薄明るい鈍《にび》の色に染まり、かたちもなく静まりおります。

昼夜分かちがたい日ではありますが、空の色やがて衰え、昏《くら》くなりました。

小町は薄くひらいた妻戸より、限りなく落ちる雪に身を預けておりましたが、その空も暮れて、雪の音のみ。

つわつわ。

昏き天上より、細い笛の音が降り参ります。

家人、女たちも、寝入りましたようで気づかぬ様《さま》。

小町密《ひそ》かに妻戸を開け、簀子《すのこ》に出でて耳を澄ましますと、雪明かりのなか、天も地も限りなく広がる何処《いずこ》かより、その笛の音流れ参ります。

ああ、あの御方。不如意な足にて、雪の峠を越えて来られましたか。

眼《まなこ》つよめ、ひたと音の来る方を見遣りますが、木影も人影も見えず。

笛の音、細くあてどなく続きます。

小町はこの曲に、覚えがございました。

「百夜《ももよ》」に違いなく。

どなたの曲とも知られぬまま、恋しき人に届ける曲と言い伝えられております。百夜通い来るほどの滾《たぎ》つ思いをあらわす曲とも。百夜通えど満たされぬ哀しみとも。

嫋々《じょうじょう》として、ときに瀬を早むがごとき流れあり、ふたたび静まれば、哀しみの中に満つる安らぎもございます。

小町は高麗笛を取り出しました。

小さき笛は、懐のぬくもりを得て、水に落ちた花のように身をひらき、時を経るとも思えぬ手慣《たなれ》を覚えます。

口に当てますと、小町を何処《いずこ》からか見ているように、震え高まりました。

小町は耳に覚えのあるままに、百夜を吹きます。吸い込まれ、なだらかに、曲の流れに乗り添いました。

高麗笛は、流れ来る音より高く、鴛鴦《おし》と千鳥が合わせ啼きいたしておりますほどの、調べの美しさ。

ひと節ひと節は、竹の節を数え上げるほどの確かさにて、縒り結ばれ、渦を巻き、やがて空へと消えてまいります。万物この音曲に身をゆだね、空も地も溶け、静まりひれ伏しておるのでございました。

二つの笛の音は、いよいよ曲の頂きにさしかかります。

耐え忍んで参りました哀しみがよろこびに、よろこびゆえのさらに深い哀しみが、百夜のはてに訪れる曲の頂きへと。

小町が息を溜め、その一音を吹く刹那。

それまで和しておりました笛が、ひょうと止んだのでございます。鴛鴦が消えて、千鳥のみの囀りに。

小町は休まず、息のかぎり吹き続けます。鴛鴦に届けとばかり、唇震わせました。

鴛鴦の身に何が起きましたのか。

目をとじ、ひたすら吹き続けます小町には見えておりました。

やがて高麗笛の音は、御仏への念願のように、安らぎの静けさを帯びて参ったのでございます。

御薬師如来様、これでよろしいのか。よろしいのですね。

御仏の声より早く、良実《よしざね》殿の声が雪の原を流れまいりました。

これでよろしいのです。我満たされ、ありがたく旅立ちます。


翌くる朝、雪の中より掻き出された良実殿の御面《みおも》は、雪よりしろく、笑み満ち足りて見えたとのこと。

御亡骸《なきがら》は真静《しんせい》法師様により、竹林の家、母上の墓所近くに、葬られたのでございます。

白髪

寛平二年春。

長き時が経ちました。

小町《こまち》は白く濁った目で、いくらかでも明るい方に面を向けると、声もなく微笑みおります。

二条西大宮の篁《たかむら》邸の頃《ころおい》より小町に仕え、いま手を添える侍女、耳元に問いかけました。

「小町様、今はまたなにを思い出されて笑《え》まれますのか」

「……春の光は、この目には良う見えませぬが、老いた身にも暖かさは覚えます……水の音さえ温《ぬる》みて聞こえます」

「どうぞ、御足《おみあし》を心なされませ……ほら、草に滑ります」

一足一足、覚束なく。

このように、手を借りながらも、庭をゆるゆると歩むことが出来るのも、長くはないであろうと、小町は思い定めております。

母上のお姿を見た鏡の井戸の面も、いまやおぼろにかすみ、映る自らの影も、白き髪ばかりがそれと知れるばかり。

「……さてさて、我は何に笑みましたのか」

「どの歌を思い出されての笑みでございますか」

目はかすみ、足は拙くなりましても、心に記しました歌はたちまち蘇り、身を古《いにしえ》へと連れ戻します。

「ああ、そうでありました……安倍清行《あべのきよゆき》殿の、唐琴《からごと》という名の地より贈り来られました、あの歌を……」

「ええ、まさにあの歌、春あたたかな心地を覚える歌にございました」

「あまりに遠き昔で……清行殿が周防守の任を終えられて帰京された折りの旅のつれづれに、都の我に贈り来られました……それもいつの春でありましたか、定かではありませぬが、春になりますと思い出されて、心あたたまります」

「真《まこと》に」

波の音の今朝《けさ》からことに聞ゆるは
　春の調べやあらたまるらむ

波の音が今朝から変わった趣きに聞こえるのは、まさに春が来て、唐琴を奏でる波の調べが、春の調べに改まったからでしょうか。

波音が琴の調べを思わすほどのうららかな旅の泊まり、唐琴が詠み込まれてあります。

唐琴とは、真に趣きある名でございます。このような地に立ち寄れば、その名を詠み込み歌など贈りたくなりますでしょう。

「……小町様、その折り、お返しはなさいましたのか」

「返しましたような……返さぬままでありましたような……」

「いえいえ、お返しになりましたよ。熾火《おき》に身を焼く……あの歌をお返しになりました」

熾火《おき》のゐて身を焼くよりもかなしきは
　都島べの別れなりけり

赤く燃える熾火に身を焼くよりも切ないことは、都と遠い島へ引き離される別れにございました。

「……然様でした……返しました」

「あれは清行殿への思いを詠まれましたのか」

「さてはて、覚えおりませぬが、我の思いでもあり、また清行殿を思う、島の女の別れの思いを詠いましたような……」

「……波の音の歌に、島の別れを詠み返された……」

「技に走り、真の心より離れておりましたころの我の歌……清行殿は幼きころより見知る仲にて、競い心はいつまでも消えませぬようで……波を詠まれますと、我は競うように島を入れて返しました」

小町のおおどかな笑みに、影が走りました。笑いを収めます。

空の明るみが、俄《にわか》に翳りましたような心地がして。

「……いま、空に何か」

「御案じなさるな、あれは雲でございます……雨を降らす程の雲ではありませぬ」

「雲……雲が翳りを」

「はい、滅紫《けしむらさき》の雲、西の空に掛かりてございます」

小町は足を止め、雲の在りかを目で追い、そして静《しずか》に声にしました。

「……我はやはり、遍昭《へんじょう》殿の墓所に詣でとう思います……このような目とこの足になり果てましたが、詣でねばなりませぬ」

支える侍女、深く息を吐きます。もはや思いとどまらせる術なしと、悟りましたようで。

花吹雪

その年の正月十九日、花山《かざん》僧正と讃えられました遍昭殿《へんじょう》が、寂滅なされました。

前の帝の光孝《こうこう》天皇により七十の算賀《さんが》も執り行われ、宇多《うだ》天皇の世になりまして二年。

天台宗の元慶寺《がんぎょうじ》を開かれ、僧正としてまた歌僧として世に名を残された御方も、齢には勝てませぬ。

享年七十五。人の世の旅を全うなされての身罷《みまか》りでございました。

山科《やましな》の元慶寺近くに埋葬されたと聞き及び、小町はすぐにも詣でたいと願いましたものの、身は思うに任せぬ有様、遍昭殿より歳は少ないとは申せ、家人は小町の身を案じます。

旅立ちに遅れました、遍昭殿、いえ宗貞《むねさだ》殿。

小町《こまち》の思いはその一点にございます。

遍昭殿より遅れて来世に旅立つことになるとは、この身の長らえが情けなく。仁明《にんみょう》帝の崩御に時を置かず、家人にも小町にも告げられぬまま、俄《にわか》に出家なされた遍昭殿。その帝の深草 陵《ふかくさのみささぎ》にて、思いもかけずお目にかかりましたあの春より、三十余の歳月が流れました。あの折り、我が身がこの世に経る月日も長くはあるまいと思いおりました。桜散るなか、遍昭殿に贈りました歌も、忘れず覚えおります。

花の色は移りにけりないたづらに
　我が身世にふるながめせしまに

世に長らえ、花の散るにも遅れて、さらに遍昭殿の来世への旅立ちにも遅れてしまいましたこの我が身。

せめて墓所に詣でたいと言い続けておりましたが、念ずれば叶うものでございます。家人の愁いを説き伏せて、花の散る前にと急ぎ参りました元慶寺。

花はまさに小町を待ち、散るのに耐えて、満ち咲きてございました。

案内《あない》を受けて、埋葬されていると聞く小山に赴けば、待ちおりましたように花散りかかります。

「……遍昭殿、いえ宗貞殿……雲の翳りは、我を呼ばれる標《しるし》にございましたか」

呼びかけるなり、ふたたび雲の影が行き過ぎます。

小町は声にせず語りかけます。

「……宗貞殿も我も、仁明帝の崩御なされた折り、ここより先は在って無きがごとき月日と思い為し、宗貞殿は出家なさいました。あの折り、我もすでに命尽きたかと。

真《まこと》に、内裏《うち》にての命は尽きましたものの、宗貞殿には高き僧としての命が残され、我もまた思いもかけず、この日まで長らえてございます。

目は花のかたちさえ定かには見えず、足もまた弱り、真に恥ずかしき姿にございますが、命は桜のように美しう散るものではございませぬ。

我が身世にふり長らえ、いまや若きころの歌の力は、失せましてございます。

深草陵にて、桜の色を詠みましたあの歌よりのち、我の歌にみるほどのものなし。

あの歌には、我の魂の嘆きがございました。恋しい御方に届けとばかり、必死なる思いがございました。

宮中にて今も、我の歌に似せた歌、多く詠まれておりますとか。なにほどの値《あたい》がございましょう」

花吹雪の中で、小町は語り続けます。

声はなく、目もかすみ、手のみ何かを包み献げるように動きます。

やがて小さき笑み声が、小町の口より零《こぼ》れ出ました。

案内の者、また仕える侍女、いずれも小町の笑みの意わかりませぬが、その姿はひたすら、愉しげなのでございます。

「……遍昭殿、あの石上寺《いそのかみでら》は、愉しうございました……供の者みな、酒《ささ》に酔うたように面赤らめ、手を打ち、笑み転げたのでございます。ふかぶかとした緑《あお》き丘に、時鳥《ほととぎす》の声が満ち、真に良き季でございましたなあ……」

石《いその》上《かみ》寺《でら》

あれはどなたの言いだしでありましたか。

都より車並べての物詣《ものもうで》流行りましたころのこと。

女人《にょにん》は、近き清水寺などへ詣るもの多くありましたが、姉上は、奈良の布留《ふる》にございます石上寺《いそのかみでら》へ詣りたいと申し、家人も遠出によろこびおりました。

石上寺は、奈良の世の趣き濃く残す寺でございます。緑《あお》き葉の空に揺れるさま、ことのほか美《うるわ》しと、古人《いにしえびと》の歌など取りだし、わさわさと浮きたつままに、出掛けたのでございます。

良き日とあり、寺に詣る人多く、立ち込み乱《ろうがわし》こと極まりまして、牛動かず、寺に着《ちゃく》しましたときは陽が傾いておりました。

ようよう詣《もうで》ること叶いましたものの、発つのは朝《あした》にして、明くるのを待つことに。

ではございますが、いかに夜を過ごせばよろしいかと。

思い巡らすものの案なく、その折り、何処《いずこ》かより、遍昭《へんじょう》殿この寺に身を寄せておられると報《しらせ》がございました。

思い慎《つつし》みましたものの、旅の惑いにまかせ、寺の奥へ詠み贈りました。

岩の上に旅寝をすればいと寒し
　苔の衣をわれにかさなん

石上《いそのかみ》の岩の上に旅寝をするのは、真《まこと》に寒々しいものでございます。遍昭殿、御身に着けておられます僧の衣を、我にお貸しくださいませ。

旅寝の小床《おどこ》は真に心細いものでございます。我がこの寺に詣でに来ておりますこと、お知りになりましたなら、なんと思われましょうか。

間《ま》をおかず、お返しがございました。

世をそむく苔の衣はただ一重《ひとへ》
　かさねばうとしいざふたり寝ん

世を捨てた僧の身、僧の衣は単衣であります。ではありますが、お貸ししなければ小町殿、お腹立ちでしょう。ならばいざいざ、一つの衣にて共寝いたしましょうか。

このお返しに、みなは感じ入り、どうと笑み崩れたのでございます。さていかにせんと、小町を見遣るものもあり。

僧の身にて、このような歌詠まれますのは、よほどの高みに到られた証しと、心動かされるものもございまして。

やがて遍昭殿の戯れ心の深さ、徒《あだ》めくなまめかしさ、機知のおかしさに、みな、畏《おそ》れいったのでございます。

立ちさわぐ間もなく、寺の宿坊を手当され、皆は坊にてうち休むこと叶いました。

真に遍昭殿の、軽く見えてお心深き様《さま》、見えてございました。

その夜、小町の心は安堵と悔いと、言い得ぬほどの揺らぎを覚えておりました。

冗談《あだごと》、戯言《ざれごと》ではございますが、同じ衣にて二人、いざ共寝をせんとの歌。

我が先に、苔の衣を我に貸さなん、などと軽く詠み贈りましたのが、このような返しになりました。

宿坊より、時鳥《ほととぎす》の啼き声入り参ります。その声、さまざまに聞こえて、胸苦しうなりました。

戯言を戯言にするのは無念なような、惜しいような、胸のざわめき。

供の者が知らせて参りましたのは、遍昭殿は先ほど、急ぎお発ちになられたとのこと。

我の胸のざわめきは静まらないまま、夜が明けたのでございます。


「……遍昭殿、我はのちに幾度も、苔の衣の共寝を思いました。あの一夜、僧の衣に包まれましたなら、我が身はどのようになりましたかと……起こりえぬことを思懸《おもいか》け……思懸け……おわりには遍昭殿の貴きお姿のみ残りました……それもまた、遠き昔のこと……」

小町の声にならぬ独《ひと》り言《ご》ちに、案内《あない》の者が申します。

「……お体に障ります。どうぞお立ちくださいませ……」

手を引かれて去るあいだ、花は絶え間なく降り注ぎます。

去るな、今少しここに。

遍昭殿の声が聞こえ参りました。

雲《う》林《りん》院《いん》

小町《こまち》の名はいまや都の隅々まで広がり、真《まこと》の姿がどのようなものかわからぬまま、世に響いております。

その小町が出羽国《でわのくに》の雄勝《おかち》へ発つとあれば、月へ戻る姫の物語にも劣らず、噂沸き立ち、都人《みやこびと》の耳目を驚かせるのでございます。

小町にとりまして都人の耳目は、苦しいばかりにて嬉しきことなどございませぬ。人知れず旅立ちたく思い定めましたものの、我が身の不如意ゆえそれも叶わぬのでございました。

なにゆえ、鄙《ひな》も極まる雄勝に。

歌人《うたびと》の願い、凡俗にはわからぬものか。

老いて惚痴《ほけし》る身となられたか。

あれこれの噂耳に入りますものの、いずれも小町の真にあらず、小町はただ、幼きころよりの本意を、貫きたく願うのみにございます。

雄勝に戻り着くことなど叶わぬまでも、せめて多賀城《たがのき》までは、よしや這うようにしてでも辿り着きたい。せめて母上とお別れした多賀城までは。

あの時契りました思いを果たすまでは、死ねませぬ。

母上、我は必ずや故里にもどります。

母上の部屋の外に置きました文を、今も忘るることなどありませぬ。母上は扉の内にて、泣き崩れておられましたとか。

一日《ひとひ》でも早く、と急ぎましたものの、出立《いでたち》は、紅葉《もみじ》散る季《き》になりました。

これより山を越えて出羽国に向かうは、死出の旅にも似たりと、涙の袖を引き綱にして、みな引き止めますものの、小町は動じませぬ。かねてよりの思いは、動かないのでございます。

牛車《ぎっしゃ》の列は長く連なりました。

逢坂の関までの関送りは多く、その先の近江、美濃まで送り来る者もあります。

その列には、小野一族の車は申すまでもなく、滋野一族、僧侶方の車もあり、目立たぬように、下出雲寺《しもついずもでら》の真静《しんせい》法師様の姿もございます。

山科《やましな》より街道に出て、瀬田の唐橋へ向かうのが常でございますが、小町の切《せち》にとの思いがあり、京の紫野《むらさきの》へと向かいました。

都を去る最後に、紫野へ参らねば。

その願いの所以《わけ》、小町のほかどなたも知りませぬ。

都人、この列を小町見送りと知り、門かどに立ち眺めます。神泉苑《しんせんえん》にて雨を降らした歌人を、最後にひと目見たいと集まり参りました。

寺に着き、外に車など待たせ、小町はゆるゆると入ります。手を引く女ひとりのみ。

立ち止まり面を上げますと、定かには見えぬまでもそこに、紅葉の赤、揺れて見えます。

あれは秋深まりました夜、夜更けてでございました。あたりは暗くふかぶかと広がり、紅葉は足下に散り敷き、時雨に濡れ落ちておりましたのも、忘れてはおりませぬ。

空には三日月と雲。

帝にお仕えする身二つ、名を明かすこと叶わず、月と雲の名にて一夜、逢瀬のかぎりを尽くしましたのがここ、今は雲林院と呼ばれております。

宗貞《むねさだ》殿が帝の近臣でなく、小町が帝より懸想《けそう》された身でなければ、名を偽ることもなく、夜ごと恋に身を焼き尽くすことも叶いましたでしょう。

叶わぬ二人ゆえ、あの一夜、恋のかぎり、命のすべてをささげ、月と雲の名で狂おしいまでに契りました。

夜が明けて迎えが参りましたときの、恨めしさ辛さを、一世《しょうがい》忘れえませぬ。

ここで命終わろうとも、あと一夜共に在りたいと。せめてあと一夜。

いまこの人世《ひとのよ》の終わりに、雲林院を訪ね来ましたのは、我が命、秘めたままの恋に、別れを告げるためでございます。

命終わるなら、どれほど身に染みた恋も、野辺の煙となりましょう。あれほどの思いも、今生より消え、無きものとなります。

誰ひとり覚えるものの無い、ではございますが確かに此処に在りました胸の火に、我は別れを告げねばなりませぬ。

そのために立ち寄りました、この雲林院。

先駆《さきがけ》にて、ただ立ち寄りたく、とのみ伝えてありました。

「……小町様、素性《そせい》法師様の、お出迎えにございます」

手を引く女に言われ、面を上げますと、朧《おぼろ》ながら、その姿見えて参りました。御顔かたちは見えねど、背高き姿がそこに。

「……旅立たれる折り、こちらへお寄りくださり、真にうれしく……」

その声、遍昭《へんじょう》殿に良く似て、軽みあるも静《しずか》にございます。

別当の御役であった遍昭殿と御子の素性法師様、御二人がこの寺を預かりおられました時を経て、遍昭殿身罷《みまか》りし後、いまは素性法師様が御役目を果たしておられます。

素性法師様は早く出家なされ、父君と並ぶほどの歌人になられてあります。歌の心、その趣きも哀しみも、深く知られる選《すぐ》れた歌人。

あの父君ありて、この御子ありと、みな申しております。

お出迎えを受けて、小町畏《おそ》れ入るばかり。

何も申さずとも、案内《あない》されます。

幾十年も昔、この院を訪ねたのを、素性法師様が御存知かどうか。

いまはただ、案内の足音を追いながら、歩み参ります。

あの折りもまた、足下昏《くら》く、腰の曲がる老いた僧が、導きくださいました。その御方、深草陵《ふかくさのみささぎ》にてお見かけいたしましたものの、すでに亡き方となられておられましょう。

月日は過ぎましても、紅葉の色変わらず。季の移ろいは幾度も巡りますが、人はふたたび見《まみ》えること叶いませぬ。

通されました曹司《ぞうし》に、覚えがありますような無いような。いえ、この曹司に満つる香には、肌に添うほどの懐かしさを覚えます。

「この曹司は」

と小町問えば、

「父遍昭の、隠所《かくれどころ》でございました。とりわけ紅葉の季には、ここに籠もりおりまして……我さえも寄せず、物思いの日を過ごしおりました」

ああ、月と雲。

小町は口ごもります。

「……小町様、なにか、申されましたか」

「いえ、遍昭殿のお姿、お歌の幾つかを、思い出しておりました」

素性法師様、紅葉葉《ば》を取りに行かせ、それを扇に載せて小町に差し出します。小町は扇を受け取り、その紅葉葉を手に。

「……父が申しておりました……散る桜花を扇に載せて、小町殿より受けましたことあると……真に風情あること……この紅葉は、父に代わり我よりその返しでございます……紅葉の赤、御髪《おぐし》に良う似合うてございます」

なんと、深草陵にての花の贈りを、いまここに返されておりますとは。

遍昭殿は御子に、何を語られましたのやら。

面《かお》が赤らむのを覚えます。

我の白き髪に紅葉の赤は、なるほど似合うておりましょう。

いましばし、この曹司に。

小町の思いを推測《はか》られ、人みな払われて小町ひとりとなりました。いえ、遍昭殿の影と気配のみ。

遍昭殿、ようよう、此処へ参りました。

いま、この都に別れを告げます。

あの一夜があればこそ、悔いなく、思い残すことなく、都より、今生より、旅立つこと叶います。

思いがけず長らえました。思いがけず我の歌など、都人に誉められました。

「思い残すことなく……」

と小さく声にしましたそのとき、仕切り開いて、素性法師様が一枚の料紙《かみ》を持ち来られました。

「……小町様お目にかかれる折りには、なんとしてもお渡ししたき歌がございます……どうぞ御許《おもと》に……」

と差し出されました料紙《かみ》を、小町ありがたく受けますが、文字はおぼろにかすみ、良くは見えませぬ。

「これは……」

「我の一存にて、お渡しいたします……父遍昭の歌にございます」

「一存にて、とは」

「……父はこれを、汚れた僧衣に包み、人目につかぬ所に置きおりました。命あるときは誰にも触れさせず……大事な経文かと思いましたが、そのようなものではございませんでした。亡くなりましたのち、我ひとり読み、そのまま僧衣に戻し今日まで……」

「……僧衣に」

「はい僧衣に包み……我もあれこれ思い迷いました。それで思い出しましたのは……いつのことか定かではございませぬが……父は布留《ふる》の石上寺《いそのかみでら》に籠もりおりましたことが……」

小町の胸、はげしうなり。

あの、石上寺のことであります。

「布留のその寺より急ぎ戻り来て、この雲林院へ倒れるように入りましたことがございました。汚れた衣を脱ぎ捨て、たちまち歌を一つ詠み、書き付けたのでございます。俄《にわか》のことで、その思煙《おもいけぶ》るほどの滾《ほとばし》る姿、我もよう覚えております……」

ああ、石上寺の、あの戯《ざ》れ歌の問答、そのあとのお姿。我は眠れぬまま、時鳥《ほととぎす》の声を聞いておりました。

「……その石上寺にて、父は小町殿と行き過ぎられたと、のちのち耳にいたしました……それでもしやこの歌は、小町殿への思いを詠まれたものかと……ならば小町殿にお渡しせねばならぬと……」

「はて……」

ようよう声に出すも、思い乱るるばかり。

「……僧衣に包み人に触らせず、自らが死ぬときはそのまま捨てよと、我に言い残されましたこの歌……我はそれを守らず、僧衣の中に保ち……いまようよう、お渡しすること叶いました……お受けくださいませ」

素性法師様は、安堵の息で、ふたたび曹司より去られたのでございます。

あの石上寺より急ぎ戻られ、この雲林院へ入られた。歌を詠み、それを汚れた僧衣に包み、死ぬまで人に見せず、死ぬときは捨てるようにと。

その遺戒《ゆいかい》を御子は守らず、我へと手渡されたとは。

あの折りの歌は、苔の衣に二人で共寝しよう、との戯言《ざれごと》。戯言の証しに、遍昭殿は小町一行のための宿坊を手配され、そのまま出て行かれた。

急ぎ戻り着かれたこの院にて、どのような歌を詠まれたのか。どなたにも知られず、汚れた僧衣とともに捨てられるはずであった歌が、いま、この手にあるのでございます。

小町の手は、一枚の古びた料紙《かみ》とともに震えおります。

この歌を、我は受け取らぬ方が良いのか。いや受け取らねばならぬのか。

読まぬまま、遍昭殿が願われたとおり、捨てることも出来ましょう。

言《こと》の葉は魂の拠り所ゆえ、もし読めば、その魂は我に入り参ります。

ではありますが、読まず捨てることなど我にはできませぬ。ここにありますのは、遍昭殿の言の葉にございます。

いかにせよと、遍昭殿。

小町は思い切りました。

僧衣の汗で汚れ、年月の染みも加わりました一枚の料紙《かみ》を胸に、明るいところに躙《にじ》り動きます。

目を近くし、端から一字一字、辿りました。

このようにしますと、どうにか字を拾うこと叶うのでした。

小町たちまち銜《う》たれ、そこに頽《くずお》れます。

身を起こし、いまいちど目を近づけます。

人恋ふる心ばかりはそれながら
われはわれにもあらぬなりけり

恋する心というもの、我は良く良く知りおります。良く良く知りおりますが、確かにそうではありますが……それなのに、我をうしない、思い惑い、いかにすれば良いのか術もなく、このように我と我が身を見失いおります。すべてはこの恋ゆえの惑い悶え。

小町はその一枚を、いそぎ懐深くに差し入れました。たちまち懐が熱くなります。

此処にある言の葉は、身の底に入り、甘き痛みをもたらします。いまはただ、その甘さと痛みに、耐え忍ぶのみ。

石上寺のあの戯れ歌、一同どうと笑み崩れ、僧にもあらぬ恋文とそしる者もありました。

すでに恋心無き様に思わせながら、遍昭殿は、この院に戻り、これほどの思いを歌になされたのでございます。

その思いを永遠《とわ》に僧衣に包み隠し、人に見せぬまま黄泉《よみ》へ旅立とうとなされたとは。

共寝を、の戯《たわむ》れの中に真の本意混じること、遍昭殿は歌を書き付けつつ、心付かれておられたに違いありませぬ。

戯言《ざれごと》は戯言にあらず、されど戯言にするしか術もなく。

遍昭殿は自らを恥じ、恥隠《はじかく》るままに、石上寺より急ぎ去られたのでありましょう。

遍昭殿、我もまた、苔の衣に包まれ共寝しとうございました。戯言に救われましたものの、その戯言がどれほど恨めしうございましたことか。

この歌、確かに我が身深くに頂きました。

よしや世に残るとしても、恋に迷い焦がれる、詠み人知らずの歌としてでございましょう。

どなたの恋歌であるかを知るのは、我ひとりのみ。

胸に抱いて我も旅立ちいたします。

しばらく涙で袖を濡らし、ようよう面を上げますと、車に戻る時でございました。

見送られる素性法師様、手を差し伸べる様にして、お別れを申されます。

「小町殿……身は朽ちましても、歌の言の葉は生《なま》しままに、幾百年、幾千年も、その思いとともに生き長らえます……小町殿の歌もまた……どうぞ安らかな旅でありますように」

「……お別れでございます……いまいちど、お近くに」

素性法師様は、小町を掻き抱くほどの近さに寄られました。小町は手を空《くう》に伸ばし、その御顔をなぞるように動かします。

「おお、良き御顔、良きお姿にございます……人の命は尽きましても、月も雲も、この世から失せることはありませぬ……」

そのかすむ目には、まさしく遍昭殿がそこに立たれておられたのでございます。

小町は微笑み、いとしい人の影より離れ、振り返らず車へと進みました。

ひさかたの空

小町は思い残すことなく、都を離れました。

山に入れば雪となり、動けぬまま寺や郡司《こおりのつかさ》に宿を借りることもございました。

心馳《こころばせ》つよくありました小町も、幾度か病に臥せ、立ち直りますまで数日、ときに十数日を要しました。

そのたび、都より見舞いの品や薬とどき、その中には、宇多天皇の近臣よりの賜り物もございました。

峠を越えるのに新たな輿も運ばれ、小町は有り難さに袖を濡らし、歌を返しました。輿は身を伏すことのできる広さがございました。

都人《みやこびと》には小町の旅、哀れにも心にひびく志《こころざ》しがありましたようで。

眉を顰める者もおりましたが、これほど自らの思いを通し、命を惜しまず思いを遂げる女《ひと》を都人はこれまで知らず、真似のできぬ憧《あくが》れがあったのでございます。

いまどのあたりまで届かれたか、あの関は通られたであろうかと、寄れば言い合います。

白河の関をこえて、安達《あだち》まで参りましたとき、ついに小町の身は動けぬ様《さま》になりました。身を寄せた郡司の邸《やしき》にて、食物《おもの》も口に入らず、命尽きかけて見えました。

都より文や絹などとどき、近き寺より祈禱の僧も参りましたが、甲斐あるようにも見えず。けれど小町は目を閉じ、念じるように自らの歌をくり返していたのです。

うたたねに恋しき人を見てしより
　夢てふものはたのみそめてき

夢をたのみに、あの御方に会いたい……。

気づけばその身、単衣の僧衣に包まれておりました。脈打つ胸も面《おも》近くにございます。僧衣の汗さえやわやわと匂い、耳元でいとおしい声さえいたします。

小町殿、ようここまで生きてこられました。今生にては一夜かぎりでございましたが、後世にては憚《はばか》ることなく、月と雲は添いとげられましょう。我はこの僧衣を衾《ふすま》にして、小町殿をお待ちしております。

どうぞお気を取り戻されて、はや母君のもとへ。

やがて病より蘇り、旅を続けるまでになりましたころには、空は早春の白さに染まり、山間《やまあい》には鶯も啼きかう季《き》に、移ろいおりましてございます。

都よりの、思いもかけぬ長き道程《みちのほど》でございました。小町はついに、多賀城《たがのき》に着いたのでございます。

輿より降りるなど思い及ばぬ様でございましたが、海を見下ろす高みにて、無理にも抱え降ろすよう頼みました。

波音は春めくままに、寄せては引き、また寄せて参ります。その音、けして都にては耳に出来ぬ調べ。ようよう、この海に参ったのでございます。

小町は陽の在りかへ面《かお》を向け、見えぬ目で母大町《おおまち》殿を探しました。すると大町殿、するすると御前にあらわれ、小町に手を差し出されます。その御顔の、やさしきこと。

母上、かならず戻り参ります、匂うばかりのあの夜の契り、我はこうして守りました。母上のあの懐に、いま戻り着きましてございます。

大町殿はその懐に小町を抱きとめ、頬を寄せられ、その姿のまま、海と空のあわいに、飛び立たれたのでございます。
残された亡骸は、幼子ほどに小さく痩せ衰えておられましたが、その手には書き付けられた料紙《かみ》が、ひしと握られてございました。

ひさかたの　空にたなびく
うき雲の　うける我が身は
つゆくさの　露のいのちも
またきえて　思ふことのみ
まろこすげ　しげさはまさる
あらたまの　ゆく年月は
はるの日の　花のにほひも
なつの日の　木の下かげも
秋の夜の　月のひかりも
冬のよの　時雨の音も
世の中に　恋も別れも
憂きことも　つらきも知れる

我が身こそ　心にしみて
袖のうらの　ひる時もなく
あはれなれ　かくのみつねに
おもひつつ　いきの松原
いきたるに　長柄《ながら》のはしの
ながらへて　せにゐるたづの
しまわたり　浦こぐ舟の
濡れわたる　いつかうき世の
くにさみの　わが身かけつつ
かけはなれ　いつか恋しき
雲の上の　人に逢ひみて
この世には　思ふことなき
　　　　　身とはなるべき

（完）

あとがき

小野小町の名前を知らない日本人は、まずいないでしょう。町の名前にも、お米の名前にも使われています。歴史上を見渡しても、とりわけ良く知られた女性です。

後に六歌仙に選ばれるただ一人の女性歌人ですが、古今和歌集の編者である紀貫之は、その仮名序で、小町の歌をこのように評しています。

小野小町の歌は、古《いにしえ》の衣通姫《そとおりひめ》の流《りう》なり。あはれなるやうにて、つよからず。いはば、よき女のなやめるところあるに似たり。つよからぬは、女の歌なればなるべし。

衣通姫とは、記紀に伝承されている容姿端麗な歌人で、その美しさが衣を通して照り輝いたというほどの女性です。

古今和歌集にも一首採られていますが、その流れを汲むと紀貫之が言うのですから、小野小町は歌の才も容姿も、並外れていたに違いありません。

よき女というのは高貴な女性という意味で、なやめる、は病を得て憔悴する姿、つまり弱々しく病んで見えるところが、女らしい風情になっている、というわけです。

後の時代に魅力的な男女を、「目病み女に風邪引き男」と言いましたが、風邪引き男はきっと嗄れ声がセクシーで、目を病んだ女は、視力が弱まり潤んだ目つきになるのが良いということではないでしょうか。

いずれにしても、高貴な女性がちょっと弱っている状態。小野小町の歌をそのように見ていたようなのです。

紀貫之にとって、それが女性歌人の理想であったのかも知れません。

もちろん、紀貫之は小町その人を評しているのではなく、あくまで彼女の歌への感想を記しているのですが、あの時代、男が女に向ける理想の眼差しを見るような気もしてきます。

ほかの男性歌人に対しては、それぞれに辛辣な評価を下していますので、紀貫之の序は小町に対して甘いというか、いえこれは心底からの尊敬が込められていると言っても良いのではないでしょうか。しみじみとした情感があり、決して強からず、高貴な女が病んでいるような風情があると誉めたたえているのですから。

つよからぬは、女の歌なればなるべし、という最後の一行には、女性の歌は総じてつよからぬものであり、それゆえ哀れもある、という時代の女性観が入っていそうですが、それを含めての、ほぼ絶賛と読みました。

けれど小町の実像は、「あはれなるようにて、つよからず」ではなく「あはれなるようにて、真《まこと》はつよい」のではないでしょうか。

小町の歌から「哀れ」と「美」を見出すことは男性にも可能ですが、もうひとつ彼女の歌から「つよさ」を感じとるには、女性の方が得意な気がします。

もちろん男性にも「小町のつよさ」は伝わりますが、その場合の「つよさ」とは男に対して気丈であり、鼻っ柱がつよく、自我を貫く姿の「つよさ」であり、小町の歌には媚びへつらいがないので、自らの感性に正直なところなど、この時代の女性としては生意気に見えるのかも知れません。

後の時代、十四世紀の観阿弥を中心にして、小町の伝説が能楽に作られました。

七小町と呼ばれる小町がらみの謡曲の中でも、代表作「卒都婆小町」は、男を袖にした小町の因果応報的な老残が描かれています。小町は老いて無残な姿となり、旅の僧の前に現れるのです。

伝説「百夜《ももよ》通い」における小町像を元に、観阿弥はこの曲を作ったと思われます。

小町を恋する男に、百夜通ってくれれば共寝してもいい、と無理難題を突きつける非情で強気な姿。男は通い続け、ついに百夜目のその夜、悲劇的な死に見舞われます。恋は叶いませんでした。

そして男の恨みは、やがて小町の身の上に残された、というあの小町伝説です。老婆となった小町は、これでもかというほど、惨めに描かれます。なにしろ乞食となって生きさらばえているのです。

能楽ではありませんが、野ざらしとなった小町の髑髏《どくろ》の眼窩から草が生え出て、小町は痛い痛いと旅人に訴える話も残されています。

さらにさらに、我々の日常にある裁縫のマチ針も、縫い針のように穴がないので、小町針、さらにマチ針となったらしい。

穴が無い、つまり女性として人並みでないという蔑みから生まれたのがマチ針。穴が無いから男を袖にした、という理屈でしょうか。手に入らない高嶺の花を、こうやって貶めたわけです。

これらすべてが、千年を超す男中心の社会の中で造られた、美女零落の物語なのです。罪深きは観阿弥のみならず、千余年もの男達でありましょう。

小町の歌をじっくりと読めば、こうした小町像が、あまりに一方的で荒唐無稽なことが判ります。のみならず、先駆的に生き抜いた芯の強い歌人であったことが感じられます。

良質で素直な感性、美に哀しみの影を添えて表現するという、女性ならではの力業さえ感じられます。

耐えながらもしっかり視る。視て理解する。そこから生まれてくる切ないまでの赦しと寛容さ。

優れた表現者らしい、心の大きな女性だったのではないでしょうか。

前作『小説伊勢物語　業平』のときにも、千年のあいだに面白おかしく、ときに賤しい羨望を込めて貼られた「女たらし」のレッテルを、どうにかして剝ぎ取りたいと思いましたが、小町には同じ女性として、さらに強くその衝動を覚えました。

小町のイメージを修復し、名誉回復をなしとげ、その時代の最も選れた評者であった紀貫之の讃辞をふたたび取り戻したい、との願いが、本作を書く大きなモチベーションとなりました。


今回も歌を拠り所にして、小町の生涯をたどることになりました。

とは申せ、小町がどんな人生を送ったのかは、その生年や没年さえもわかりません。

今に伝わる歌も、小町が作ったものかどうか明確ではありません。小町集に収められている百首を超す数の歌も、小町的な歌が好まれ流行《はや》り、それらを集めて編まれたもののようです。

小町の実作と信じられるのは、古今和歌集の十八首のみで、ここは編者の紀貫之を信じるしかありません。

この小説では、古今和歌集の十八首を中心に、後撰集、小町集からは限られた歌のみ採《と》り、構成しました。

これらの限られた歌にしても、詠まれた年代は不明ですが、大塚英子先生の『古今集小町歌生成原論』は大変勉強になり、また心のこもった研究書として、参考にさせて頂きました。あらためて感謝いたします。

また時代考証においては、『業平』のときと同様に、倉田実先生に大変なお力を頂きました。小説としての感興を優先するあまり、必ずしも正しい考証に添えない部分もありましたが、倉田先生の責でないことを、ここに記しておきます。

ただ小町の人生を通して、平安の世の実相を読者に知って頂きたいとの思いもあり、可能なかぎり倉田先生の考証を入れ、当時を伝える努力をいたしました。

平安という時代の不自由さもまた、小町とともに実感していただければ嬉しいです。


『業平』に続く本作も、独特な雅文《がぶん》で綴りましたが、文章の調子を優先させるあまり、尊敬語や謙譲語、丁寧語などの作法に多々落ち度があるかと思います。流れるように声にして読んで頂けるなら、それで良し、と考えました。

また通常はここに、参考にした文献などを並べるべきでしょうが、迷った末にやめることにいたしました。著作権のある文章をそのまま引用してはいない、ということもありますが、いま私の身の周りに在る平安に関する資料や本、いえ、私の身に入り込んでいる平安の知識すべてが、すでに千年の時を重ねた遺産です。遠くは藤原定家、近代に入ってからは多くの国文学者や辞書編纂に関わられた研究者の皆様も、その膨大な流れの一部だと思えば、私もその豊穣な流れの一滴《しずく》を口に頂き、流れの一部になりたいと念じているからです。

初出に関して、前篇「花の色は」と後篇「我が身世にふる」は、別の媒体に発表しました。それぞれの雑誌連載では大変お世話になりました。「ハルメク」編集部の新井理紗さん、「すばる」編集部の小島睦美さん、そして前篇後篇をまとめて本にしてくださった日本経済新聞出版の苅山泰幸さんに、あらためて感謝申し上げます。

令和五年春　　　　　　高樹 のぶ子

初出
前篇　花の色は　「ハルメク」二〇二二年九月号〜二〇二三年三月号
後篇　我が身世にふる　「すばる」二〇二三年四月号

高樹のぶ子 たかぎ・のぶこ

一九四六年山口県生まれ。

八四年「光抱く友よ」で芥川賞、九四年『蔦燃』で島清恋愛文学賞、九五年『水脈』で女流文学賞、九九年『透光の樹』で谷崎潤一郎賞、二〇〇六年『HOKKAI』で芸術選奨、一〇年「トモスイ」で川端康成文学賞。『小説伊勢物語 業平』で二〇年泉鏡花文学賞、二一年毎日芸術賞。著作は多数。一七年日本芸術院会員、一八年文化功労者。

小説小野小町 百《もも》夜《よ》

二〇二三年五月十八日　第一刷
二〇二三年六月二〇日　第三刷

著者　髙樹のぶ子　©Nobuko Takagi, 2023

発行者　國分正哉

発行　株式会社日経BP
日本経済新聞出版

発売　株式会社日経BPマーケティング
〒一〇五-八三〇八
東京都港区虎ノ門四-三-一二

印刷　錦明印刷

製本　大口製本

SBN978-4-296-11802-1　Printed in Japan